DEVASSO

1ª reimpressão – fevereiro / 2016

Katy Evans

DEVASSO

novo século®

São Paulo, 2015

Devasso
Rogue

GERENTE EDITORIAL
Lindsay Gois

EDITORIAL
João Paulo Putini
Nair Ferraz
Receba Lacerda
Vitor Donofrio

GERENTE DE AQUISIÇÕES
Renata de Mello do Vale

ASSISTENTE DE AQUISIÇÕES
Acácio Alves

AUXILIAR DE PRODUÇÃO
Luís Pereira

TRADUÇÃO
Marcia Men

PREPARAÇÃO
Fernanda Guerriero Antunes

PROJETO GRÁFICO
Project Nine

DIAGRAMAÇÃO
Equipe Novo Século

REVISÃO
Liana do Amaral

CAPA
Equipe Novo Século

Texto de acordo com as normas do Novo Acordo Ortográfico da Língua Portuguesa (1990), em vigor desde 1º de janeiro de 2009.

Dados Internacionais de Catalogação na Publicação (CIP)
(Câmara Brasileira do Livro, SP, Brasil)

Evans, Katy
Devasso
Katy Evans; [tradução Marcia Men].
Barueri, SP: Novo Século Editora, 2015.

Título original: Rogue

1. Ficção norte-americana I. Título. II. Série.

15-02786 CDD-813

Índice para catálogo sistemático:
1. Ficção: Literatura norte-americana 813

NOVO SÉCULO EDITORA LTDA.
Alameda Araguaia, 2190 – Bloco A – 11º andar – Conjunto 1111
CEP 06455-000 – Alphaville Industrial, Barueri – SP – Brasil
Tel.: (11) 3699-7107 | Fax: (11) 3699-7323
www.novoseculo.com.br | atendimento@novoseculo.com.br

Aos sonhos que se realizam.

Devasso:

Adjetivo
Alguém sem princípios, imoral, depravado, corrompido, cínico; uma pessoa que não é o que parece. Um canalha. Um homem que não se encaixa. Rebelde, selvagem e imprevisível, como aquele que se desvia da norma.

Verbo (devassar)
Violar o que está selado.
Perverter, abusar, desrespeitar.
Invadir, penetrar.

AGRADECIMENTOS

Como sempre, este livro não teria sido possível sem uma tremenda ajuda de uma incrível quantidade de pessoas maravilhosas.

Com imensa gratidão à minha família solidária, ao meu marido, aos meus filhos e meus pais.

A todos os meus amigos escritores (vocês sabem quem são!). Eu os valorizo mais do que as palavras podem expressar.

Às minhas muito adoradas Angie, Kati D, CeCe e Dana, que me ajudaram a preparar este bebê e que sempre têm o feedback mais excelente possível.

Para meus editores americanos e estrangeiros – obrigada por apoiar o meu trabalho, por colocá-lo nas prateleiras, e por trabalhar comigo para fazer dele o melhor que pode ser.

Para Amy, de verdade, você é a agente dos sonhos, e eu sou abençoada de tê-la em minha vida.

E para você, lendo isso agora, obrigada. Você permite que minhas palavras o toquem, e agora eu tento viver e fazer exatamente isso.

BEIJOS!

A lista de músicas de *Devasso*

"Waiting for Superman", de Daughtry
"The Haunted Man", de Bat for Lashes
"Story of my Life", de One Direction
"Million Dollar Man", de Lana Del Rey
"Dark Horse", de Katy Perry
"Gravity", de Alex & Sierra
"Home", de Daughtry
"XO", de Beyoncé
"Say Something", de Alex & Sierra
"The Last Song Ever", de Secondhand Serenade
"This Is What It Feels Like", de Armin van Buuren

A PESSOA CERTA

Ainda muito jovem, ensinaram-me que não há certezas na vida. A vida em si não é uma certeza, nem a amizade ou o amor. No entanto, dada a primeira, você tem a certeza de uma oportunidade para buscar suas amizades, viver sua vida e procurar pelo amor.

Já se passaram 24 anos e eu ainda estou procurando. Eu sei o que dizem sobre o amor: como ele te pega quando você menos espera; como ele não é tudo o que dizem ser. Eu, porém, sei exatamente como vai ser. Espero que ele me devaste como uma tempestade de raios e trovões. Estou preparada para ele me levar para longe e, ao mesmo tempo, envolver cada poro meu. Estou preparada para cair de amores, e cair de quatro se eu simplesmente conseguir encontrá-lo. Esse homem sem nome e sem rosto que vai fazer todos os outros parecerem menininhos para mim.

Às vezes eu vejo o rosto dele em minha mente e, apesar de ele estar em uma névoa, posso senti-lo, forte e sólido como espero que seja, e espero, porque sei disso com certeza: eu nunca vou parar de viver a minha vida, amar meus amigos e procurar pelo amor. Sei que, quando eu o encontrar, ele vai ser tudo o que sonhei que seria, perfeito em todos os sentidos.

O homem perfeito para mim.

UM

ZERO

GREYSON

Estou com meu pau enterrado fundo na boceta de uma mulher gemendo quando percebo pela primeira vez o clique da minha porta da frente. Eu me retiro e agarro um punhado de lençóis, jogo-os para ela, que choraminga em protesto por ficar sem meu pênis.

– Cubra-se, docinho, você tem três segundos…

Dois.

Um.

O primeiro a se materializar à minha porta é Derek.

– Seu pai quer falar com você.

Junto dele está o cretino do meu meio-irmão Wyatt, e ele não parece muito contente em me ver. O que eu posso dizer? É mútuo. Eu entro em meus jeans com um pulo.

– Ele mandou dois de vocês? – pergunto, quase rindo. – Se eu fosse uma garota, acho que seria nessa parte que meus sentimentos ficariam feridos.

Os dois homens entram no quarto, checando o território com rápidas olhadelas. Eles não me veem. Em menos de um segundo, já estou com Derek preso contra a parede e Wyatt em uma chave de braço. Eu os giro a fim de ficarem de frente para a porta enquanto observo o resto dos homens entrar aos poucos. Sete deles mais os dois se contorcendo em meus braços. O esquadrão de nove membros compõe o comitê de imposição do Underground, liderado pelo meu pai – todo homem aqui com um nível diferente de habilidades. Nenhum, nem um deles sequer, tão habilidoso quanto *eu*.

– Você sabe muito bem que, se o assunto o envolve, seria uma missão para nove homens – diz Eric Slater, o irmão de meu pai e seu braço direito, enquanto entra.

Eric é severo, silencioso e perigoso. É meu tio e a coisa mais próxima que eu tive de um pai enquanto crescia. Ele me ensinou a viver entre a pequena máfia particular de meu pai – não, não a viver. Ele me ensinou a sobreviver. A me adaptar às minhas circunstâncias e prosperar. Por causa dele, fiquei mais esperto, mais forte, mais maldoso. Aprendi tudo o que havia para aprender, multiplicado à enésima potência. O poder de matar ou morrer. *Não importa se você vai usar a habilidade, ela é uma garantia. Já ouviu falar de garantias, garoto? Gente que possui garantias raramente as utiliza. Aqueles que não possuem merda nenhuma acabam precisando de garantia. Está vendo aquela flecha? Use-a. Vê aquela faca? Empunhe-a, lance-a, aprenda a fazer o mínimo de esforço possível para provocar o máximo de danos que puder...*

Eu tenho todo tipo de garantia. Toda a minha mente é um computador programado para pensar no pior de uma situação, em menos de um segundo. Agora mesmo, eu sei que todos esses homens estão armados. Alguns deles carregam duas armas (sob as meias, na parte de trás da cintura ou na dobra frontal do terno). Eric observa meus olhos analisarem todos e cada um deles, e sorri, claramente orgulhoso de mim. Ele abre o casaco e olha para a arma em seu quadril.

– Quer tocar meu berro? Aqui, Grey. – Ele retira a arma e a estende, o cano em sua mão.

Eu solto os dois homens em meu poder quando sinto que Wyatt está a dois segundos de desmaiar. Puxo-os para trás e depois, com um empurrão, eu os jogo de cara contra a parede.

– Eu não estou nem aí para o que ele quer me dizer – declaro.

Eric olha para o meu quarto ao seu redor. Meu apartamento está perfeitamente limpo. Eu não curto bagunça. Tenho uma reputação e gosto de ouvir um alfinete caindo no chão... razão pela qual eu escutei esses cretinos entrando no meu *loft*.

– Ainda comendo essas putas? Com essa cara, você pode conseguir uma deusa, Grey.

Ele olha a mulher na minha cama. Ela não é nenhuma obra-prima, é verdade, mas é bonita o suficiente espremida contra o colchão com a bunda para o alto, e não espera absolutamente nada de mim, exceto dinheiro. Dinheiro eu posso dar. Dinheiro e pau; eu possuo ambos em abundância.

Apanho o vestido do chão e o jogo para a prostituta.

– Hora de sair e ir para casa, docinho. – Em seguida, volto-me para Eric: – Minha resposta é não.

Eu tiro duas notas de uma pilha no meu criado-mudo e empurro-as para a mão estendida da prostituta. Ela faz uma cena rolando-as para dentro de seu sutiã e os homens abrem caminho a fim de que a garota passe, alguns deles assoviando enquanto ela lhes mostra o dedo médio.

Eric se aproxima de mim e abaixa a voz.

– Ele está com leucemia, Greyson, e precisa passar as rédeas para o filho.

– Não olhe para mim como se eu ainda pudesse sentir piedade.

– Ele limpou os negócios. Sem mais assassinatos. Todos os negócios são estritamente financeiros agora. Não temos mais nenhum inimigo declarado. O Underground é um empreendimento bastante bem-sucedido, e ele quer passá-lo oficialmente para o filho. Você tem o sangue tão frio a ponto de lhe negar seu último pedido?

– O que eu posso dizer? O sangue dele corre nas minhas veias.

Eu pego uma camiseta preta e a visto bruscamente não por modéstia, mas para poder começar a carregar minhas queridinhas. Minha Glock, uma Ka-Bar, duas facas menores e duas estrelas de prata.

– Garoto... – Ele dá um passo em minha direção e eu encaro seu olho escuro solitário, não o falso. Eu não o vejo há vários anos. Foi ele quem me ensinou a usar um .38 especial. – Ele está morrendo – reforça com sinceridade, curvando sua mão sobre meu ombro. – Não vai demorar. Ele tem seis meses, se não menos.

– Estou surpreso por ele pensar que eu me importaria.

– Talvez, quando acabar de galinhar, você comece a se importar. *Nós* – ele aponta para os homens no quarto – queremos que seja *você* a assumir o controle. Seremos leais a você.

Eu cruzo meus braços e olho para meu meio-irmão Wyatt, o "Whiz" – o queridinho do meu pai.

– Desde que eu seja o cachorrinho de madame dele e faça tudo o que ele mandar? Não, obrigado.

– Seremos leais a *você* – frisa ele. – Apenas a você.

Ele balança a cabeça na direção dos rapazes. Um deles corta o meio de sua palma. Logo, todos eles o imitam. Sangue começa a pingar no meu piso.

Eric abaixa a cabeça e corta sua própria palma.

– Estamos jurando a você. – Ele estende a mão sangrando.

– Eu não sou o seu líder – digo.

– Você será o nosso líder quando perceber que seu pai está finalmente disposto a revelar a localização de sua mãe.

Gelo se espalha pelas minhas veias e minha voz endurece quando Eric a menciona.

– O que você sabe sobre minha mãe?

– Seu pai sabe onde ela está, e essa informação morrerá com ele se você não vier com a gente. A morfina o deixa delirante. Precisamos de você de volta, Greyson.

Meu rosto não revela nada do turbilhão que sinto. Minha mãe, a única coisa boa de que me recordo. Jamais vou me esquecer da expressão no rosto dela quando eu matei pela primeira vez. Bem na frente dela, eu perdi minha humanidade; deixei minha mãe ver que seu filho havia se transformado em um animal.

– Onde ele está? – eu rosno.

– Está voando para o local de uma luta; temos um avião pronto para encontrá-lo lá.

Eu enfio coisas em uma mochila preta. Um notebook. Mais armas. Quando se lida com meu pai, não se pode fazê-lo de modo direto. Meu pai me ensinou a ser torto. Acho que aprendi com o melhor. Pego minha faca de utilidades Leatherman, corto profundamente a palma de minha mão e bato-a na de Eric, nossos sangues se misturando.

– Até a encontrarmos – murmuro.

Os outros se aproximam e me dão as mãos.

Eu vasculho os olhos deles e me certifico de que todos me encarem. Há uma ameaça em meu olhar e eu sei que, se eles me conhecem, vão tomar cuidado com ela.

Não importa quais palavras são ditas, que atos são cometidos, eu nunca, jamais desvio meus olhos dos de outra pessoa. O modo como eles se desviam à esquerda ou à direita, um desvio mínimo, me diz mais do que quando eu entro no computador de alguém. No entanto, eu também faço isso.

Eu não confio em ninguém. Minha mão direita não confia na esquerda. Contudo, como o mais poderoso dos nove homens à minha frente, aquele em quem eu menos confio é Eric Slater. Por acaso, ele também é aquele de quem eu mais gosto. Ele e meu amigo C.C. Hamilton – mas C.C. tem me visitado mesmo após minha partida e, secretamente, me ajudado a rastrear minha mãe. Eu confio nele até onde consigo confiar em um ser humano. O que significa que eu ainda o interrogo como o diabo toda vez que ele vem. Nunca consigo me certificar se meu pai sabe que ele tem se encontrado comigo.

Inferno, mesmo com o juramento de sangue, terei que testar a lealdade de todos e de cada um desses homens antes que eles possam receber qualquer coisa parecida com confiança vinda de mim.

* * *

Agora, depois de um voo de avião, encontramos meu pai em uma sala fechada equipada com câmeras no Underground de Los Angeles. Nossa fonte de renda, a empresa é um lugar onde lutadores se enfrentam a cada temporada, duas ou três vezes por semana. Nós organizamos eventos, vendemos entradas, programamos as lutas em galpões, bares, estacionamentos – em qualquer lugar em que possamos colocar as pessoas para dentro e conseguir um bom preço. Só as entradas já nos rendem uma fortuna. As apostas à parte, porém, arrecadam dez vezes mais.

Esta noite estamos em um galpão transformado em bar lotado de gente gritando e lutas barulhentas. Eu costumava gostar de planejar estrategicamente os locais onde as lutas ocorreriam, que lutador enfrentaria quem em seguida, mas tudo isso agora é administrado pelo resto da equipe. Tudo, desde a organização às lutas até as apostas.

Eu me dirijo para lá com Eric enquanto as lutas ocorrem, meus olhos avaliando a multidão, medindo o número de espectadores, a localização das câmeras de segurança, as saídas.

Acessamos um corredorzinho escuro e então paramos na última porta antes que Eric a abra com um puxão.

– Entendo sua presença aqui hoje à noite como uma aceitação da minha oferta – diz meu pai, no momento em que as portas se abrem e eu entro.

Eu avalio a sala em busca de saídas, janelas, número de pessoas.

Ele ri, mas não é um som forte.

– Quando acabar de imaginar se eu tenho um atirador pronto para atingi-lo, talvez queira se aproximar. Dá para pensar que minha mera presença o ofende.

Eu sorrio friamente para ele. Julian Slater é chamado de "Chacina" entre seus inimigos; suspeita-se que seja um homem que silencia seus problemas à moda antiga. Mesmo fraco e em uma cadeira de rodas, eu jamais vou subestimar o dano que meu pai pode infligir. Em um mundo que medisse a capacidade destrutiva de cada um, meu pai seria uma bomba nuclear e, sem espanto algum, ele já está lançando vômito verbal na minha direção.

– Você parece forte como um touro, Greyson. Aposto que ainda vira pneus por diversão e come algumas xotas enquanto dorme. Eu daria mais do que um centavo para saber o que está pensando agora, e você sabe como eu posso ser pão-duro. Diabos, você sabe o que eu faria se me roubassem um só centavo.

– Eu lembro claramente. Já que fui eu quem fez o serviço sujo por você. Então vamos poupar aquele seu centavo. Estou pensando, por que me incomodar em esperar pela sua morte? Eu poderia esmagar seu tanque de oxigênio agora mesmo e cuidar direitinho de você. – Lentamente, sustento o olhar dele com um sorriso frio, retiro minha luvas pretas de couro do bolso traseiro do jeans e começo a calçar uma delas.

Ele me encara por um momento, quieto.

– Quando terminar de faltar com o respeito, vá e se limpe, *Greyson*.

Um dos rapazes dá um passo adiante com um terno.

Calmamente, eu enfio a mão na outra luva de couro.

– Assim como antes, ninguém vai saber o seu nome – começa meu pai em um tom mais suave. – Você pode ter dinheiro e a vida que quiser como meu filho; na verdade, eu exijo que você viva como um príncipe, mas preciso de sua mente e seu coração investidos nisso. O trabalho vem em primeiro lugar, e vou ter sua palavra nisso.

– Eu não tenho coração, mas você pode ter minha mente. O trabalho é tudo o que existe, e é tudo que sempre existiu. Eu SOU o meu trabalho.

Silêncio.

Nós analisamos um ao outro.

Posso ver o respeito nos olhos dele e talvez até um pouco de medo. Não sou mais um adolescente de 13 anos, facilmente intimidado por ele.

– Durante os últimos cinco anos de sua ausência, meus clientes... – começa ele. – Eles não viram fraqueza alguma de nós aqui do Underground. Não podemos perdoar uma dívida de um centavo sequer, ou seremos vistos como fracos. E, neste momento, há muitas cobranças a serem feitas.

– Por que não fazer seus serviçais coletarem?

– Porque não há ninguém tão limpo quanto você. Nem mesmo os lutadores sabem quem é você. Zero rastros. Você entra, sai, nenhuma baixa e uma taxa de sucesso de 100%.

Eric saca a antiga Beretta de meu pai e a oferece para mim como um símbolo de paz. Quando a percebo em minha mão, pouco mais de um quilo de aço, eu me flagro virando-a e mirando para a testa de meu pai.

– E que tal se, em vez disso, eu pegar sua Beretta Storm e encorajá-lo a começar a me contar onde está minha mãe antes?

Ele me olha gelidamente.

– Quando você terminar o serviço, eu revelarei a localização da sua mãe.

Em vez disso, eu engatilho a arma.

– Você pode morrer antes, velho. Já está bem avançado no caminho e eu quero vê-la.

Os olhos de meu pai se desviam para Eric e então para mim. Imagino se Eric vai mesmo ser "leal" a mim enquanto meu pai está sentado ali, muito à vontade.

– Se eu morrer – diz meu pai –, a localização dela estará revelada em um envelope, já guardado em um lugar seguro. Mas não vou revelar *porra nenhuma* até você ter provado para mim, através da coleta do que cada nome nesta lista me deve, que, mesmo depois de todos esses anos afastado, é leal a *mim*. Faça isso, Greyson, e o Underground é seu.

Eric vai até uma cômoda próxima e retira dali uma longa lista.

– Não usaremos seu nome verdadeiro – sussurra Eric enquanto a entrega. – Você é o Sicário agora, nosso Coletor; responderá pelo seu antigo pseudônimo.

– Zero – o resto dos homens na sala dizem, quase com reverência. Porque eu tenho zero identidade, e deixo zero rastros. Descarto celulares como descarto meias. Sou um nada, um número, nem sequer humano.

– Talvez eu não responda mais a esse pseudônimo – resmungo, curvando os dedos dentro das luvas de couro antes de estendê-los e abrir a lista.

– Você vai responder a ele porque é meu filho. E você quer vê-la. Agora se troque e comece a trabalhar na lista de cima para baixo.

Eu escaneio os nomes, de cima a baixo.

– Quarenta e oito pessoas para chantagear, assustar, torturar ou simplesmente roubar para conseguir a localização da minha mãe?

– Quarenta e oito pessoas que me devem, que têm algo que pertence a mim e que deve ser recuperado.

Um calafrio conhecido se assenta profundamente em meus ossos quando eu pego o terno pelo cabide e dirijo-me à porta, tentando calcular quanto tempo será necessário para conseguir informações pertinentes com cada um desses devedores. Quantos meses levarei para encontrá-los, tentar negociar do melhor modo – e, depois, do modo difícil.

– Ah! E, filho – chama ele, sua voz se fortalecendo quando eu me viro –, bem-vindo de volta.

Eu lhe dou um sorriso gelado. Porque ele não está doente. Eu apostaria esta lista nisso. No entanto, quero encontrar minha mãe. A única coisa na minha vida que já amei. Se eu tiver que matar para encontrá-la, é o que farei.

– Espero que a sua morte seja lenta – murmuro para meu pai, olhando para seus olhos cinzentos e frios. – Lenta e dolorosa.

DOIS

HERÓI

MELANIE

Às vezes, o único jeito de acabar com um festival de autopiedade é com uma festa de verdade.

A expectativa vibra no ar enquanto corpos quentes acotovelam-se, meu corpo se retesando no meio dos outros dançarinos. Posso sentir a diversão ao nosso redor, girando como um turbilhão nas laterais do meu corpo, inebriando-me.

Meu corpo está escorregadio de tanto dançar, minha blusa de seda dourada e a saia combinando se agarram às minhas curvas de uma forma que me diz que eu provavelmente deveria ter vestido um sutiã. O roçar do tecido úmido apenas faz meus mamilos espetarem a seda e atraírem diversos olhares masculinos apreciativos em minha direção.

Agora, porém, é tarde demais, e a multidão está embriagada com a música, a dança.

Eu passei aqui esta noite quando um de meus clientes, para quem eu decorei este pequeno bar e restaurante, convidou meu chefe e todos os meus colegas para cá. Eu disse só uma bebida, mas tomei mais duas, e a que está pela metade em minha mão é a última, *agora é sério.*

Um cara se aproxima.

Não tenho como perder o sorriso súbito dele de eu-quero-te-comer.

– Quer dançar comigo?

– Já estamos dançando! – digo eu, mexendo-me um pouco com ele, movendo meus quadris um pouco mais.

O cara passa um braço em torno da minha cintura e me puxa mais para perto.

– Eu quis dizer se você quer dançar sozinha comigo. Em outro lugar, talvez?

Eu olho para ele, sentindo-me meio alta e zonza. Eu quero dançar com ele? Ele é bonitinho. Não sexy, mas fofo. Sóbria, fofo é *de jeito nenhum, mané*. Bêbada, contudo, fofo é completamente aceitável. Eu tento descobrir a resposta em meu corpo. Um formigamento. Um desejo. E nada. Hoje eu me sinto... desesperançada.

Sorrindo para aliviar o golpe, eu me afasto dele, que se pressiona mais para perto do meu corpo e descaradamente sussurra em meu ouvido:

– Eu quero muito te levar para casa.

– É claro que quer. – Eu rio, recusando a bebida que ele oferece com um gesto brincalhão, mas firme, balançando a cabeça.

Acho que já estou um pouco bêbada demais, e tenho que voltar para casa dirigindo.

No entanto, não quero irritar um possível cliente, então beijo o rosto dele e digo:

– Mas obrigada. – E me afasto.

Ele me pega pelo pulso e me faz parar e me virar, seus olhos quentes e cobiçosos.

– Não. De verdade. Eu quero levar você para casa.

Eu lhe dou outra olhada de cima a baixo. Ele parece rico e só um pouco mimado, do tipo que sempre me usa, e eu subitamente me sinto ainda mais sem esperança, mais vulnerável. Em menos de um mês, minha melhor amiga vai se casar. O efeito desse casamento sobre mim não é ruim, é pior. Muito pior do que qualquer um poderia ter imaginado. Meus olhos ardem quando eu penso nisso, porque tudo o que Brooke, minha melhor amiga, tem – o bebê, o marido que a adora – é meu sonho há tanto tempo que eu nem consigo me lembrar de ter outro sonho.

Aqui está um homem que quer fazer sexo comigo, e mais uma vez eu estou tentada a cair nessa conversa. Porque eu sempre caio. Eu sempre imagino se ele, talvez *ele*, é o cara certo para *mim*. E, quando me dou conta, acordo sozinha com um punhado de camisinhas usadas ao meu redor e me sentindo mais solitária do que nunca – e mais uma vez me recordam de que eu sirvo apenas para casos de uma noite. Não sou a rainha de ninguém, não sou a Brooke de ninguém. Mas, Deus do céu, alguém pode me dizer simplesmente *quando é que você para de beijar sapos?* Nunca, é quando você para. Se você quer o príncipe, tem que continuar tentando até um dia acordar e ser a Brooke, e os olhos de um homem brilharem para você e *apenas* para você.

– Olha, eu já fiquei com você centenas de vezes – murmura, balançando a cabeça com tristeza e desesperança.

O cara ergue as sobrancelhas.

– Do que você está falando?

– Você. Eu já fiquei com *você*. – Eu gesticulo para ele, de cima a baixo, sua aparência e roupas elegantes, o peso de minha tristeza e desapontamento me esmagando ainda mais. – Eu já fiquei com você... centenas de vezes. E simplesmente não vai funcionar.

Eu viro para sair, mas ele me pega e me gira de novo.

– Loirinha, você nunca ficou comigo – contrapõe ele.

Eu olho para ele de novo, tentada a simplesmente ser levada para casa com alguém que me faça sentir bem.

Todavia, essa tarde, eu estava na casa da minha melhor amiga, onde a flagrei sendo beijada de forma longa e profunda por seu homem, um beijo tão longo e quente, enquanto ele murmurava coisas sedutoras para ela o tempo todo, dizendo que a amava em uma voz tão profunda e terna que eu tive vontade de chorar.

Eu ainda estava aquecida e sensível por dentro só de lembrar, e nem mesmo dançar a noite toda tinha feito eu me esquecer de como me sentia realmente sem amor. Depois de ver o jeito como minha melhor amiga é beijada, beijada de verdade, e depois de saber que ela vai ter ainda menos tempo para mim agora que tem outras prioridades com sua nova e linda família, estou começando a me sentir como se eu nunca, jamais, fosse encontrar o tipo de amor que eles têm. Ela sempre foi responsável, sempre uma boa menina, mas eu sou... eu.

A divertida.

A ficada de uma noite só.

– Vamos lá, loirinha – ele me encoraja junto ao ouvido, sentindo minha indecisão.

Eu suspiro e me volto. Ele me puxa para junto e olha para minha boca como se estivesse prestes a me convencer com um beijo. Eu gosto de tocar e ser tocada. Brooke me chama de sua joaninha. Eu adoro proximidade, contato, anseio por isso como anseio por ar. Nunca, porém, sinto realmente o toque de um homem para além da minha pele. Ainda assim, sou sempre tentada porque fico pensando que O CARA CERTO está logo ali na esquina e não posso deixar de tentar.

Inclinando-me e resistindo à tentação de beijar mais um sapo, busco pelo resto da minha convicção e digo outra vez:

– Não. De verdade. Obrigada. Estou indo para casa agora.

Estou enfiando a bolsa debaixo do braço, aprontando-me para sair, quando um ruído surdo e baixo faz as vidraças escurecidas que recobrem o salão reverberarem.

– Ah, meu Deus! – eu grito, meu estômago afundando quando percebo que está *chovendo, cacete.*

Corro para a porta quando um homem segura a maçaneta com uma mão recoberta por uma luva preta e, galante, abre-a para mim. Eu quase tropeço para fora e ele segura meu cotovelo para me estabilizar.

– Devagar – diz ele em uma voz grave enquanto me mantém de pé e eu pisco desesperadamente para o Mustang azul-claro do outro lado da rua.

Esse carro é tudo o que eu tenho em meu nome. Tudo de que eu disponho para vender porque preciso do dinheiro desesperadamente (e quem é que vai querer o carro agora?). É um conversível, meio velho, mas tão fofo quanto único, com seu interior e assentos brancos para combinar com o teto de lona. E agora ele está lá fora, nessa chuva, com o teto abaixado, transformando-se em meu próprio *Titanic* com rodas.

Toda a minha vida afundando com ele.

– Presumo, pela expressão de tristeza no seu rosto digna de um filhotinho, que aquele é o seu carro – diz a voz marcante.

Indefesa, eu concordo e levanto meus olhos para o estranho. Um clarão de relâmpago corta a distância, iluminando os traços dele.

E eu não consigo falar.

Ou pensar.

Ou *respirar*.

Seus olhos me agarram e não me soltam. Eu encaro suas profundezas enquanto também registro que seu rosto é deslumbrante. Maxilar firme, maçãs do rosto altas, uma testa forte. Seu nariz é clássico, esguio e elegante, e os lábios sob ele são cheios e curvados, firmes e... Deus, ele é praticamente comestível. Seu cabelo escuro balança com o vento, brincalhão. Ele é alto, de ombros largos, e veste calças escuras e uma blusa de gola alta que o deixam elegante e perigoso ao mesmo tempo.

Seus olhos, porém...

Eles são de uma cor indecifrável, mas não é a cor, é o olhar, o brilho incrível. Emoldurados por espessos cílios negros, seus olhos brilham tanto quanto as luzes mais fortes que eu já vi. Enquanto analisam minhas feições em silêncio, por sua vez, aqueles olhos estreitados parecem tão poderosos quanto um raio X, e pelo jeito cintilam especialmente porque eu – *eu* –, de alguma forma, fiz algo para divertir esse homem, esse... porra, eu não tenho nome para ele. Exceto Eros. Cupido em pessoa. Deus do amor. Em carne e osso.

Eu pensava que o Cupido usava uma flecha, mas não senti como se tivesse sido atingida por uma. Eu senti como se tivesse sido atingida. Só que por um foguete.

Enquanto eu continuava ali, pasma pelo mais de 1,80 metro de total *gostosura* à minha frente, ele pegou minha chave com a mão enluvada e colocou a outra no meu quadril para me segurar no lugar. E eu senti. Senti aquele toque correr pelos meus quadris abaixo, dando um nó em meu estômago, pulsando em meu sexo, descendo pelas minhas coxas e curvando os dedos dos meus pés.

– Fique aqui – diz ele ao meu ouvido, puxando em seguida a gola de sua blusa até ela virar um capuz na parte de trás e atravessando a rua correndo.

Eu observo enquanto ele vai até onde meu carro está sendo ensopado. O vento chicoteia as ruas com tanta força que eu preciso usar as duas mãos para segurar a saia a fim de que não voe até a cintura.

– Suba o teto! – eu me forço a gritar na chuva que cai, subitamente tão determinada quanto ele a salvar meu carro.

– Princesa, pode deixar comigo! – Ele salta para o banco dianteiro, liga o carro e o teto começa a subir até que... para.

Ele fica preso.

Após um guincho de protesto, a porcaria do teto começa a descer.

– AH, MERDA!

Eu corro para a rua e de repente as gotas de chuva me bombardeiam como pequenas balas de canhão, ensopando-me em um segundo. Eu juro que quero gritar *Vão se foder!* para elas. Meu carro, a única coisa na minha vida livre de merdas, está sendo arruinado e eu sinto vontade de gritar.

– Está brincando comigo? Vá para debaixo da marquise! – O cara salta para fora e tira seu suéter em um puxão rápido. Ele espalha o tecido por cima da minha cabeça, utilizando-o para bloquear a chuva enquanto me leva de volta à pequena cobertura sobre a entrada do prédio.

– Não! Eu vou te ajudar. Meu precioso carro! – eu grito, empurrando o peito dele, tentando fazê-lo recuar, mas ele é uma cabeça mais alto que eu e feito de aço.

– Eu *dou um jeito* no seu carro – promete ele. Entregando-me sua blusa ensopada, acrescenta: – Segure isso – antes de sair correndo de novo.

Por baixo, ele está usando uma camiseta branca de gola careca, e ela se agarra a seu torso esculpido enquanto ele tenta resolver manualmente, puxando o teto do meu carro de volta ao lugar certo.

Gotas de chuva escorrem por seus braços nus, o algodão molhado de sua camiseta está colado ao seu peito, revelando todos os músculos existentes. *Porra.* Ele é de uma beleza sem escalas; ele acaba de quebrar meu Radar de Gostosura Masculina. Não consigo tirar meus olhos de cada centímetro de seu corpo ou do modo como ele se move.

Um trovão chacoalha a cidade outra vez quando ele finalmente prende o teto do meu carro e gesticula para que eu me aproxime. Ele abre a porta do carro pelo lado de dentro e eu corro para o assento do passageiro, trancando a porta após entrar.

Minhas roupas frias e escorregadias aderem contra minha pele enquanto ele se senta ao volante, grande e masculino, e subitamente estamos abrigados no interior pequeno e quase apertado do meu carro. Os assentos estão inundados de água, e quando eu me mexo para ficar um pouco mais de frente para ele, ouço um *squish* que faz minhas bochechas queimarem de embaraço.

– Não posso acreditar nisso – murmuro. – Minha melhor amiga me diz que eu sou a única idiota com um conversível em Seattle.

Os olhos dele estão cheios de divertimento.

– Eu gosto do seu carro. – Ele toca o painel, e a mão que desliza ali está coberta por uma elegante luva de couro de carneiro que faz minha pele se arrepiar. Ele gira seu tronco em minha direção com um sorriso devastador e irresistível. – Tudo o que está molhado seca; não se preocupe, princesa.

Eu mal consigo aguentar o jeito como ele fala *molhado*.

Ou o modo como uma gota de chuva se agarra aos seus cílios escuros. A água escorre pelos seus braços bronzeados e musculosos. Seu cabelo está penteado para trás, destacando o lindo rosto que ele tem. Eu já vi obras de arte e homens lindos, prédios lindos e quartos lindos, porém, neste momento, enquanto ele olha para mim, não consigo me lembrar de já ter visto mais nada além dele.

Ele é um dez na escala de beleza. Eu nunca, jamais, estive com um dez. E a maneira com que ele me olha... Eu já vi essa expressão antes. É a expressão que Remington Tate faz para Brooke. Aquele olhar. Ele está olhando assim para mim e eu estou morrendo por dentro. Eu posso morrer por causa de um olhar? E se um olhar pode me matar, então o que um toque faria?

– Então... – diz ele com suavidade, sua voz cheia de texturas. Ele espera um pouco antes de voltar a falar, e me surpreende o fato de ainda olhar apenas para o meu rosto, não para meu peito molhado, não para minhas pernas nuas. Ele está olhando apenas para os meus olhos enquanto acaricia o círculo do meu volante, distraído. – Quer ir a algum lugar comigo? – pergunta, estendendo em seguida a mão livre coberta pela luva preta para colocar meu cabelo atrás da minha orelha.

O que eu sinto está tão além da luxúria que mal consigo responder.

Eu tremo.

– Sim – digo, tonta de desejo.

Ele me dá um sorriso que faz meu pulso disparar, a mão demorando-se no meu rosto por um segundo a mais, então engata a marcha no carro e nos leva pelas ruas chuvosas. O ar entre nós estala no silêncio.

Os únicos sons perceptíveis lá fora são a chuva e os trovões. O interior do carro é dominado pela respiração dele. Ele respira de modo lento e profundo, enquanto eu o faço de forma rápida e nervosa.

Ele cheira... como uma floresta molhada. Com um toque de couro. Seus olhos estão na estrada, mas eu estou ciente apenas dele. Do modo como seu peito expande sua camiseta molhada. De seu perfil nas sombras e com as luzes da cidade cintilam sobre seu rosto conforme nós passamos. Seu jeans molhado agarrando-se às coxas duras. Acho que nós dois sabemos o que vamos fazer.

Vamos estar com as mãos sobre o outro em minutos, e esse conhecimento causa perturbações em meu cérebro. Eu sinto como se algum monstrinho sexual tivesse acabado de emergir em mim. Tenho uma queda por mamilos masculinos e os desse homem estão espetando a camiseta branca deliciosamente, e seus jeans são... Deus, seus jeans estão esticados ao máximo. Ele me *quer*. Ele quer me *comer*. Esse homem incrivelmente lindo que me deixa vesga de desejo.

– Você é sempre assim, quieta? – ele me pergunta com uma voz estranhamente espessa, e eu ergo meus olhos até o rosto dele; aquele sorriso em seu rosto abala.

– Estou ssssss-su-supergelada.

Ele indica um hotel que eu sei ser caro até mesmo para um jantar, mas não parece se importar, dirigindo-se à entrada de carros.

– Parece ser o lugar mais próximo onde podemos nos secar.

– Sim, é perfeito – digo, ansiosa demais.

Eu gosto de coisas perfeitas, coisas bonitas, coisas que são animadas e divertidas. Meus pais, como casal? Perfeitos. Eu mesma sou, em geral, perfeita. Hoje à noite, porém? Eu deslizo a mão por meu cabelo enquanto atravessamos o saguão e não consigo imaginar qual minha aparência. Um rato molhado parece ser uma aposta boa. Por que, por que, *por que* eu tenho que estar com uma aparência péssima neste momento?

Enquanto ele pede pelas chaves do quarto na recepção, eu examino sua bunda nos jeans, o caimento de suas roupas, e não consigo eliminar o nervosismo.

Enquanto me espremo no elevador junto a uma porção de outras pessoas, esfrego meus braços e tento impedir meus dentes de baterem. Ele sorri para mim do outro lado de um casal, e seu sorriso acende uma centelha de travessura em mim e eu sorrio de volta.

Eu o sigo até o quarto e então até o imenso banheiro de mármore. Ele tira sua blusa de gola alta da minha mão travada e a pendura. Depois, sem aviso algum, ele levanta um braço e arranca sua camiseta com um puxão que faz todos os seus músculos se moverem.

– Tire os sapatos – sussurra ele.

Eu os abro e chuto-os de lado.

Quando me endireito, quase me engasgo com ar quando vejo seu peito nu. Braços fortes, cada músculo possível de existir ali marcado. Há uma estreita faixa de pelos descendo de seu umbigo para a cintura da calça jeans. Abdômen rasgado, um pescoço largo e aqueles lábios, beijáveis e lindos. Deus. Ele tem uma cicatriz – grande, na lateral esquerda das costelas – e uma onda de compaixão me invade. Então, noto que ele está me *despindo*.

Minha pulsação salta, excitada, e meus mamilos se enrijecem.

– O que uma garota como você estava fazendo num lugar como aquele? – pergunta com as sobrancelhas baixas sobre os olhos, e eu começo a tremer enquanto ele retira minha blusa.

Em um impulso, eu estendo a mão e toco a cicatriz no peito dele com um dedo.

– O que aconteceu com você?

Ele abre o zíper da minha saia e, enquanto a puxa para baixo, inclina-se sobre mim, captura meu lóbulo entre os dentes e puxa-o de leve.

– Você sabe que a curiosidade matou o gato, não sabe, gatinha? – ele murmura em meu ouvido, instando-me a erguer os braços para que ele possa tirar minha blusa.

Eu sorrio, meio bêbada, e abro a boca para responder, mas ele me beija. Ele me pega de surpresa e eu agarro seus ombros para me equilibrar, chocada por minha receptividade àquela boca quente, sedosa, selvagem. Minha própria voracidade é liberada em uma torrente. Seus lábios abrem os meus, famintos. Eu gemo e enterro minhas mãos em seu cabelo molhado para que ele não pare de me beijar, e giro meus quadris enquanto sua língua penetra. Calafrios de desejo me percorrem enquanto ele se inclina sobre mim, devorando-me com sua boca enquanto minha cabeça pende para trás e um ruído de prazer escapa de minha garganta.

Eu estremeço enquanto imploro para que ele toque meus mamilos.

– Você está bêbada – ele murmura enquanto olha para mim, vestida apenas com minha lingerie, seus olhos loucos de calor enquanto meus mamilos quase espetam o ar.

– Só alegre – murmuro, quase em um gemido. – Por favor, não pare, eu me sinto quase dolorida.

Com uma travada perceptível no maxilar, ele estende a mão enluvada e eu a sinto passando pelo meu cabelo – e então ele me olha, seus olhos reluzindo quando ele parece se lembrar de que está usando luvas.

Ele as retira, uma por uma.

– Tem certeza? – diz ele.

Um formigamento me percorre quando vejo as mãos dele. Fortes, grandes, bronzeadas. *Ah, Deus*. Subitamente, eu sinto aquelas mãos em minha cintura e ele me ergue, colocando-me sobre o balcão de mármore, encaixando seu corpo entre minhas pernas.

– Tem certeza? – insiste ele.

Ele me olha atentamente enquanto começa a manipular meus mamilos, e eu quase posso ver a rigidez de seu autocontrole ali, e que, se eu disser não, ele vai parar, mas eu concordo com um gesto da cabeça. Ele então geme e belisca meus mamilos da maneira mais deliciosa enquanto se abaixa, encaixando os lábios nos meus, com firmeza dessa vez. Bastante firmeza. Sua língua mergulha, gira, voraz e intensa ao redor da minha, lampejos de prazer disparando dos meus mamilos até os dedos dos pés, da minha boca até meu sexo. O balcão de mármore sob mim, o quarto, o hotel, tudo vai embora até existirem apenas lábios quentes, poderosos e molhados movendo-se contra os meus. Saboreando-me. Mãos acariciando meus seios, descendo pelas laterais de meu corpo. Meus pensamentos giram, o beijo e o toque dele acendendo minha paixão como nada jamais foi capaz. Minhas mãos sobem pelo seu peito úmido e quando eu toco o metal de um piercing no seu mamilo esquerdo, quase morro.

– Ah, Deus – ofego, a intensidade me sobrepujando enquanto minha bunda dói pelo frio do mármore. – Me leve para a cama.

Ele me carrega para o quarto, jogando-me na cama como quem fala a sério. Ele flexiona as mãos ao lado do corpo enquanto tira a calça jeans e retira um pacote de camisinhas. Ah, Deus. Suas mãos são enormes, e bronzeadas, com dedos compridos. Uma cicatriz na palma. Eu realmente as quero em mim. Dentro de mim. Ele puxa minha calcinha para baixo, abre meu sutiã.

– Meu nome é Melanie – arfo, voltando para a cama enquanto ele me despe.

Nu, ele se move com uma graça predatória que faz meu coração bater contra as costelas e causa uma inundação de desejo entre minhas pernas.

Ele sussurra:

– Meu nome é Greyson, Melanie.

Ele põe minha mão na dele e começa a me beijar enquanto colocamos uma camisinha nele, e posso sentir sua pulsação batendo sob minha mão.

Eu amo o jeito como ele continua me beijando, nossas mãos tocando sua rigidez, imensa, grossa, pulsante, enquanto vestimos a camisinha nele, uma piscina se formando entre as minhas coxas.

Ele desliza um dedo em minha vagina e observa meus olhos rolarem para trás.

– Porra, eu quero entrar em você – murmura ele, beijando minha garganta. Ele vira a cabeça para abafar meu arquejo e toma minha boca. – Eu vou te dar a foda da sua vida, princesa. – Sua língua úmida lentamente se arrasta pelos contornos da minha orelha. – Vou chupar você até meu maxilar doer. – Sua voz grave me deixa tão louca que posso sentir os cabelos de minha nuca se arrepiando enquanto ele coloca a mão ali e começa a me beijar de novo. – Vou fazer você gozar o mais forte que consegue.

Ele me deixa tão molhada, que meu corpo começa a se mover contra o seu quando continua sugando meus seios, me fazendo ofegar.

Eu deslizo meu braço pelos músculos tensos de seu peito. Levanto a cabeça, movendo-a para a fonte de seu hálito, gemendo do único jeito que sei para fazê-lo pensar em me beijar. Ele me beija. Ele gira seu quadril, pressionando contra o osso do meu quadril como se precisasse do contato, e faz um ruído baixo como um rosnado enquanto desce a mão entre minhas pernas.

Eu o desejo tanto que chega a doer.

Abro minhas pernas um pouco mais e gemo enquanto ele me possui. Tento escapar enquanto meu corpo começa a se contrair.

– Eu vou gozar – gemo suavemente. – Me desculpa... Eu não consigo... Você é... Gostoso demais... Não consigo...

– Goza – diz ele, rouco. – Tudo bem, a gente faz de novo daqui a pouco... *goza*...

Um êxtase puro e fervilhante irradia-se pelo meu corpo, meus joelhos se abrem, minhas emoções rodopiam e deslizam, meu corpo se contrai, agarrando e soltando o dele, suas arremetidas enviando choques por mim até eu fazer o que seu corpo pecaminoso me força a fazer, e gozo como um foguete.

Eu ofego pela força do meu orgasmo, contorcendo-me e arqueando o corpo sob o dele. Ele penetra tão fundo quanto pode ir, e eu estremeço incontrolavelmente e soluço de gratidão a cada vez que ele está totalmente dentro de mim, fazendo que me sinta... o oposto de solitária. O contrário de triste ou vazia. E, quando o meu clímax se acalma e ele ainda está lá – cada centímetro grosso, quente e duro dele encaixado firmemente em mim –, meus olhos se abrem e eu o vejo olhando para mim com aquele olhar selvagem, faminto, quase proprietário, mas também estranhamente reverente e gentil, enquanto recomeça a se mover em mim com precisão de especialista, nossos olhares se agarrando, o jeito como ele me fode com gentileza agora fazendo estrelas dançarem em meu campo de visão conforme outro clímax delicioso se aproxima.

Eu não esperava, mas gozo de novo. Forte. Se possível, até mais forte que antes, porque as paredes do meu sexo estão doloridas e sensíveis, e meu clitóris lateja toda vez que os quadris dele se encontram com os meus – e o prazer cresce exponencialmente até me abrir em uma explosão. Minhas unhas rasgam a pele dele. Eu grito seu nome, quase assustada com a intensidade. Ele abafa meus gritos com sua boca, e dessa vez serpenteia sua língua ao redor da minha e interrompe seu nome em *Grey*. Ele geme como se gostasse do sabor do seu nome em minha boca, seus músculos flexionando contra mim enquanto goza, seu peito roçando contra meus seios enquanto ele chega ao clímax comigo.

Quando os tremores dele serenam após os meus, ele rola até ficar de costas e, como ainda está dentro de mim e está com os dois braços ao meu redor, eu acabo junto. Jazemos em um silêncio sem fôlego por um momento, enredados e sem sequer nos importarmos com onde está o braço de quem, ou de quem é a perna enganchada entre as outras. Estou tão absolutamente atordoada, bem comida e espantada, que quase espero encontrar pedacinhos de mim espalhados pelo chão.

Depois de alguns minutos, eu emito um barulho de protesto, querendo me levantar. Ele me solta, permitindo que eu vá na ponta dos pés até o banheiro para me limpar. Ele me segue, dando um nó na camisinha, e enquanto eu lavo minhas mãos ele vem por trás de mim e lava suas mãos junto com as minhas, enquanto nossos olhos se encontram no espelho. Eu vejo meu reflexo e... não, eu não pareço um rato molhado. Minhas bochechas estão coradas, rosadas, meu cabelo está bagunçado, e quando ele sorri para mim e encaixa meu seio em suas mãos, eu estou entregue.

– Volte para a cama para eu te fazer ofegar mais um pouco – murmura ele na minha pele.

– Eu não ofego – digo, pegando a mão dele, aquela em meu seio, e puxando-o de volta para o quarto comigo.

– Você ofega, geme, grita, e agora vai fazer tudo isso de novo para mim.

– Eu não fiz isso! – digo, enquanto desabo outra vez.

Quando ele rasteja por cima de mim, sinto-me perfeitamente sóbria. Já não estou nem mesmo alegrinha. Eu sei que vou me lembrar de cada milímetro de como o rosto dele está, concentrado e faminto. Enquanto ele começa a brincar com meus seios, eu começo a ofegar conforme desliza seus dedos ao longo de minhas costelas, contornando meu umbigo, observando-me com um sorriso que diz saber exatamente o que está fazendo. Eu sorrio de volta, porque bad boys são o meu fim, e toco a argola em seu mamilo, sentindo sua ereção engrossar junto aos meus quadris enquanto ergo a cabeça e começo a sugá-lo em silêncio. *Eu também sei como jogar esses joguinhos, meu sedutor deus do sexo*, penso.

– E agora, quem é que ofega? – sussurro, brincando.

– Eu acho que você é gostosa pra cacete – diz ele, rolando e me levando consigo, pressionando minha cabeça contra seu mamilo como se quisesse que eu sugasse com mais força.

Seu corpo grande estremece de prazer e o desejo se acumula entre minhas coxas enquanto continuo puxando com meus dentes e usando minha língua, sentindo-o intumescer junto a mim, duro e pulsante.

A noite toda nós brincamos um com o outro, provocando, saboreando, acariciando, *fodendo*.

Todo toque, todo sussurro, tudo que eu compartilho com ele parece tão certo; como um fio elétrico ligado à tomada certa, que sinto uma nova força vital fluir em mim, quase uma euforia.

Durante nossas quentes sessões de amasso, eu o percebo olhando para mim através dos espessos cílios escuros, uma curiosidade brincalhona cintilando em seus olhos.

Ele pergunta a meu respeito como se realmente quisesse saber, e eu sinto que já nos conhecemos antes... em algum lugar obscuro e proibido.

Quando ele me beija na boca ardorosamente durante outra sessão de amasso, eu o ataco com a intensidade de um desastre natural, e talvez seja do que se trata, mas não há como me impedir, como *impedi-lo*, parece, de me possuir e me *desmontar*.

Por volta de cinco da manhã, o telefone dele toca pela terceira vez. Ainda estamos nos beijando com intensidade preguiçosa e meus lábios estão sensíveis e vermelhos e inchados e meus seios estão deliciosamente doloridos, mas ainda estou implorando por mais. Exasperado com a vibração, ele finalmente atende:

– É melhor que isso seja bom.

Eu me viro sobre meu estômago a fim de dar a ele espaço para conversar e em silêncio estudo seu perfil. Seus olhos e uma de suas mãos permanecem na curva da minha bunda enquanto ele fala ao telefone.

Enquanto ele discute o que eu suponho serem negócios em uma voz baixa e rude que eu mal consigo distinguir, memorizo as depressões de seu abdômen, percorrendo sua barriga com meus dedos. Eu me aproximo de seu colo e, enquanto ele continua apertando minha bunda em uma mão grande, beijo seu pau duro e lambo a umidade, o que faz que ele feche os olhos com força por um momento e expire ruidosamente.

Quando ele finalmente abre os olhos, eles estão duros e frios. Ele dispara uma lista de números no receptor, depois desliga e permanece pensativo, e é quando eu sinto que ele se afastou de mim.

Eu me sento na cama com uma sensação de enjoo. Isso é o fim. E então minha suspeita é confirmada quando seu corpo glorioso se levanta da cama onde ele foi apenas meu. Eu o observo desaparecer no banheiro, uma impressão de desespero ardendo no fundo de mim. Eu sei o que vem agora, não sei? Sei, sim. O olhar que eu pensei ter visto na noite passada foi um truque. Um truque da bebida. Um truque da luz. Uma merda de um truque, e eu já devia saber. Agora estou morrendo por dentro, e não é de empolgação. Essa pequena fantasia? Essa conexão passageira que eu pensei ter com alguém? Acabou.

Não era uma conexão. Nem mesmo era real. Eram um pouco de álcool, um pouco de chuva, um tanto de hormônios e algumas frases sedutoras que me fizeram acreditar que ele estava mais excitado por mim do que jamais se sentira antes na vida.

– Eu tenho um voo logo cedo e preciso cuidar de uma última coisa antes de partir.

Ele retorna com suas roupas apertadas nas mãos e rapidamente pula para dentro do jeans. Seu maxilar está um pouco contraído demais, como se ele não estivesse gostando disso mais do que eu.

– Claro – digo, e espero do fundo do coração soar indiferente o bastante. Todos esses orgasmos e o jeito como eu fiz todos aqueles barulhos embaraçosos para ele estão deixando isso extremamente esquisito, porque eu perdi o controle. Ah, meu Deus, eu perdi o controle, me perdi por um total estranho.

Ele olha para mim e, em seguida, abre a boca por um momento antes que algo de fato saia de lá.

– É complicado pra cacete. Você não me quer na sua vida.

– Não. Por favor, não. Você não precisa fazer isso. Vamos deixar como está. Eu sei como isso termina. Adeus, tenha uma boa vida. *Adiós*, Pepe.

Nós nos encaramos e ele murmura:

– Eu não deveria ter te tocado.

Ele vai para a porta. Eu olho para suas costas largas enquanto trabalho na minha cara de valente. Fiz isso um milhão de vezes. Estou erguendo muros ao redor das partes que doem para que não doa nem um pouquinho. Nem um pouquinho.

– Um dos meus rapazes aspirou o seu carro na noite passada. – Ele para com a mão na maçaneta, depois volta e aperta as chaves do meu carro na minha mão e, estranhamente, beija minhas pálpebras. – Seus olhos – sussurra ele. E então parte.

Meu estômago literalmente dói quando a porta se fecha após ele sair. Eu desabo na cama depois do sexo mais delicioso da minha vida, completamente... devastada. Uma solidão esmagadora se assenta sobre mim, ampliada milhares de vezes desde o momento em que entrei naquela festa apenas algumas horas atrás, esperando que fosse fazer me sentir melhor. Mais um sapo. Não. Deus, ele não era um sapo. Ele era... algo sem nome. E agora havia partido. E aquela conexão passageira da qual eu tive tanta certeza também partiu.

E eu estou realmente, inexplicavelmente, *devastada*.

Uma tonelada de tijolos repousa sobre o meu coração enquanto eu junto minhas coisas do banheiro. Quando eu percebo que tudo ainda está molhado, me encolho, lutando para puxar as roupas úmidas sobre meu corpo. Não consigo encontrar minha calcinha. Olho por toda a suíte. Ao conferir debaixo da cama, juro que ainda posso senti-lo em minha vagina intumescida enquanto me abaixo. *Greyson*.

Poooorra, até o nome dele é sexy.

– Você levou mesmo minha calcinha? – Sem acreditar, vou procurar do outro lado da cama, recusando a me lembrar de como me senti sensual quando ele as tirou de mim.

Enquanto procuro debaixo da saia da cama, ouço um clique seguido de passos. Ergo minha cabeça para olhar para a porta e pisco, confusa. Ele voltou? Ele está de pé, bem à minha frente. Uma dor tão profunda que me é estranha me subjuga.

Minhas entranhas palpitam enquanto me levanto. Seu cabelo castanho-escuro está deliciosamente bagunçado e combina lindamente com seus olhos, olhos que parecem como se todos os copos de um bar refletissem a luz, brilhando de maneira quase milagrosa para mim. Ele é alto e bem talhado mas emite um poder inominável, quase sobrenatural sobre mim. Quando ele me fita com aquele olhar, mesmo a essa distância, de alguma forma longínquo e intocável, só me faz querer ainda mais tocá-lo.

– Esqueceu alguma coisa? – digo. Estou morrendo de vergonha por ter sido pega falando sozinha assim. Ele me faz sentir jovem e vulnerável como eu nunca me senti na vida.

– Eu não levei sua calcinha. – Ele indica um abajur e franze levemente a testa, como se não pudesse adivinhar como ela tinha acabado ali. Ela está pendurada no topo da cúpula.

Minhas bochechas ardem, vermelhas.

– Obrigada – resmungo, sem graça, enquanto retiro-a da cúpula. – Eu gosto muito dessa calcinha.

Ele cruza os braços e me observa em silêncio enquanto eu a visto.

– Eu também gosto muito dela. Ela fica especialmente linda nessa sua bunda.

Eu a deslizo para cima e finjo estar hipnotizada pelas unhas dos meus pés quando ele se aproxima e se agacha ao meu lado, inclinando minha cabeça até ficar de frente para a dele. O timbre de sua voz cai a um nível para lá de íntimo.

– Eu quero te levar para casa. – Meus dedos dos pés começam a se encolher e ele prossegue naquela voz grave e rouca até que meu estômago parece ser apenas um nó: – E eu quero o número do seu telefone, e quando eu voltar para a cidade, quero ver você de novo.

– Por quê? – eu rebato.

– Por que não?

– Você nem sequer sabe o meu sobrenome – acuso.

– Eu sei o comprimento de suas pernas. – Ele estende a mão para tocar uma mecha do meu cabelo com seus dedos compridos, os olhos nunca abandonando os meus. – Eu sei que você tem cócegas atrás dos joelhos. Que você gosta de ofegar no meu ouvido. – Ele se apoia contra a parede e simplesmente me observa. – Sei que gostaria de te beijar de novo. Que, sabendo que você estava naquela cama, não consegui entrar na porcaria do elevador. Eu queria ver esses... – Ele se inclina para perto e roça minhas pálpebras com os dedos.

– De novo. Então, o analista de riscos em mim diz não. Essa é uma má ideia. Mas você parece ser uma mulher determinada, e meu palpite é de que vai continuar indo àquele bar, repetidamente, atraindo homens, até encontrar o que está procurando. E meu analista de riscos diz que isso é muito pior. Quem serão esses homens? Quem é que você vai levar para casa, Melanie?

Eu me sinto envergonhada de novo, mas não quero que ele saiba disso, então dou de ombros.

– Bem, talvez a surpreenda saber que eu não estou de acordo com isso. Pode surpreendê-la saber que, se algum homem vai fazer qualquer coisa com esse seu corpo, serei eu.

O olhar. Ah, Deus, o olhar.

– Então. – Uma sondagem surge nos olhos dele. – Eu vou te levar para casa?

Deus. Eu sou indefesa contra aquele olhar. O olhar que eu desejei, que memorizei, não quero que atravesse meus muros e me faça chorar, mas estou um pouco bêbada e meus muros são feitos de papel hoje. Eu blefo em autodefesa.

– Que cavalheiresco de sua parte voltar. Vai fazer meus olhos marejarem.

– Isso mesmo. E, quando você goza com força, você derruba algumas lágrimas também.

Minhas bochechas ardem em um vermelho vivo quando eu me recordo, e giro meus olhos para ele.

– Se você diz.

– Eu digo, sim. Foi o melhor momento da minha noite.

Eu prendo meus sapatos, vermelha como um tomate, e ele tira sua camisa.

– Essa está seca. Vista-a.

Eu deslizo para dentro da camisa dele e seu cheiro e calor me envolvem enquanto eu o observo vestir sua blusa de gola alta úmida, e é com total descrença que saio do quarto com ele, com esse lindo deus, sentindo sua mão enluvada na parte baixa das minhas costas, guiando-me até o elevador, seus olhos analisando meu perfil com um sorriso estranho.

– Não fui exatamente como você imaginava quando acordou esta manhã, fui?

Meu corpo está tão bem comido que eu mal posso andar, e meus olhos, meus olhos doem; eu não posso dizer a ele que todos os dias da minha vida eu tentei imaginá-lo.

– Não exatamente o que eu imaginava – digo. – Hoje não foi *nada* como eu imaginava.

Ele abaixa a cabeça e me beija. Não com luxúria. Apenas um beijo.

Um beijo pós-sexo que alcança os níveis mais profundos de mim, abre meus terminais nervosos e me faz sentir exposta, e desejada, e crua, e eu tenho que lutar para não chorar de verdade como você chora quando faz aquele último pedido em seu último centavo e ele se realiza.

Homens já zombaram de mim, me arruinaram, me usaram e abusaram. Eu gosto de entrar em disputas verbais. Eu gosto de xingar, cuspir, gritar e ser eu mesma. Ninguém jamais me fez sentir vontade de chorar só por falar comigo. Ninguém jamais me fez ter vontade de chorar, mas uma única memória e agora esse homem, que está me dando aquele olhar, parecem conseguir isso.

– Qual o seu sobrenome? – murmura.

– King. – Ele abre um sorriso de derreter calcinhas. – Sem piadas com a majestade, por favor.

Eu rio, e então estendo minha mão como se tivéssemos acabado de nos conhecer.

– Meyers.

Ele pega minha mão na sua, seu aperto quente e firme, e faz meus dedos do pé se encolherem de novo. Ele solta e retira seu telefone, digitando uma senha e entregando-o para mim, me observando com olhos que parecem ser os mais inteligentes que eu já vi.

– Meyers, digita o seu telefone para mim?

Eu o adiciono com o nome A Mais Gostosa que Eu Já Comi.

A leve sombra de um sorriso puxa os cantos dos lábios dele, o suficiente para me dar palpitações.

– Legal.

Ele escreve algo em seu teclado e meu fone vibra com uma nova mensagem de texto.

E é pura verdade.

Eu sorrio e ele olha para mim, com aquele *quase* sorriso supersensual.

E subitamente eu não sei explicar – e não sei se algum dia já senti – o tipo de felicidade que sinto nesse instante.

Quando chegamos ao meu prédio, ele sobe no elevador comigo, me leva até minha porta e dá um beijo em minha testa enquanto esfrega os dedos nos cantinhos de meus olhos e sussurra:

– Entrarei em contato em breve.

Quando eu deslizo meu corpo trêmulo e deliciosamente bem comido na cama, cerca de uma hora antes do amanhecer, não consigo dormir. Brinco com nomes para o perfil dele no meu fone. Maníaco sexual. Máquina do sexo. Deus do sexo. Playboy divino. Acabo me decidindo por Greyson e murmuro "Greyson", o nome rolando pela minha língua como veludo.

Fecho meus olhos com força e sinto vontade de convulsionar por toda a minha cama. Mando uma mensagem para Brooke, Pandora e Kyle em um grupo.

Eu: Acabo de conhecer alguém. Gente, eu acabo de conhecer ALGUÉM. Não um cretino! Ele na verdade me trouxe para casa e o caminho todo, até minha porta. AAAAAA! Fodam-se vocês, se alguém estragar o meu dia amanhã, vou cortar as suas cabeças!

Kyle: Você vai estar ocupada demais com a cabecinha do seu novo homem para pensar na minha.

Pandora: Cara, você está usando ecstasy?

Brooke: O QUÊ? Me conta tudo!!!

TRÊS

ELA

GREYSON

Eu atendo ao meu telefone, que estava vibrando, assim que saio do prédio.

– Você deve estar imaginando por que está amarrado em uma cabine de banheiro com esse número em particular na tela do seu celular – murmuro no receptor. – Bem, você estava prestes a fazer algo que ia lhe custar seu pau. Estava prestes a tocar em algo que não tinha nenhum direito a tocar, *entendeu?* Você tem um débito a pagar. Você tem três dias. Tic-tac, tic-tac.

Eu desligo e esmago o telefone no chão. Em seguida, pego meu outro fone e ligo para Derek.

– Venha me buscar. – Eu disparo o endereço, depois ando dois quarteirões e descarto o fone antes de olhar para cima, para o prédio onde acabo de deixá-la.

Quando Derek estaciona em um utilitário escuro, eu entro e abro o porta-luvas. Retiro minha passagem, com a identidade falsa incluída.

– Leve isso até o galpão. Fique escondido. O número 24 vai fazer um pagamento em breve. Como vai sua esposa?

– Bem. Conseguiu fazer algum serviço?

– Quando é que eu não faço?! – digo.

Melanie. Eu já a vi antes. Estive observando-a de longe. Ela é o tipo de garota que você quer comer, mas eu nunca soube o quanto até ver que ela ia sair daquele bar com um de meus clientes. Por Deus, eu o deixei inconsciente sem nem pegar o pagamento. Só queria derrubá-lo porque ele com certeza não iria embora com ela. Ninguém vai.

Acaricio meu fone com a mão enluvada e resisto ao impulso de mandar uma mensagem para ela. Qualquer mensagem. Eu vi essa mulher descartar homens como eu uso telefones. Eu a vi deixar quartos de hotéis com uma aparência bagunçada, mas divina. Eu a vi saindo com aparência perfeita. Eu a vi rir, chorar, vi seu rosto nas mulheres que comi, e a vi em meus sonhos e quando acordo. O que essa mulher quer é algo que eu não posso dar. No entanto, fico contorcido em nós, torto, usado e inútil quando olho para ela.

Gosto de vê-la torcer e jogar seu cabelo, flertar, cruzar as pernas, curvar os lábios, olhar para as unhas.

Gosto do modo como ela caça seu próximo homem; gostava de observar porque, em algum lugar lá no fundo, eu sabia que me cansaria, e que a caça dela terminaria no dia em que eu decidisse informá-la que pretendia ser esse homem.

QUE SE FODA O PRÍNCIPE ENCANTADO DELA.

Ela vai levar *a mim*.

Estou no meio do caminho. Mais 24 nomes, e então Zero pode ser nada. Eu não devia tê-la tocado, mas toquei. Eu deveria parar de tocá-la, mas não vou. Meus rapazes, meus meninos, jamais podem saber que há um pequeno calcanhar de Aquiles em algum lugar do meu corpo, com o nome dela escrito.

A única razão pela qual os rapazes podem acreditar que estou próximo dela é porque seu nome, por acaso, está na minha lista.

QUATRO

ELE

MELANIE

Eu não fui sempre a filha única. Eu nasci com uma gêmea idêntica. Ela veio ao mundo com 2,5 kg, e eu vim em seguida, pesando um pouco mais.

Minha mãe sempre diz que nós duas éramos preciosas, pequenas e rosadas, mas nunca consegue contar o resto. Foi o Papai quem eventualmente me contou a história toda. Que eu não nasci perfeita... que eu nasci com um rim defeituoso e minha gêmea, com um problema sério no coração. Ambas lutamos para viver e, em uma hora, ficou óbvio quem estava lutando mais.

Quando o coração dela não resistiu, eles me deram seu rim.

Eles a chamaram de Lauren e a enterraram perto da mãe de meu pai. O meu aniversário é sempre o dia mais triste do ano. Mas eu visito seu túmulo com minhas flores favoritas – imagino, como minha gêmea, que seriam suas favoritas também – e então faço a maior festa do mês porque sinto que ela iria querer que valesse a pena.

– Quero que você me mostre que está alegre e feliz, sempre – minha mãe me diz, animadamente.

Então é o que eu faço. Mesmo quando sinto aquela dor da perda que nunca vai embora, eu estou determinada a ser feliz.

Meus pais me disseram que querem que eu seja feliz porque eles ficaram tão felizes por eu ter sobrevivido. E, dessa forma, eu tento viver feliz e nunca, jamais, demonstro a eles que não estou.

Meu pai conta meus sorrisos e diz que eu tenho cinco no total; portanto, sempre faço questão de que ele veja um deles.

Estou vivendo por duas pessoas. Estou tentando acumular em uma só vida o suficiente para preencher duas. Assim, eu me levanto toda manhã e coloco meu rosto perfeito e prometo a mim mesma ter o dia perfeito e algum dia ter a família perfeita. Contudo, estou fracassando.

E meus pais sabem disso.

– Sua mãe deseja que um dia, quando você se casar e sossegar, você tenha gêmeos – meu pai me disse uma vez, com um tom melancólico.

– Isso seria legal – eu disse, com o coração pesado e um sorriso grande e brilhante no rosto.

Às vezes, eu penso se ela já estaria casada. Lauren.

Às vezes, eu tenho um dia ruim e fico com a certeza de que ela teria deixado meus pais mais orgulhosos ou mais felizes do que eu. Tudo o que sei com certeza é que, se eles a tivessem escolhido, ela faria os mesmos esforços que eu para viver feliz.

Não vou nem ser fresca sobre ter gêmeos, mas eu sonho em me apaixonar pelo cara perfeito, e ter uma menina e chamá-la de Lauren.

Eu sonho tanto com o meu cara, que ele me dá uma dor. Eu sonho com aquela expressão, como a de Greyson quando olhou para mim, uma expressão que me diz que esse cara – esse aqui, esse ser humano que respira – acha que eu sou suficiente. Acha isso e está contente por ter sido *eu* aquela que sobreviveu. Porque, às vezes, eu realmente desejo que se uma de nós fosse conseguir, teria sido a Lauren.

* * *

O dia depois de Greyson

Saindo da Starbucks na esquina está Pandora, uma de minhas três amigas mais próximas. A devoradora de homens. Bem, não uma devoradora de homens. Ela é apenas absolutamente independente, sombria, fechada e cheia de segredos. Mas tudo bem, porque eu sou feliz, conversadeira e alegre, então nós nos completamos. Bem... nós *tentamos*. Hoje ela está seguindo o visual Angelina Jolie fodona com seu batom normalmente escuro e aquelas botas que conseguiu numa liquidação e que chegam até as coxas. Até o modo como ela anda intimida os homens, enquanto ela carrega nossos cafés de sempre até onde eu estou esperando na esquina – esse era o dia dela de pegar o café, afinal; sem dizer uma palavra, ambas bebericamos e atravessamos a rua a caminho de Susan Bowman Interiors.

Pode-se dizer que deixar as coisas bonitas é algo que Pandora faz para viver, mas eu faço isso como uma arte. Porque existe algo em um ambiente que o acolhe que pode alegrar o seu dia ruim, e eu gosto de fazer as pessoas felizes, mesmo dessa forma pequena.

– Então – ela me incentiva.

Eu abro um sorriso secreto contra a tampa do meu café.

– Então o quê? – digo.

Eu quero fazê-la implorar porque sou um pouco má assim. Ela desperta isso em mim. O negócio entre eu e Pandora é: somos diferentes pra caramba. Assim, é sempre um jogo de puxa e empurra com ela, algo que nós duas desfrutamos em segredo, acho.

– Então, que porra! Conte sobre o príncipe que tirou suas calças por encanto.

– Pandora, eu nem consigo... Eu simplesmente não CONSIGO. – Meu sorriso faz o rosto doer e eu disparo para ela um olhar que diz: "Ele me fodeu até eu desmaiar e eu adorei". – Foi... – De outro mundo. Perfeito. Para lá de *perfeito*. – Eu nunca soube que existia sexo como aquele. Eu não sabia que podia sentir o toque de um cara nos meus OSSOS.

Quando chegamos ao nosso andar e nos encaminhamos para nossas mesas em forma de L, localizadas uma ao lado da outra, eu não consigo parar de sorrir.

De verdade, eu nunca experimentei nada parecido com isso antes. Sinto-me quase tímida em compartilhá-lo com ela. Ao mesmo tempo, porém, sinto vontade de arranjar um alto-falante e contar aos meus colegas de trabalho que acho que talvez, apenas talvez, eu encontrei O CARA!

– Bem, não pare aí, virgenzinha envergonhada! Conte-me o resto – insiste Pandora, ligando seu computador. – Cara, pegar o café hoje me dá direito a alguns detalhes sórdidos.

– Eu peguei o café ontem e nunca consegui merda nenhuma vinda de você – contraponho, sentando e distraidamente esfregando a marquinha atrás da minha orelha, quase um chupão... – Não vou te dar detalhes sórdidos, eles são apenas para meu desfrute e fantasia pessoais. Mas, Pan, o jeito como nós nos conectamos. O jeito como ele olhava para mim. E olhava e olhava e não *conseguia parar* de olhar para mim.

– Minha nossa, você realmente está em êxtase. – Ela suspira e coloca a testa na palma da mão, como se tivesse uma dor de cabeça. Eu sei que ela odeia quando eu estou no melhor dos meus humores, então apenas sorrio, começo a cantarolar e imagino o que minha mãe diria se soubesse sobre isso.

Eu já estava casada e tinha tido você quando estava com 25, ela me disse a vida toda.

E eu digo a ela que vou fazer 25 em três semanas e tenho ótimos amigos e uma droga de uma carreira.

No entanto, agora, talvez, exista um rapaz...

Enquanto Pandora e eu começamos e misturar e combinar tecidos para nossas tarefas atuais, minha mente vagueia para meu telefone.

Eu tenho essa regra de que o último a mandar uma mensagem de texto deve ser aquele que recebe a próxima mensagem.

Greyson enviou "E é pura verdade" na noite passada e, antes que eu me desse conta, enviei uma mensagem de volta.

`Você está aí?`

Para ser honesta, eu não sei o que esperar. Esse é território inexplorado para mim. Eu mal sei qual é o meu nome hoje.

Em um instante, eu estava em uma festa com tantas pessoas...

E, então, estava com ele.

E ele estava comigo.

Totalmente focado em *mim*.

E o que me assusta – não, o que me assombra – não é que ele me deu os melhores orgasmos da minha vida, apesar de isso ter sido fantástico, mas que eu *senti algo*. Que o toque dele alcançou além da minha pele: ele me alcançou.

Minha pele se arrepia agradavelmente lembrando do modo como nossos olhos se encontraram quando fizemos amor, e eu fico olhando para o meu telefone, esperando ele me enviar uma mensagem.

* * *

Dois dias depois de Greyson

Hoje estamos decorando uma das novas casas de meu cliente. Na Susan Bowman Interiors, não importa quem esteja no comando do projeto, todos dão opinião no "dia D" da entrega e da arrumação dos móveis de fato.

Basicamente, funciona assim: eu me encontro com um cliente e pego uma noção do gosto e do orçamento dele; faço uma proposta detalhando os custos aproximados, cômodo por cômodo, e proponho os conceitos de decoração; faço os planos para os cômodos, tiro medidas, depois entrego os arquivos em PDF com os preços de várias opções e imagens e amostras de tecidos, baseando-me nos conceitos discutidos.

Uma vez que o cliente aprove nossas escolhas, eu mostro tudo para Susan, obtenho o selo de aprovação dela, então encomendo os tecidos, os móveis, os acabamentos para as janelas, os tapetes e carpetes, e tudo é enviado para o galpão da companhia, onde é conferido, reunido e estofado. E daí começa a diversão. Porque nós conseguimos então marcar uma data, geralmente quando nosso cliente está fora da cidade, e podemos fazer tudo o que visualizamos mentalmente acontecer na vida real.

Eu sou uma pessoa visual, e é isso o que faço. É isso o que eu amo. Desde que eu tinha três anos de idade, visualizo tudo. Do jeito como eu me vestiria para o primeiro dia na escola, e até o modo como certo garoto iria olhar para mim. Da forma que um professor sorriria deliciado com a maçã que minha mãe sempre me fazia levar. Ela dizia que se eu colocasse a maçã nas mãos deles, estaria colocando seus corações em meu bolso. Eu sempre me sentia ridícula entregando-lhes a maçã, mas minha mãe acredita bastante em ser "generosa" com todo mundo e está sempre dando coisas, até abraços. Sim! Ela fez aqueles cartazes ABRAÇOS GRÁTIS em eventos de caridade e simplesmente abraçou todo mundo – e me levou com ela. Então, acho que também acredito em abraços. Eles simplesmente são gostosos demais. De qualquer forma, agradar as pessoas e viver uma vida colorida, feliz e relaxada é o que eu amo.

– Aonde vai isso? – pergunta Pandora, desembrulhando um belo abajur de vidro.

– Ah, essa belezinha vai para o quarto da menina – digo, conferindo todos os meus arquivos pela terceira vez hoje. – Fica em cima daquela velha cômoda rosa e esse camaradinha aqui. – Eu indico uma otomana pequena e listrada tão fofa que preciso me esforçar para não abraçá-la. – Não é uma gracinha?

– O que é uma gracinha é o jeito como você fica tirando seu telefone como se ele fosse um filhote de cachorro, vivo e quentinho.

– Ah, fica quieta! Estou só conferindo se tenho rede.

E minha rede parece... ok.

Hummm.

Interessante.

NENHUMA mensagem. Ainda.

Às vezes, os caras precisam de um empurrãozinho. Ficam assustados. Foi intenso demais. Ele me deu "o" olhar. Agora mesmo, ele pode estar sentado em casa pensando: *Que diabos, Greyson, cara?*

Digo, é muito possível que ele esteja tendo problemas, como eu. Não consigo ir dormir sem me masturbar. Então é isso. Ele me fez pensar apenas nele, em sua pele, seu toque, e eu quero... *anseio*... diabos, eu *preciso* disso de novo. Já me matriculei mentalmente no Viciados em Greyson Anônimos e só ele pode curar minha doença.

Assim, apenas para ajudá-lo, para diminuir a pontada de desapontamento que começa a crescer do lado esquerdo do meu peito, inferno, para que ele *saiba* que eu *definitivamente* ainda estou interessada e, por favor, cara, se você gostou um pouquinho que seja de mim, faça o que disse que faria e me ligue, eu considero quebrar minha regra fundamental de enviar mensagens e talvez enviar outra para ele.

Será que eu devo?

As regras dizem que não, mas eu nunca gostei de regras. E Greyson também não parece um homem que goste de regras.

O que eu faço?

Quero perguntar para Pandora, mas já detesto o sorrisinho na cara dela.

Quero que ele saiba a verdade, que eu quero que ele me ligue. Não quero fazer joguinhos. Não com ele.

Ainda assim, eu me forço a guardar o telefone de volta na bolsa e me relembro de que Roma não foi feita em um dia só, bem como nenhum relacionamento que valha a pena.

– Melanie – diz Pandora, seus lábios se espremendo em uma fina linha preta.

Eu pisco inocentemente e sorrio.

– O quê?

– Encare os fatos. Ele era um cretino.

– Não.

– É, sim.

– NÃO!

– É, sim...

* * *

Quatro dias depois de Greyson

– Nada ainda? – pergunta Pandora.

Eu tenho vontade de grunhir quando ela vem até a minha mesa, onde eu esperava poder me esconder dela e de seus olhos negros perscrutadores. Hoje, porém, parece que é ela quem anda com um sorrisinho raivoso e vazio, e eu, com uma cara fechada.

Na segunda, eu mal sabia meu nome; estava no sétimo céu. Na terça, ainda estava esperançosa e positiva, no terceiro céu. Hoje, não apenas estou de volta à Terra, como caí alguns degraus para o purgatório ou talvez até o caminho todo para o inferno. Tudo o que eu sei é que hoje é quinta e eu não ouço nada, zero, *nihil* dele, há dias.

Como uma boba, eu estive sorrindo, olhando para meu telefone e esperando por alguma coisa; contudo, para ser honesta, meu fone começou a lembrar um rochedo pesado e imóvel na minha bolsa, e seu silêncio está me dizendo coisas – coisas que Greyson provavelmente não tem colhões de me dizer de forma direta.

Foi bom. Para um caso de uma noite. Obrigada pela trepada. Você não vai mais ouvir notícias minhas.

– Nada *ainda* – eu digo para Pandora, na defensiva, enquanto me levanto e carrego meu telefone até o banheiro feminino. Eu me tranco lá dentro e lavo meu rosto na pia. Penso nos olhos amendoados com pintas verdes e no olhar que Greyson King ficava me dando... e me sinto tão para lá de infeliz e desapontada, que lentamente digito outra mensagem enquanto um poço de emoções continua crescendo em meu peito.

`Eu fico pensando que imaginei você. ☹`

Eu espero por alguns minutos. Lavo minhas mãos, seco-as, confiro meu telefone, encaro minhas unhas, confiro meu telefone. Ouço uma batida na porta e uma de minhas colegas diz:

– Tem alguém aí?

Porra.

Eu grito:

– Já estou saindo!

E, então, ando de um lado para o outro um pouco, releio a mensagem que enviei, incluindo o emoticon tristinho, e de repente me sinto como a pessoa mais boba do mundo.

Essa manhã eu o procurei no Google e encontrei, surpreendentemente, nada.

Nenhum traço de Greyson King na internet. Ele poderia ser um fantasma.

Um fantasma que não responde às minhas mensagens, não se interessa por mim, não sente a conexão que vem me devorando e mordendo, perseguindo e consumindo.

Um fantasma que eu, a Melanie bêbada, inventei para deixar de me sentir solitária.

CINCO

DÁ TRABALHO SER UM CRETINO

GREYSON

Não me lembro de ninguém fodendo com a minha cabeça mais do que o meu pai, então não tenho muita certeza do que está acontecendo comigo, exceto que estou distraído pra cacete essa semana.

Melanie está no fundo da porra da minha mente e no fundo da porra da minha pele.

Estou tentando tirá-la de meus pensamentos conscientes, mas ali está ela. Em meu subconsciente. Brincando com a argola em meu mamilo como se fosse seu brinquedo particular.

Eu queria sentir o sabor dela. Agora senti, mas não estou satisfeito.

Quero fazê-la ofegar outra vez como se tivesse vencido a maratona de Nova York. Quero fazê-la gemer como uma profissional vencendo a porra de um concurso nacional de gemidos. E quero fazê-la sorrir como ela sorriu quando a levei para casa.

Tenho me forçado a focar, manter minha cabeça no jogo, meus olhos *abertos*.

Mas, meu Deus.

Ela não está facilitando.

Essa semana eu retirei mais dois nomes da minha lista. Também descobri que a leucemia do meu pai é real – ao menos os especialista trazidos por mim confirmaram.

Ele está sossegado em uma casa de dois andares com segurança, perto de onde a temporada Underground vai começar, dentro de um mês. E é estranho. A voz dele tem até um timbre diferente. Seu olhar não é mais tão duro. Quando eu entrei, ele me perguntou como eu estava.

– Eu peguei metade da lista...

– Não com a lista. Como vai você?

Eu encarei, não com confusão, mas com uma fúria lenta e borbulhante.

– Você fez um ótimo trabalho sendo um filho da puta por 25 anos. Não vá mudar para cima de mim agora.

E me afastei.

– Por que não? – gritou ele, tossindo pelo esforço para expelir aquelas palavras.

Fervendo em silêncio por dentro, eu apertei as mãos em punhos, os nós de meus dedos mordendo as luvas de couro.

– Porque não vai adiantar nada.

Estou fora de casa, trabalhando no terceiro alvo, porém ela permanece em minha mente. Eu continuo vendo olhos verdes, olhos verdes ficando mais escuros, em um tom de esmeralda, enquanto ela goza como um foguete, revirando e se contorcendo embaixo de mim. Ela é aquele diamante precioso que todo ladrão quer roubar, aquele gatinho que todo cachorro quer perseguir, a égua que você quer cavalgar, botar rédeas e domar – mas não completamente. Ah, não, não o tempo todo, porque a selvageria dela o excita. A selvageria dela o deixa mais selvagem. A selvageria dela o deixa faminto.

Inferno, esses últimos dias eu me sinto como se estivesse sem comer há cem mil semanas.

Maldição! Saia da minha cabeça, princesa.

Estou sentado na mesa do parque quando meu alvo finalmente aparece.

Eu me sento atrás de um jornal aberto com minha SIG automática escondida por baixo, meus óculos aviadores escondendo meus olhos conforme ele passa caminhando.

Mantenho minha voz baixa o bastante para não alarmar ninguém, mas alta o suficiente para ser ouvida pelo pobre coitado que vim aqui provocar.

– Sente-se – digo.

Ele tem um espasmo ao som da minha voz e leva a mão ao bolso em busca do que eu presumo ser algum método de autodefesa.

– Um cara do seu tipo não consegue ver, mas há vários atiradores mirando em você por todos os ângulos. Então, pode muito bem sentar.

Ele desaba como chumbo na cadeira que eu chuto em sua direção.

– Então – digo, dobrando o jornal e concentrando minha atenção nele, enquanto minha SIG automática fica imóvel, sob o jornal dobrado, apontada diretamente para o coração dele.

Deslizo meus óculos para o topo da cabeça e me recosto para trás, analisando o sujeito. Meia-idade, provavelmente percebeu que estará preso a um trabalho de merda pelo resto da vida e pensou que poderia apostar seu caminho para uma vida melhor, e, em vez disso, ficou pior.

– Eu passei na sua casa ontem para te deixar um presentinho, mas fiquei com medo que sua esposa fosse ver o conteúdo, e considerando-se a natureza dele...

Com minha mão livre, deslizo um envelope pardo. As mãos dele tremem enquanto ele o abre. O sangue foge de seu rosto quando imagens dele com sua amante nua escorregam para fora.

– Santo... – arqueja ele.

– Ela te pegou pelos bagos, hein? – Eu me inclino para que ele possa me ouvir bem. Meu sangue lateja quente quando penso nos meus próprios bagos, e meu próprio probleminha nu e sensual, que vem me deixando mais do que um pouco louco esses dias. – Você pensou que poderia comer essa garota uma vez e ir embora, mas não conseguiu. Ela era doida, e você gostou disso. Ela o olhou como se você fosse um presente de Deus para as mulheres; você deve ter gostado disso também.

Eu faço uma pausa por três batidas do coração enquanto meu alvo segue ficando cada vez mais pálido.

– Aposto que você está obcecado com a sensação dela, o cheiro do cabelo dela, em como ela sorri, como ela anda, como ela flerta com outros homens... Bem, Hendricks, estou aqui para lhe dizer que você deve

168.434 dólares à Underground por suas perdas no jogo, e nós estamos prontos para cobrar.

Eu torno a me recostar e coloco os óculos sobre meus olhos.

– Você não pode sustentar sua trepada com o meu dinheiro. Estamos entendidos?

O cara está pálido como um fantasma, portanto é seguro presumir que estamos entendidos aqui.

Eu dobro o jornal, com SIG e tudo, e guardo no bolso do meu casaco.

– Um dos meus homens vai encontrá-lo aqui amanhã. – Enquanto me levanto, eu me inclino e digo: – Eu tenho cópias dessas imagens. Você vai recebê-las quando pagar o que deve, mas não me teste. Eu tenho uma motivação tão forte quanto a sua.

Minha mãe. Minha liberdade. E meus próprios bagos, em um nó por causa de uma garota com cabelos dourados e olhos verdes e um sorriso que me arrebenta. É, eu estou ainda mais na merda do que esse pobre coitado.

Quando o alvo vai embora, C.C. e eu vamos até a equipe em silêncio. Todos eles estão no iate, como alguma casa marítima doentia do Big Brother, inclusive com as câmeras de vigilância.

Meu pai senta-se ali, feliz por estar fora de casa e dominando o planejamento. Quanto à equipe...

Eu mantenho Derek sob vigilância para garantir que ele não está contando o que sabe, mas, quanto ao resto, estou sempre observando, monitorando ligações, revendo fitas de segurança. Um juramento de sangue é bom – porém, não confio nem na minha própria sombra.

O primeiro que eu tive de testar foi C.C. – porque ele é o que tenho mais próximo de um irmão e eu precisava saber se a lealdade dele é com o meu pai, que o alimentou todos esses anos, ou com seu irmão de sangue, que tem sido eu.

– Se eu lhe dissesse que esse copo continha uma substância mortal, e lhe pedisse para levá-lo até meu pai, o que você diria?

– Eu diria sim, cretino, o que você acha que eu diria? – responde C.C., enfiando um palito nos dentes e deixando-o pendurado ali. Estamos do lado de fora do quarto do meu pai, onde ele é monitorado por sua equipe médica

24 horas por dia. A porta está semiaberta, e podemos vê-lo conversando com Eric, sem notar que o observamos.

– Bom. Como você é o único em quem eu confio, eu digo que é melhor ir. Então vá. – Eu lhe entrego o copo. – Leve-o *discretamente*.

Ele olha para mim.

– Eu sei como ser discreto. Só me diga uma coisa: vai ser doloroso para o cara?

– Não tanto quanto ele merece, mas sim.

Eu recuo e observo C.C. manobrar o líquido entre os medicamentos do meu pai. O filho da puta leva o copo até lá e murmura:

– Está com sede, Slater?

E certifica-se de que meu pai lentamente tome tudo. Ele retorna e se senta.

– Está feito – diz, muito calmo.

C.C. tem um coração tão frio quanto o meu. Gelo, sob quaisquer circunstâncias.

Nós nos sentamos em silêncio.

– Não estava envenenado, não é, seu cuzão? – ele pergunta, cuspindo o palito e sentindo-se com raiva e traído.

– Não. – Eu me levanto. – Eu só precisava ter certeza.

Eu poderia acabar com meu pai tão facilmente. Colocar algo nos saquinhos IV e ele teria partido. Mas até um criminoso tem que ter um código, e eu tenho o meu. Eu não mato por prazer ou por mim mesmo. Eu não mato família.

Isso não significa que eu não pense a respeito. Constantemente. Eu já sonhei que matei meu pai muitas vezes, e acordei aliviado. Até me lembrar de que não o matei – que ele está vivo.

A fúria pulsa através de mim por ter que olhar para ele, quanto mais por ter que fazer seu trabalho sujo.

C.C. me segue até o saguão do iate, onde estamos atracados a três quilômetros de Los Angeles. Um dos cômodos está preparado com fones e tabelas – a contabilidade dos jogos, rastreando todas as apostas de todas as lutas do Underground.

– Somos seus caras, Z, você pode confiar em nós. Eu sei que não faz parte da sua natureza, mas você pode.

– Estou trabalhando em alguns outros nomes; enquanto isso, ligue para Tina Glass. Diga a ela que preciso do número dez em uma situação comprometedora com ela. Ela não deve entregar a evidência a mais ninguém além de mim, pessoalmente. Tenho outro alvo com que trabalhar nesse final de semana. Vou sair da cidade – use o código se houver alguma emergência.

– Eric quer que o resto da equipe dê apoio.

– Eu não preciso do apoio deles. Mas preciso de você para me ajudar a pegar o número dez. Ele está completamente limpo e está me irritando.

– Eu sei o que mais está te irritando! – C. C. comenta, rindo.

Eu rosno e digo a ele aonde ele pode ir tomar. Ele sabe que existe "uma saia" – ele suspeita, pelo menos, e me faz tropeçar ao me flagrar encarando o telefone, distraído. Eu *nunca* sou pego distraído. Eu o faço tropeçar e prendo-o na parede pelo colarinho.

– Pare de brincar comigo, C.C.

– Não sou eu quem está brincando com você. – Ele dá uma batidinha na minha têmpora e sibila: – Tire-a daí, cara, antes que seu pai descubra.

Eu me sinto tão confuso que estou ficando puto por ter pensado que era uma boa ideia tocá-la, para começo de conversa.

No entanto, existe um telefone que eu não desabilitei, e é só porque eu recebo essas mensagenzinhas dela.

`Você está aí?`

Droga, eu queria não estar. Queria não estar sentado aqui, encarando essa tela, atingido por um machado no peito a cada vez que leio isso.

`Eu fico pensando que imaginei você. ☹`

Ainda não respondi para ela, mas sinto vontade de digitar:

`Princesa, você não faz ideia de como está brincando com fogo.`

Faz um dia desde a última mensagem. Eu continuo retirando o telefone para olhar para ela, tentado a dizer: me esqueça, princesa; eu vou te usar, abusar e jogar fora quando eu terminar, porque é isso o que eu faço.

Às vezes, digo a mim mesmo que se eu tivesse ficado mais uma noite, talvez até só mais uma trepada, eu não estaria tão obcecado. Mas ela tem uma boca feita para o sexo oral, lábios grossos e cheios e uma língua louca e faminta. Porra, eu ando até me masturbando feito louco porque o mero pensamento dela caindo de boca em mim me deixa duro.

Mas não. Mesmo que ela me chupasse a noite toda, eu tenho certeza de que ainda estaria faminto para empurrar sua cabeça para baixo e lhe dar mais de mim, fazê-la me devorar até a última gota.

O fato de que eu fiquei furioso porque nossa noite juntos terminou muito cedo, e que eu realmente queria ficar deitado ali, naquela cama, por mais algumas horas e ver como seria a sensação de abraçá-la por algum tempo, só me confunde ainda mais.

Eu mesmo ligo para Tina no outro telefone. Tina Glass, também conhecida como Miss Kitty. Ela é exatamente tudo de que você precisa para sujar a imagem de um homem. Ela é limpa, de boa aparência e letal.

– Meus homens ligaram pra você?

– Absolutamente – ronrona ela.

Eu calço minhas luvas enquanto falo com ela.

– Quero a evidência entregue pessoalmente para mim.

– Com todo o prazer. Eu entrarei em contato quando estiver feito.

Eu desligo e encaro a mensagem de Melanie de novo.

Simplesmente jogue isso fora, seu bunda mole.

Ela é um ponto fraco, mas esse sou *eu*.

Eu preciso mesmo de um ponto fraco? Eu preciso acordar no meio da noite de pau duro? Um cara de 25 anos com um bando de prostitutas dormindo tão perto que provavelmente posso tropeçar num par delas apenas abrindo a porta do meu quarto. No entanto, aqueles olhos verdes como uma floresta, aquela xoxota apertada ao redor do meu pau. E aqueles sons que ela faz. Eu preciso mesmo me torturar, relembrando como foi gostoso, como o cheiro dela era limpo e doce?

– Isso não pode acontecer – murmuro para meu próprio telefone, meu sangue turbilhonando nas veias quando percebo como fui estúpido em pensar que poderia ter uma noite, só uma noite, do que um homem normal possui. – Não pode acontecer de novo – digo.

Eu tenho um trabalho a fazer. Eu SOU o trabalho.

A vida da minha mãe pode estar em risco, assim como a de qualquer um que tenha contato comigo. Meu pai poderia tomar qualquer coisa que me interesse, desse jeito. Apenas para provar que pode. Apenas para tentar ser meu dono. Não importa se eu quero cobrir minha princesa de joias enquanto ela jaz, saciada e suada, ao meu lado. Não importa se eu quero voltar e observar aqueles olhos escurecerem enquanto a preencho repetidas vezes. Não importa que merda eu quero. Só o que eu devo fazer.

Rapidamente, retiro a parte de trás do telefone.

– Não pode acontecer com você. – Começo a desmontar o telefone. – Pode acontecer com qualquer um, menos você. Seja lá com quem for que ela termine ficando, há uma chance de 99,9% de que ele seja melhor do que você.

Eu retiro a bateria do meu celular permanente, removo o cartão de memória, o fecho de metal, até ter dúzias de pedacinhos na minha mão que vão garantir que eu nunca receba outra mensagem de texto dela, e que ela jamais volte a ouvir falar de mim.

Até que eu vá coletar a dívida em nome do Underground.

SEIS

CINCO, QUASE SEIS

MELANIE

Cinco dias depois de Greyson

– Então ele sumiu mesmo? – pergunta Pandora, enquanto eu organizo o arquivo PDF dos preços para um dos meus clientes.

Eu escondo o rosto nas mãos. Por um segundo, quero fingir que Pandora não está aqui, respirando sobre o topo da minha cabeça, sua preocupação brava como uma nuvenzinha com trovões acima de nós duas.

Cinco dias.

Cinco dias longos e horríveis em que todas as minhas esperanças diminuíram até chegar a nada, todas as minhas fantasias escureceram, todas as minhas expectativas se transformaram em nulidades.

E aqui está Pandora, preocupada e brava em meu nome, provavelmente feliz por ter uma boa desculpa para ser uma vaca hoje.

– Sim – eu finalmente consigo dizer. – Ele sumiu, porra. Espero que esteja contente.

Eu pego meu telefone só para mostrar a ela como não recebi nenhuma mensagem.

Ela olha para a tela estéril, grunhe e balança a cabeça, desabando em sua cadeira.

– Cafajeste – diz ela.

– Cretino.

– Cuzão.

– Cafajeste!

– Eu já usei esse – destaca ela.

– E tão rapidamente quanto o safado *me* usou – resmungo. Literalmente, o desapontamento se acumula hora a hora, e uma nova onda me atinge quando eu guardo meu telefone. Eu nunca senti ter julgado tão erroneamente uma situação quanto fiz com a nossa – minha e dele. É oficialmente sexta-feira. Se o cara quisesse um encontro, pode apostar que ele já teria ligado antes de hoje.

Estou tão magoada que não consigo sequer entender por que estou tão magoada. Talvez porque eu pensei que ele era diferente, e ele acabou provando ser exatamente o que Pandora havia dito que ele era. Eu *odeio* quando ela está certa e eu, errada.

Especialmente odeio que ela esteja certa dessa vez, quando eu queria tanto que estivesse *errada*.

Graças a Deus ela está sentada quietinha em sua mesa e eu não estou ouvindo nenhum *eu avisei*. Se ela começar, eu vou bater nela com tanta força como queria bater em mim mesma nesse momento por ter sido tão *tonta*.

– Estou cansada dos homens – explodo ao perceber que o silêncio de Pandora é tão irritante quanto as coisas que eu sei que ela quer dizer. – Não preciso deles para ser feliz. Vou arrumar um cachorro. Deus! Acabo de me lembrar que eu provavelmente não posso mais nem sustentar o luxo de um cachorrinho.

– Pare de comprar sapatos – sugere ela.

Suspirando porque eu não vou explicar a ela que devo mais do que um par de sapatos, clico no meu site de busca e navego até a propaganda online do meu carro. Uma foto do meu Mustang me encara de volta, com um número em vermelho brilhante no topo e uma enorme placa de À VENDA. É tudo o que eu tenho, e ainda não basta para cobrir o que eu devo. Como eu. Ambos não somos o suficiente.

Pela primeira vez em uma semana, minha realidade me atinge. Com força.

Eu não tenho mais olhos amendoados com adoráveis pintas verdes para me fazer sentir esperançosa e cheia de expectativa. Não tenho mais mensagens de texto a esperar. Tenho um carro para vender, uma dívida a acertar, e um monte de tristeza com que lidar.

Minha avó, antes de morrer, sempre dizia que o melhor modo de se sentir bem era se concentrar em outra pessoa e fazer algo bom por ela, porque você não era a única com problemas.

Eu olho para Pandora, penso em todas as vezes que ela foi chamada de vaca nesse mesmo escritório, e estendo a mão e puxo uma mecha de seu cabelo preto, dizendo:

– Todo esse cabelo preto é tão apagado. Você também devia fazer uma mudança, acrescentar uma mecha rosa a todo esse carvão.

– Vá se foder, eu odeio rosa.

Eu giro os olhos e digo aos céus: Certo, Vovó, eu tentei!. Depois, volto a meu computador para olhar para meu carro. Seja lá quem o secou enquanto Greyson me secava, fez um ótimo trabalho – *cérebro, por favor, foco no meu Mustang*.

Eu levei um dia todo para conseguir as imagens perfeitas, até que o sol batesse no meu carro no ângulo perfeito. É tão bonito que eu mal posso acreditar que já se passaram vários dias sem nenhuma ligação.

E se eu não tiver nenhum interessado?

O estresse começa a se acumular em mim como uma baleia sufocando minha garganta quando Pandora gira em sua cadeira para me encarar.

– Vamos lá, vaca, fala comigo! – grita ela. – O que fez você pensar que ele seria mais do que o que você sempre arranja? Ele te deu uma carona quando o seu carro não pegou; vocês vão para um hotel. O que é que você sabe sobre ele, exceto que ele aparentemente te comeu até te deixar estúpida e agora você não é mais a Melanie que eu conheço? Cadê o sorriso, cadê a centelha? Você está agindo igual a mim, e eu não gosto disso.

Eu jogo meus braços para o ar.

– Ele disse que entraria em contato... ele voltou para me dar uma carona para casa e eu vi um significado maior nisso, o que foi um engano, tudo bem – *meu* engano. Acreditar nele. Acreditar que ele era diferente ou que nós tínhamos uma... conexão especial. Deus, eu sou tão besta, mas aposto que isso não é nenhuma novidade para você.

– Foda-se ele, Melanie.

– Já fodi. Agora vamos parar de falar nele. Vamos encomendar uma camiseta para mim online dizendo EU MANDO, HOMENS NÃO. Preciso subir o meu nível de exigência. Preciso fazer que realmente se provem antes de dar-lhes uma chance. Vamos ver a Brooke hoje.

O bebê de Brooke nasceu prematuro em Nova York há pouco mais de um mês, mas como o marido dela, lutador, está atualmente fora da temporada, eles estão morando em Seattle enquanto planejam um matrimônio pequeno em uma igreja.

Pandora pega sua mochila enquanto nos aprontamos para ir embora.

– Você já reparou no jeito como o papai segura o bebê? É como se a cabeça do bebê tivesse metade do tamanho do bíceps do Remy – diz ela.

Deus. Espero que possa suportar ver a maneira como Remington Tate olha e sorri com suas covinhas e seus olhos azuis amorosos para Brooke.

– Aliás, eu pedi a Kyle para ir comigo ao casamento. Só quero acabar com aqueles rumores de ser lésbica vindos dos meus pais, sabe? – ela me diz, no elevador.

– É mesmo? – pergunto, subitamente me sentindo péssima. – Que ótimo. Vou servir de vela, então.

SETE

MARCADO POR UMA VIDA INTEIRA

GREYSON

É sempre o mesmo sonho.

Nunca varia.

Sempre o mesmo número de homens.

São sempre 4h12 da tarde.

Eu acabei de descer do ônibus.

Uma fila de carros na nossa entrada.

As palavras da minha mãe soam tão claras quanto um sino na minha cabeça: "Um dia ele vai nos encontrar, Greyson. Ele vai querer te tirar de mim".

Eu não vou deixar que ele tire, eu prometi.

Bem ali eu soube, porém: ele havia nos encontrado. O pai que eu não conhecia. Aquele a quem minha mãe não queria que eu terminasse igual.

Eu puxo a alça da minha mochila sobre o ombro e seguro-a em meu punho, pronto para derrubar alguém com mais de quarenta quilos de dever de casa e livros escolares.

Dez homens estão na minha sala de estar. Apenas um está sentado, e eu sei que é ele quando o sangue em meu corpo começa a correr mais rápido. É só sangue, mas todo o meu ser o reconhece, apesar de eu nunca tê-lo visto antes. Ele não tem os meus olhos, mas eu tenho suas sobrancelhas, esguias e longas e quase em um franzir perene. Eu tenho o seu nariz estreito, sua aparência sombria. Ele me vê e um desfile de emoções complexas passa pelo seu rosto, mais emoção do que eu permito que ele veja em minha própria expressão. Ele ofega:

– Deus.

Eu vejo minha mãe então. Ela também está sentada em uma das poltronas, seu cabelo cor de mel todo bagunçado, seus tornozelos amarrados, seus braços puxados com força atrás dela. Ela está tremendo, amordaçada com uma bandana vermelha, e tenta falar comigo, as palavras abafadas pelo tecido.

– O que está fazendo com ela? Solte-a!

– Lana – diz meu pai, me ignorando, sua atenção voltando-se lentamente para minha mãe. – Lana, Lana, como *você pôde?* – Ele olha para ela, os olhos cheios de lágrimas. Para cada lágrima que meu pai derrama, porém, minha mãe derrama uma dúzia, trilhas delas.

– Solte-a – eu digo outra vez, erguendo minha mochila, preparando-me para jogá-la em cima dele.

– Largue isso... nós vamos soltá-la. – Meu primeiro erro foi dar-lhe ouvidos. Eu abaixo minha mochila. Meu pai se ajoelha diante de mim e estende uma arma preta, depois abaixa sua voz para que só eu possa escutar: – Está vendo isso? Esta é uma SSG com um silenciador, então ninguém vai ouvi-la. Não tem trava; está pronta para o uso. Atire em um desses homens, qualquer um, e eu vou poupar sua mãe.

Ela está chorando muito, balançando a cabeça, mas um homem careca e escorregadio atrás dela força seu pescoço a ficar parado. Eu me afasto da minha mochila. Está perto de mim, perto o bastante para chutar como uma bola de futebol. Eu jogo, e posso lançá-la do outro lado da sala. Mas para quem? E se eu atingir minha mãe?

Eu inspeciono a arma e imagino quantas balas ela tem, não o bastante para esses homens, mas para aquele que a segura, sim. Eu pego a arma, confuso por minha mão não tremer. É pesada e não há medo, apenas a necessidade de libertar minha mãe.

Eu olho para o homem que segura seu pescoço parado.

Os olhos dela chorando.

Um dia ele vai nos encontrar, Greyson...

Eu miro o mais distante que posso dela, na maior parte do corpo dele que consigo.

Disparo.

Um distinto buraco escuro aparece na testa dele. O homem cai.

Minha mãe grita em sua mordaça, e chora mais histericamente, chutando o ar com as pernas amarradas.

Meu pai tira a arma da minha mão com uma expressão de espanto e afaga minha cabeça.

Mais homens puxam minha mãe até ela ficar de pé e a arrastam pela escada da garagem.

– O que você está fazendo? Para onde a está levando? – Eu agarro minha mochila e ataco um dos homens com ela. Outro vem e me segura, apertando meus braços enquanto fala e cospe em minha orelha:

– Filho, filho, me escute, eles fizeram um trato, ela te perdeu. Ela te perdeu!

– Ela jamais me perderia. *Mãe!* – Eu pego uma faca no cinto dele e a enfio em seu olho, girando. Ele me solta com um uivo e um esguicho de sangue vermelho, e eu desço correndo as escadas enquanto ouço um carro dar partida.

Meu pai me apanha. Me dá um tapa. Depois engatilha a arma apontando para mim. Ele sorri quando eu fico imóvel.

– Greyson, meu filho, até os seus instintos te fazem parar. Você sabe que isso aqui acaba de matar um homem. Você não vai morrer. Se morrer, não pode salvá-la. Pode?

Todo o meu corpo está paralisado. Ele sorri docemente para mim e me abraça, mantendo a arma contra a minha têmpora.

– Eu sabia que você era meu filho. Eu disse à sua mãe, não foi legal esconder você de mim. Treze anos, Greyson. Treze anos procurando por você. Ela insistiu que você não era meu filho. Eu disse a ela que, se você provasse ter meu sangue, você viria com o seu pai, onde é o seu lugar. – Ele se afasta e me estuda com orgulho. – Eu lhe dei a escolha para atirar em um homem.

Ele olha para o topo da escada, onde eu sei que há um corpo imóvel. Um corpo que não vai mais se mover por minha causa.

– Você o matou. Uma bala direto na cabeça. Você é meu filho, cada milímetro do meu filho; você será poderoso e temido.

A voz dele me faz gelar. Eu não sinto nada quando subimos as escadas e eu vejo o homem morto, nenhum remorso, nada. Quero matar mais, matar todos os que feriram minha mãe.

– Onde ela está? – pergunto, minha voz estranha. Eu matei outra coisa com aquele homem. Eu mesmo.

– Ela vai ser levada para outro lugar. Porque homens de verdade não são criados por mulheres, está me ouvindo? Meu filho não vai ser criado por uma mulher. Não sem o pai. Não, você vai ser como eu.

Eu olho para o carro saindo da garagem, levando minha mãe para longe. A expressão nos olhos dela quando eu atirei naquele homem. Um pânico frio que nunca senti aumenta e se espalha dentro de mim. Eu quero que minha mãe me explique por que eu fiz isso, por que foi errado, por que foi errado quando foi tudo por ela. Por que ela está sendo levada para longe. Meu rosto subitamente está molhado, e eu recebo outro tapa, esse me jogando do outro lado da sala e contra a parede.

– Nada disso, menino! *Nada disso.* Agora, está vendo aquele homem? – Meu pai aponta para o homem cobrindo o olho que eu esfaqueei, sangue manchando sua camisa, seu jeans. – Ele é seu tio, Greyson. Tio Eric. Ele é meu irmão, é nossa família. *Nós* somos a sua família. Peça desculpas pelo que você fez. Se você for bom e eu ficar feliz com você, vou permitir que veja a sua mãe. Ela será mantida viva apenas por você. Ela era da família também, e eu cuido da minha família. Mas ela não deveria ter me traído. Ela nunca, jamais deveria ter te levado.

Eu precisei de muito pouco tempo para perceber como essa família funcionava. Pouquíssimo tempo para perceber que meu pai usava apenas seus homens mais recentes para esse tipo de manobra. O cara que eu matei, de pé como um manequim atrás da minha mãe, estava trabalhando com ele havia três dias quando meu pai sussurrou o desafio em meu ouvido, o tempo todo esperando e torcendo para que eu me provasse Slater o bastante para cometer meu primeiro assassinato.

Muitos pesadelos depois, eu suponho que minha mãe estava tentando me dizer para não atirar. Se eu não estivesse tão determinado em defendê-la, se eu me provasse fraco, ela estaria comigo. Eu continuaria na escola, seria julgado como indigno de ser parte dessa família. No entanto, eu joguei o jogo do meu pai e, em vez de salvá-la, condenei a nós dois pelo resto de nossa vida. Eu mostrei a ele que tinha 13 anos e que, sim... eu mataria até ele pela minha mãe.

Eu era bom. Eu treinei. Eu recolhi cada emoção em mim. Tornei-me nada. Zero. E saí quando as repetidas promessas de que eu poderia vê-la se revelaram nada além de palavras vazias... Eu segui cada pista e não descobri nada. Um mundo inteiro, e todas essas habilidades, e continuo sem saber onde ela está.

Um ruído em meu quarto penetra meu estado onírico. Eu acordo instantaneamente e me movo por instinto, buscando a faca embaixo do meu travesseiro. Rápido como um raio, eu a giro e faço voar, fixando-a a um fio de cabelo do rosto do meu intruso, contra a porta.

– Zero? – uma voz espantada diz no escuro.

Eu já estou com minha arma engatilhada e apontada antes que Harley termine de dizer meu nome. Em seguida, suspiro.

– Nunca mais faça isso.

Eu fico de pé e acendo o abajur.

Volto para minha lista. Estou ansioso para acabar logo com isso. Tantos nomes. Tantos. Eu não suporto nem olhar para o nome dela, ali, junto ao número cinco.

– Seu pai quer te ver. Ele quer saber como está a situação.

Meu pai segue os horários mais estranhos. Ainda estamos fora da temporada. Todos estão dormindo. Os remédios e a morfina que dão a ele o fazem dormir o dia todo e acordar apenas por períodos curtos durante a noite. Eu pego a lista e enfio minhas pernas nas calças sociais enquanto Harley espera por mim.

Ele sorri.

– Você vai gostar dessa.

– Desculpe?

– Número cinco? – pressiona ele. – Seu dedo... está no número cinco.

Eu arrasto meu dedo para longe e meu coração começa a martelar com o impulso repentino de sufocá-lo enquanto dobro a página em um rolinho apertado.

Ele não a atacou, mas o fato de o nome dela estar em minha lista me incomoda. O fato de que todos os caras sabem que ela nos deve dinheiro. Wyatt, Harley, Thomas, Leon, C.C., Zedd, Eric, meu pai...

Eu penso nela, feminina e vulnerável, exposta a esses cretinos, e as coisas se desprendem dentro de mim como cobras em uma cesta. Só ela consegue me fazer sentir isso. Como se eu fosse o lar de um furacão mortal, e não houvesse escape para ele. Eu disse a mim mesmo na noite passada, antes de ir para a cama, que usaria o pouco de honra de que disponho para proteger essa garota de mim. Eu disse para mim mesmo: "Ela não te quer. Não o seu eu verdadeiro. Ela quer um príncipe, e você é o vilão. É para você que ela está fazendo horas extras. Você, seu pai". Eu não quero me lembrar do modo como ela cheira igual a verão e do jeito como ela desliza na cama. Quente. Gostosa. Real. Melanie. O número cinco da minha lista.

– Essa gata. Ela veio pedir por mais tempo para fazer seu pagamento – diz Harley –, o que levou o nome dela quase para o fim da lista agora. Ela pediu por uma extensão. Leon disse que ela podia virar uma extensão do pau dele e eles esqueceriam a dívida. Se ela não puder pagar, nós todos vamos disputar a chance de trepar com ela.

Eu respiro fundo.

Não.

Não me acalma.

Simplesmente não há nenhuma porra de chance de que alguém vá tocá-la. Nenhuma PORRA de chance.

– Vá. Eu vou falar com o meu pai daqui a pouco – disparo, sombrio, encarando-o.

Coloco uma camisa e então espero que ele saia. Estou tão fodido pelo que ele disse que pego minha faca e lanço-a no alvo da parede no outro lado. Faço isso várias vezes... Não vou deixar esse quarto até atingir o centro do alvo doze vezes seguidas, o que significa que estou calmo de novo. Eu poderia provavelmente colocar a culpa por essa possessividade no meu pau. Eu nunca gostei de dividir nada. Ou posso culpar algum senso de justiça falso

– nunca acreditei em justiça quando alguém mais forte tirava vantagem de alguém mais fraco. Pura covardia. Mas também não é isso.

Imagino quem a está levando para casa.

Maxilar cerrado, eu lanço minha faca e atinjo o centro do alvo.

* * *

– Filho – diz Julian, seus olhos se iluminando quando ele me vê. Ouço o bipe de seu monitor cardíaco, e noto, à sua direita, Eric dobrando para cima as mangas de sua camisa.

– Informe? – Eu me dirijo diretamente a Eric, cruzando os braços quando analiso o trio de enfermeiras ao redor deles. Não apenas devo a Eric o olho dele, mas também a minha vida, aqui nessa família esquisita e fodida.

– Ele precisa de plaquetas – explica Eric.

Eu me odeio por ser incapaz de ficar ali e simplesmente assistir a tudo. Odeio que algum senso de dever e lealdade ao meu próprio sangue me faça erguer minha própria camisa e expor minhas veias.

– Eu faço isso.

Meu pai ergue uma das mãos enquanto eu me sento perto dele.

– Não. Se você for atingido por aí, vai sangrar até a morte. Você não. – Ele olha para Eric e faz um gesto para ele prosseguir.

Eric aguarda pela minha aprovação, e eu cedo, assentindo. Eu sempre levei as palavras dele – eu diria no coração, mas não tenho um. Porém, sempre o levei a sério, todos esses anos. Enquanto meu pai se recusa a participar de qualquer coisa que possa soar a fraqueza, Eric já me deu tapinhas nas costas e me chamou de "filho" uma ou duas vezes. Mas tio carinhoso ou não, karma é um inferno, e eu devo um olho a Eric. Para o lado paterno da minha família, olho por olho não é apenas uma promessa, está estampado em cada uma de nossas certidões de nascimento.

– Essa lista – eu digo a meu pai, desenrolando-a de minha mão, olhando primeiro para Eric, depois para meu pai, com uma ameaça lisa e fria como o aço em meu tom. E prossigo: – Eu quero a sua palavra, e, dessa forma, a palavra de todos os homens abaixo de você, que ninguém vai tocar em nenhum de meus alvos. Qualquer nome aqui é exclusivamente meu, para lidar da forma que eu julgar melhor. Eu garanto o valor devido. Quero uma garantia para os meus métodos.

Eric olha para a lista e seus olhos focam no número cinco. Melanie. Ele quer uma chance para trepar com ela? Todos eles a querem. Eu a quero. Sinto vontade de agarrá-lo e lhe dizer que esse pedacinho do céu...? Isso é *meu*. No entanto, não posso fazer isso ou vou parecer fraco. Não posso comprar a saída do nome dela dessa lista sem colocá-la em perigo, e não apenas com meu pai. Ela poderia se tornar o alvo de todos os meus inimigos, conhecidos ou desconhecidos.

– Essa lista e todos os nomes nela são meus para cobrança – repito, minha voz equilibrada. – Só eu faço contato, só eu retiro e direciono o pagamento como julgar melhor.

– Sob a condição de que Eric seja atualizado sobre os progressos diariamente enquanto me faz companhia aqui, sim – meu pai concorda.

– Sua palavra – insisto.

– Tão teimoso, Zero. – Ele me dá um tapa, forte o bastante para fazer barulho, mas não o suficiente para me fazer mover um músculo, e ri. – Eu lhe dou a minha palavra.

Apenas a palavra dele já deveria bastar, mas palavras, sangue, eu *nunca* viverei um dia em que acreditarei em algo sem reservas. Ele pode estar mentindo. Assim, eu me inclino e dou tapinhas em seu ombro, dando a impressão de filho amoroso para as enfermeiras mais próximas enquanto sussurro:

– Se um deles sair da linha, vou apagá-lo. Mesmo que seja meu irmão.

Mais uma vez, vejo o respeito nos olhos dele enquanto me afasto e ele assente para mim, sem trair expressão alguma quando eu me endireito. Olho para Eric.

– Vou ficar longe por alguns dias. Estou levando um ou dois da equipe, não mais que isso. Chamarei reforço se for necessário. – Olho para a enfermeira injetando a agulha nas veias dele, depois novamente para Eric. – Obrigado.

Quando volto ao meu quarto, sinto uma agitação do tipo que se sente quando se está caçando. Ou matando. Ou querendo fazer um dos dois.

Eu não mexeria comigo essa noite. Essa conversa de Melanie implorando por uma extensão no Underground? *Por favor, posso ter um pouco mais de tempo para pagar?*

Isso me deixou carregado.

Estou cheio de um feroz instinto de proteção que nunca senti antes e está disparando minha adrenalina de uma forma que nada antes já fez.

Eu pego um par de novos telefones, mudo alguns chips, então compro minha passagem online e faço a mala com poucas coisas. A agitação em mim muda para algo perigoso... não mortal, mas perigoso, não apenas para mim, mas para ela.

Enquanto a observava por esses últimos meses, algo aconteceu comigo. *Eu te quero demais, doce princesa.*

Ela conseguiu entrar em mim, sob minha pele, na minha cabeça, como se ela estivesse flutuando na porcaria do meu *sangue.*

Eu não deveria tê-la.

Ela merece mais.

Mais do que qualquer cara que eu conheço, e definitivamente mais do que eu.

Mas deixá-la por aí à solta, solteira e disponível? Quando posso me certificar de que a maldita cama em que ela está dormindo é a minha? Quando posso segurar aquele rosto em uma das mãos e olhar naqueles olhos e saber – com tanta certeza quanto que estou respirando – que ela também me quer?

Eu estive subindo pela lista, em vez de seguir do modo usual, de cima para baixo. No entanto, estou procrastinando porque não quero cobrar dela. Estou enrolando porque ela é uma pequena bolha de vida e eu não tenho vontade de chegar e invadir como o apocalipse, amortalhando-a com a minha escuridão.

Não quero me lembrar de um mês atrás, quando a vi derramar seu café enquanto caminhava para o escritório, de como ela pareceu devastada por ter estragado seu lenço, arruinado todo o seu visual. Do outro lado da rua, onde eu me escondia atrás de meu jornal, pude ouvi-la reclamando que preferia ser demitida a ir para o trabalho vestindo apenas duas cores! Parecendo apagada! Isso não era jeito de ir se encontrar com um cliente!

Deus, eu ri. Eu ri, e ainda estava sorrindo sobre a coisinha apaixonada que ela era no meu voo de volta para onde minha equipe estava posicionada, escondendo meu sorriso com a palma da mão enquanto olhava pela janela.

Do momento em que a descobri em minha lista e coloquei os olhos nela, eu a segui.

Eu a segui com a desculpa de descobrir seus hábitos sociais, suas fraquezas, para poder cair matando, mas a verdade é que eu a segui porque sou a porra de um cretino doentio, obcecado como um cão com o jeito de ela andar, com todas as cores que ela veste, todas as formas como sorri, e com o pequeno pacote borbulhante e adorável que ela compõe.

Eu senti duas emoções em minha vida antes de conhecê-la: raiva e desapego.

Agora ela me deu mais dez. Luxúria, frustração, preocupação... até mesmo alegria. Eu nunca, jamais quis nada como quero que aqueles olhos verdes me memorizem, do mesmo modo que eu transformei em *religião* o ato de memorizá-la.

Pego minha mochila, o saco com fecho onde estão todas as peças de telefone e o cartão. Eu o reconstruo enquanto peço a Derek que me leve ao aeroporto.

O fone volta à vida em minha mão e minhas entranhas começam a se aquecer quando eu finalmente digito uma mensagem em resposta às dela:

`Esteja em casa hoje à noite.`

OITO

MENSAGEM

MELANIE

Sábado de manhã, como dita a nossa rotinazinha confortável, eu encontro meus pais tomando café, banhados, perfeitos e sorrindo. Maria, a cozinheira deles, faz o melhor café da manhã da cidade, e tomar café na casa de Mamãe e Papai me faz feliz porque a mesa está sempre posta com guardanapos de pano e faqueiro de prata, e a comida é servida de um jeito tão perfeito que você come com os olhos antes de estender a mão para as oferendas e se servir.

– Lanie! – diz Mamãe quando eu entro. – Seu pai e eu acabamos de falar no casamento da Brooke. Quando você disse que será?

– Em menos de um mês. – Eu beijo o rosto dela e abraço o meu pai alto e bonito. – Oi, Papai, você está uma graça.

– Viu? Ela reparou que eu cortei o cabelo, ao contrário de você – ele diz para minha mãe, apontando um garfo vazio na direção dela.

– Você mal tem cabelo, como é que eu posso reparar? Então, conte para a gente sobre o casamento. Ainda não consigo acreditar que ela está se casando antes de você. Você sempre foi mais bonita, e muito mais animada – diz minha mãe, apertando minha mão enquanto me sento.

– Tenho certeza de que o noivo dela discordaria disso – respondo.

Eu odeio quando minha mãe faz a Brooke parecer mal só para me fazer sentir melhor. Eu não me sinto melhor – *ela* se sente melhor, arrumando desculpas para explicar por que um bom rapaz não me quer. Às vezes, acho que é o próprio desespero dela em me ver casada e feliz que faz o velho Murphy aparecer do nada e baixar a lei: quanto mais ela quer, menos vai acontecer. Desgraça para mim.

– Isso ainda não explica por que nenhum homem decente por aí consegue enxergar que a minha menininha é a melhor que há. Você está em forma, tem um lindo sorriso, e é um doce, exatamente como a sua mãe.

– Obrigada, Papai. Tenho certeza de que minha situação de solteira tem tudo a ver com o fato de que todos os homens são cuzões, exceto você.

– Lanie! – censura minha mãe, mas não de verdade, já que ri suavemente.

– Bem, o filho de Ulysses está concorrendo para senador e sempre pergunta de você. Ele não é a criatura mais brilhante do mundo, mas é bonito e...

– Ele é gay. Ele quer uma fachada, Papai. Um casamento de conveniência para enganar seus eleitores. Eu posso conseguir melhor do que isso sozinha.

– Quando eu tinha 25 anos... – começa minha mãe.

– Você já estava casada e eu já havia nascido, sim, sim, sim. Mas eu tenho uma carreira. E eu tenho... uma vida amorosa bastante agitada. De fato, estou tendo tanto encontros que não sei quem escolher para levar ao casamento da Brooke – exagero.

Minha mãe e meu pai, o que eu posso dizer? Eu os amo. Gosto de agradá-los. Eles me amaram minha vida toda. Eu fui banhada de amor. Eles não apenas me amam, como querem que eu encontre o tipo de amor de que eles compartilham. Não quero que eles jamais suspeitem do que eu mesma desconfio: que, por algum motivo, isso simplesmente não vai acontecer comigo.

– Apenas se lembre do que eu lhe disse, Pulga – diz minha mãe. – Escolha o homem que lhe tratar melhor. Aquele que não vai partir seu coração, que pode ser seu amigo, com quem você pode conversar.

Eu cutuco minha rabanada.

– Você diz isso porque o Papai era seu melhor amigo. Eu, no entanto, tenho uma melhor amiga, e jamais me casaria com o cara que é meu amigo mais próximo, Kyle. *Nunquinha.* – Eu estremeço pensando no meu melhor amigo, um sexy sósia de Justin Timberlake, trocando quiçá um beijo. Continuo cutucando minha comida e, suavizando a voz, acrescento: – Eu não acho que seja possível planejar essas coisas, Mamãe. Acho que elas simplesmente acontecem e de repente você está ao lado do ringue, encontrando o homem com quem vai se casar quando ele pisca para você. Ou você se pega na chuva, e tudo pelo que você reza é para que o sentimento que acaba de nascer em você nasça também naquele homem à sua frente...

Eu olho para meu telefone, melancólica.

Deus, eu sou tão tonta, tonta, TONTA!

A única coisa que aquele homem sentiu foi lascívia, e agora ele está sentindo a síndrome Fugir-Da-Melanie.

Uma síndrome que é muito mais comum do que se imaginaria.

– É verdade, não se pode planejar por quem vamos nos apaixonar – concorda minha mãe. – Mas se você conseguir recuar e ouvir aos seus próprios pensamentos, vai perceber que não quer estar lá fora na chuva, sendo atingida por um trovão. Sempre escolha o caminho com a luz do sol, é o que a minha mãe dizia.

– Naturalmente. Ninguém escolhe uma vida horrorosa de solidão, Mamãe – choramingo. – Algumas pessoas simplesmente são mais sortudas.

– O segredo está em escolher com sabedoria – insiste ela.

Eu me calo enquanto imagino por que não poderia ter sido mais sábia alguns meses atrás, quando apostei minha vida em apenas uma noite, apenas um momento, apenas um resultado. Espio meus pais, tão doces e perfeitos, em nossa pequena bolha de felicidade, e não suporto pensar em pedir dinheiro a eles. Ou suportaria? Desapontá-los dessa forma? Como eu posso tirar o dinheiro deles e todo o seu orgulho por mim, sabendo o quanto eles lutaram para me manter viva?

* * *

Quando chego em casa, estou triste. Estou triste por causa da minha dívida e do meu homem. Escovo meus dentes e olho para a parede branca e vazia e fecho a cara.

– Safado – resmungo. – Você estragou minha semana toda, seu safado de merda. Aposto que agora está alisando uma loira peituda e as três gêmeas dela, todas ao mesmo tempo, não está? Você não é nem um traidor, é um traidor triplo, mentiroso, me jogando uma mentira do tipo eu-vou-te-levar-no-cinema. Eu juro que estava bem até você voltar como se você me “entendesse”, como se me “entendesse” apesar de eu estar uma bagunça e de ressaca. Deus, eu não consigo acreditar no que fiz!

Eu chuto a banheira como se a culpa fosse dela e grito:

– AI!

Com uma expressão ainda mais carregada, vou até o quarto, pego minhas roupas de dormir, entro na minha sala de estar conjugada com a cozinha para pegar um sorvete, enfio meu DVD de *A Princesa Prometida* e ligo a TV. Quilinhos a mais, aqui vamos nós. Eu desabo e uma vibração soa do outro lado do sofá. Eu faço uma careta e procuro por meu telefone. Encontro o celular entre duas almofadas, retiro-o dali e o deixo de lado para pegar uma colherada de sorvete. Quase engasgo quando vejo uma mensagem de texto que não tinha notado antes.

`Esteja em casa hoje à noite.`

O quê? Meu estômago abre-se em um vazio. Eu leio de quem veio a mensagem e subitamente quero jogar meu telefone em uma PAREDE. *Greyson*. Faço uma careta para ele e o jogo do outro lado do sofá. Começo a andar de um lado para o outro. Eu não vou responder. Por que responderia? Ele não pareceu estar com pressa nenhuma de falar comigo antes, e agora está me dando ordens? Como um *rei* todo-poderoso? Não, obrigada. Vou abrir mão do segundo encontro, obrigada.

Entretanto, confiro e noto que a mensagem foi enviada horas atrás. Digo a mim mesma que não vou responder, vou esperar um quatrilhão de dias, como ele fez. Deixo o telefone de lado e coloco uma bela colherada de sorvete na boca, deixando derreter na língua, porém meu estômago ainda está se revirando e agora eu não consigo mais assistir à TV, mas apenas encarar meu telefone e sugar a colher. Aí eu enterro a colher no pote e agarro o telefone, fecho os olhos com força e digito.

`Eu estou em casa, mas isso não significa que eu vá ficar. Depende...`

`De quê?` – responde ele, rapidamente.

Uau, ele estava esperando para responder, com o telefone na mão? Parece que sim.

Eu espero um minuto inteiro. Tremendo. Digito:

`De quem vai me visitar.`

Eu não digo isso como um convite. O que eu quero dizer é: vou dar no pé daqui se ele se aproximar do meu prédio. A resposta dele, porém, é rápida como um raio e meu coração começa a martelar enquanto as palavras me encaram.

`Eu.`

Merda! Eu tenho que sair. Tenho que sair; não posso vê-lo! Não posso ser fácil assim! Tenho que impor um limite. Ele já mostrou o que a nossa noite juntos significou para ele, e eu não vou deixar que ele ou qualquer outro idiota me desvalorize de novo.

Eu devia sair antes que ele chegue, ou quando ele chegar, gritar através da porta, sem abrir nem mesmo um centímetro, e dizer a ele que EU NÃO ESTOU INTERESSADA! *Você me deu o bolo, não entrou em contato rápido o bastante, eu não sou seu estepe, tenha uma boa vida!*

É. Isso soa certinho.

Determinada, vou fechar as persianas da sala. Quando olho pela janela e estendo a mão para a cordinha, vejo um carro esportivo escuro estacionar e um homem vestido de preto sair pelo lado do motorista. Ele olha na direção da minha janela e todos os meus sistemas travam quando nossos olhos se encontram, sustentam, *reconhecem*. Minhas entranhas entram no modo caos. Uma estranha empolgação faz meus joelhos se baterem.

Porra, é ele mesmo.

O que ele está fazendo aqui? O que ele quer?

Ele entra no prédio e eu viro meu rosto para a porta fechada, em pânico porque não me troquei, eu não *me troquei*. Estou de pijamas, se é que se pode chamar assim.

Notando o pote de sorvete ainda seguro em minha mão, eu corro para enfiá-lo de volta no congelador, com colher e tudo. Começo a andar em círculos, tentando arranjar um novo plano, mas incapaz de pensar em algo.

Cogito em falar para o porteiro não permitir a entrada dele, mas ouço a campainha do elevador e percebo que o porteiro deve ter reconhecido o filho da puta de quando ele me trouxe para casa na semana passada.

Decidindo não adiar o inevitável, eu abro a porta enquanto ele sai do elevador. Ele olha diretamente para mim e seu olhar me perfura, abrindo um buraco nos meus pensamentos. Uma de minhas vizinhas e seu marido passam pelo corredor na direção da porta de seu apartamento.

– Ora, alô, Melanie. Está meio frio lá fora. – Ela gesticula para o shorts de seda branco e a camisola quase transparente que estou vestindo em completa desaprovação e prossegue em seu caminho.

Greyson segue atrás dela e preenche o espaço a meio metro da minha porta com músculo e beleza e testosterona e, eu juro, juro por Deus, ele é tão letal quanto uma bomba atômica. Meus joelhos, ah, meus joelhos. Meu coração. Meus olhos. Meu corpo parece ao mesmo tempo leve como uma pluma e pesado como um tanque. Como pode? Ele é tão atordoante que eu não consigo nem me *mexer*. Ou piscar, ou mal ficar de pé; estou me apoiando no batente da porta.

Estou totalmente sóbria. Algo de que eu talvez me arrependa. Ele não está mais borrado pela chuva, pela vodca ou pelas minhas estúpidas ilusões de príncipe encantado.

O homem em pé diante da minha porta é bem real, bem grande, bem bronzeado, e seu sorriso é bem, bem encantador. Não existem palavras para o modo como ele fica ali parado, seus olhos escuros e cintilantes, as maçãs do rosto duras e seu maxilar barbeado à perfeição, sua boca tão bonita, curvando-se travessa para cima nos cantinhos. O terno dele é perfeito, digno de um playboy, e seu cabelo desarrumado, cheio de mechas cor de cobre, me dá vontade de passar os dedos por ali. E ele está aqui, olhando para mim como se esperasse que eu o deixasse entrar. Uma lembrança da manhã em que ele me trouxe para casa dispara por minha mente, quando eu me senti dolorida por causa do jeito como ele me amou a noite toda, além da marquinha atrás da orelha que encontrei na manhã seguinte.

Agarrando-me a meu instinto de autopreservação, eu seguro a porta apenas semiaberta quando ele a pega com uma das mãos poderosas e grandes.

– Convide-me para entrar – diz ele suavemente, segurando a porta com firmeza.

– Meu carro não precisa de conserto, está tudo bem, mas obrigada por vir conferir – digo, fazendo mais força para fechar a porta.

Ele empurra até abrir completamente e entra, e eu fico frustrada com minha inabilidade de mantê-lo do lado de fora. Agora ele está aqui dentro e fecha a porta como se fosse o dono do meu apartamento, depois a analisa com os olhos estreitados.

– Esse prédio tem um elevador para a lavanderia?

– *Essa* é a sua cantada?

Ele atravessa o cômodo e fecha o resto das persianas, em seguida executa uma análise insanamente rápida do meu apartamento com um passar de olhos que faz meu interior se revirar.

É quase como se ele estivesse se certificando de que não há nenhum outro homem aqui.

Ele não pode realmente estar com ciúmes, pode?

E agora... agora que ele parece certo de que não há ninguém aqui além de mim, ele começa a caminhar na minha direção olhando para a minha boca, e eu estou me afastando porque cada grama dos meus instintos de autopreservação me diz para fugir.

– Você está aqui. Por que está aqui, tão de repente? Algum outro encontro seu desmarcou no último minuto? – exijo saber.

– Eu tenho um encontro que gostaria de marcar com você. – Suas sobrancelhas descaem sobre aqueles brilhantes olhos de águia. – Você não está nem de longe tão empolgada em me ver quanto eu esperava.

– Talvez eu tenha pensado que você era uma alucinação bêbada. Talvez eu tenha *torcido* para que você fosse uma.

Eu chego à parte de trás do balcão da minha cozinha e ele me prende ali entre seus braços, seus olhos quase desesperados, famintos. Daí ele encaixa meu rosto em sua mão e coloca sua boca sobre a minha, como se pensasse – erroneamente – que eu lhe pertenço.

– Eu não sou... – diz ele, com suavidade, e então me beija de novo, tão profundamente que eu perco a linha de raciocínio até ele voltar a falar contra a minha boca – ... uma alucinação. E, se você precisar, eu passarei a noite toda te relembrando como é ter a minha língua e o meu pau enterrados bem fundo em você, e do quanto você gosta disso.

Ele se abaixa como se fosse tornar a me beijar. Minha voz treme quando eu viro a cabeça.

– Não, Greyson.

– Eu não gosto dessa palavra, "não" – diz ele, rouco, contra meu rosto. – Mas gosto de você falando Greyson.

Ele vira minha cabeça de volta com a ponta de um dedo e me encara como se amasse minha imagem. Eu ergo um dos braços dele e ele permite, e eu começo a me afastar de novo, livre dele, mas não livre do seu olhar. Na primeira noite, ele ficava encarando meus olhos como se não conseguisse libertar seu olhar, mas agora, agora ele está me vendo por completo. Estou vestindo shorts e uma camisola, e mesmo assim meu corpo começa a esquentar conforme seus olhos me absorvem de cima a baixo.

– Eu te dei uma chance e você a desperdiçou – arquejo.

– Eu quero outra.

Eu balanço a cabeça, mas não consigo conter as asas estúpidas de algumas coisas imensas e vivas batendo em meu estômago. De repente, meu apartamento cheira a couro, a *floresta*, e a porra do Greyson King está ali, com aquela aparência dele, confiante, contido; sua presença de alguma forma demandando toda a minha atenção.

– Por que você está aqui?

Ele gesticula para a TV enquanto eu assisto ao meu querido e perfeito Westley murmurar para Buttercup "*Como queira*", e depois ele olha para mim e sorri, como se para si mesmo:

– Você está assistindo a um filme?

– Agora não, agora estou assistindo a você.

Ele apenas sorri aquele sorriso muito sexy e muito irritante dele e se senta em uma poltrona lateral como algum rei poderoso. Meu cenho franzido domina meu rosto, porque ele acaba de conseguir encolher minha casa com sua presença. Sentindo pontadas no estômago, eu me sento no sofá, Westley agora esquecido, Buttercup esquecida, tudo esquecido, exceto ELE. Eu espero.

– Como você está? – ele pergunta, suavemente, gesticulando para mim.

– Como você acha? – eu pergunto, magoada.

– Com uma aparência ótima, daqui de onde estou.

– Você sempre fica à vontade em lugares onde não é querido?

Sua risada suave corre por minha pele como uma pluma, levantando os pelinhos de meu braço. Ele se recosta e cruza os braços atrás da cabeça, me observando com olhos frios e experientes.

– Estou aqui para te provar que não, Melanie, você não me imaginou.

O jeito como seu tom sensual combina com aquele olhar estreito e brilhante me diz que *nós dois sabemos que eu definitivamente sou querido aqui* – e faz os dedos de meus pés se encolherem. Porra, ele me excita.

– Eu estava prestes a comer cinquenta quilos de chocolate por sua causa – acuso.

Ele fica de pé e então deposita seu corpo bem junto ao meu no sofá.

– Bem, meus quase cem quilos estão bem aqui. Com você.

– Nós não vamos dormir juntos de novo.

– Considerando-se que eu estive dentro de você, você deveria ao menos permitir que eu coloque os braços ao seu redor enquanto assistimos a... o que estamos assistindo?

– Ao filme *A Princesa Prometida*. Meu filme favorito de todos os tempos.

– Ah.

Ele estica o braço ao longo do encosto do sofá e meu coração palpita como louco.

– Buttercup está noiva do príncipe Humperdink, mas seu amor verdadeiro, Westley...

Os lábios dele se curvam e eu me calo quando noto como ele parece estar se divertindo. Secretamente se divertindo... comigo. É delicioso. E, francamente, me incomoda. Eu sussurro:

– Você é um playboy. Eu sei que você é.

– Você não sabe nada sobre mim.

Eu reviro os olhos.

– Eu sei o seu nome. *Greyson*.

– Você zomba do meu nome com esse brilho maldoso no olhar como se adorasse, e tudo o que isso faz é me dar vontade de te foder até você gemer meu nome. – Ele traz meu rosto até o seu. – Eu sei toda vez que você mente porque fui ensinado a detectar mentirosos desde que era muito, muito jovem. Você aprende quando o seu pai mente o tempo todo – murmura ele, seu hálito quente em meus lábios acendendo um fogo em meu estômago. – Eu penso em você, Melanie. Eu vejo seu rosto em todas as mulheres. Eu voei até aqui só para te ver. Comunicação. Relacionamentos. Essas não são coisas em que eu sou bom. Há outros atributos que eu possuo que são muito melhores. Por exemplo, eu vejo que sou bom em te fazer ofegar. Vejo que suas pupilas estão dilatadas, você fica olhando para a minha boca em vez de para o seu filme favorito, e está sendo necessário todo o meu autocontrole para não nos dar exatamente o que ambos precisamos nesse momento. Já se passou uma semana, e, no que me diz respeito – ele encaixa a mão em minha nuca e mordisca meu lábio inferior –, estou esperando há uma vida para mergulhar em você.

Ele me puxa mais para perto, e eu sinto uma nostalgia tão grande que me assusta. Por ele, por isso, essa necessidade de rasgar caminho para dentro de sua pele, pressionar meus lábios à linha rígida de seu maxilar, tocar seu cabelo espesso e sedoso.

– Deixe-me assistir ao meu filme, me solte – protesto debilmente.

Quando ele ri, seu hálito movimenta algumas mechas de cabelo soltas em minha têmpora.

– Se você quer que eu te solte, precisa parar de pressionar seus lindos mamilos contra o meu peito enquanto diz isso, parar de se aproximar enquanto me pede para te soltar – murmura ele, esfregando seu nariz contra o meu. Sua proximidade, seu cheiro de floresta, seu hálito quente, seus lábios tão próximos que eu posso quase sentir seu gosto, disparam uma inundação de desejo entre minhas coxas e um tremor quente e dolorido em meu sexo.

Eu ofego quando quase nos beijamos, e ele geme e me dá espaço para respirar. Ele ergue a cabeça e eu o vejo me avaliar como um conhecedor avaliaria uma joia ou uma antiguidade. Por que ele me olha assim? Por que ASSIM? Como se ele quisesse entrar em mim tanto quanto eu o desejo. Como se ele quisesse mais do que meu corpo, como se ele quisesse sugar meu sangue, comer minha alma e então rezar para mim.

Em silêncio, eu fecho meus olhos, tentando fingir que estamos apenas nos encontrando, que nunca fizemos sexo, que estamos apenas assistindo a um filme. Eu forço meus músculos a relaxar e assisto à TV, e sinto que ele gradualmente relaxa também. Ele estende seu grande corpo de repente pela extensão do sofá e me puxa de encontro a si. Ah, minha nossa. Odeio como ele assume controle de coisas que dizem respeito a mim, mas também adoro isso.

Eu sinto o olhar dele no topo da minha cabeça. Fingindo assistir ao filme, eu enfio meus dedos no cabelo dele e trago seu braço ao meu redor, reclamando:

– Seu cotovelo está cutucando minha costela.

A risada dele – eu nem consigo explicar como amo o som da risada dele – me diz que ele sabe que eu só quero ficar mais confortável. E eu quero.

– Melhor? – ele pergunta, ajeitando aquele corpo esguio, duro e comprido dele sob mim.

– Sshh. Eu gosto quando ele luta com o Espanhol.

Estou fingindo assistir, mas, na verdade, estou lutando com o quanto quero dar a ele uma segunda chance. Mas e se eu me apaixonar? E se a coisa sair do controle, e não apenas eu cair de amores, mas mergulhar nele?

Aquela noite com ele?

Foi incrível. *Ele* foi incrível. E a sensação, o cheiro e o som dele ainda são *incríveis*.

Os músculos dele se flexionam e eu temo que ele vá se afastar, mas não. Ele me traz mais para perto, fazendo um casulo com seus braços. Eu respiro de leve com uma sensação quase esmagadora de contentamento, engolfada pela segurança que ele me dá, e finalmente sucumbo ao impulso de colocar meu rosto em seu peito.

– Isso é gostoso – murmuro. Mais do que gostoso.

Subitamente, nada parece mais certo do que isso. No meu sofá. Com este homem. Seu cheiro picante e reconfortante como uma droga, e eu não consigo evitar respirar mais fundo, mais consciente, inspirando-o.

– Princesa – diz ele no meu ouvido, de modo conspiratório.

Um tremor me percorre quando fecho meus olhos.

– O quê?

– Eu não ia telefonar.

– Eu sei, cuzão. Por que ligou?

Westley e meu Espanhol estão lutando com espadas, mas parece que a ação de verdade acontece em meu ouvido, no sussurro dele:

– Você precisa de mim.

Eu faço um ruído de zombaria e me sento para poder encará-lo.

– Não preciso de você.

Ele também se senta e seus olhos cintilam com um desafio.

– Talvez *eu* precise de você.

Quando eu apenas olho, ele me dá um sorriso adorável, presunçoso mas também triste.

– Você sabe como é carregar o peso de um coração morto com você a vida toda, como se estivesse apenas procurando pelo seu túmulo? – Ele espera que eu responda, mas eu estou emudecida. – Eu *vivo* nos momentos em que estou com você. Eu vivo uma mentira, mas isso não é uma mentira, assistindo a esse filme estúpido com você.

– Estúpido! – arquejo.

Ele ri e fica de pé, dizendo:

– Quando eu sair, tranque a porta. Voltarei com comida.

– Se eu pegar no sono, vou estar cansada demais para vir abrir a porta de novo – aviso, mas a verdade é que eu simplesmente não quero que ele vá!

– Posso abrir sua porta sem que você acorde – ele diz, todo calmo, depois volta e desliza a mão enluvada sob minha camisola.

– Mas tranque a porta, mesmo assim.

– Você é mandão.

– E você é sexy pra cacete com isso que está vestindo. – Os dedos dele traçam a parte de baixo do meu seio e minha respiração fica presa quando nossos olhos se encontram, e não há disfarce nos olhos dele, nenhum filtro. O que eu vejo me reanima, o tumulto girando nas profundezas do olhar dele me levando para dar uma volta.

– Já me disseram que eu tenho uma memória fotográfica. Que algumas imagens simplesmente ficam comigo com uma clareza extrema... mas aquela noite, Melanie, eu me lembro de tudo a respeito daquela noite com mais clareza do que qualquer outro momento da minha vida. – Ele pega a minha nuca em uma de suas mãos grandes e quadradas e aperta de leve. – Sua calcinha fio dental vermelha. Seus mamilos, pequenos e excitados.

O jeito como você olhou para mim como uma princesa e me disse que seu nome era Melanie. Eu me lembro de tudo, bem demais.

Sou transportada de volta para lá por um momento. É tudo uma névoa de paixão e desejo e dentes, línguas, mãos. Eu anseio, mas não quero ser o brinquedo dele. Não quero ser seu encontro reserva. Minha garganta dói quando eu pego a mão dele, retiro-a da minha camisola e começo a guiá-lo para a porta de entrada.

– Eu acho... Greyson, acho que você devia ir embora. Não consigo pensar quando você está por perto. Não sei o que você quer de mim, mas não posso fazer esses joguinhos com você... não com você...

Ele olha para mim quando chegamos à porta, quase como se quisesse que eu o expulsasse. Quase como se ele quisesse que fosse EU a lhe dizer que nunca mais quero vê-lo. Será que se sentiria aliviado? Bem, não vai ficar! Não posso nem começar a explicar o que aquele toque de bronze dourado faz pela aparência dele. Como eu não consigo parar de admirar os ângulos e planos intrigantes do rosto dele. Por quanto tempo em minha vida esperei para sentir algo, uma centelha, um formigamento, como *esse*.

– Minha melhor amiga vai se casar em duas semanas – sussurro, dizendo em seguida qual é a igreja enquanto começo a empurrá-lo para fora, o tempo todo sustentando seu olhar. É quente, faminto. AQUELE OLHAR. – Se você quer mais uma chance, se está falando sério, pode ir até a igreja – eu lhe digo, e então me inclino e beijo os lábios dele, muito levemente, ouvindo seu gemido baixo e rouco, depois recuo e fecho a porta.

Eu me apoio nela, fechando os olhos com força enquanto luto para respirar. Deus, aquele beijo não foi nada e mesmo assim fez cada centímetro do meu corpo estremecer.

Depois de um minuto, ouço-o rosnar "*Porra*" do outro lado da porta. Ele também levou todo esse tempo para se recuperar daquele beijo? E aí eu juro que posso *sentir* quando ele se apoia na porta. Eu fecho os meus olhos e respiro devagar. Quando ele sussurra:

– Melanie...

É bem onde eu estou com meu rosto pressionado contra a porta. Eu estremeço toda, pelejando para fazer minha voz soar equilibrada.

– Sim? – digo.

– Estarei lá.

Eu ouço o elevador um bom tempo depois. Ergo meus dedos e toco a porta, e, pela primeira vez em minha vida, estou terrivelmente com medo de me encontrar com ele, o homem pelo qual estive esperando.

Subitamente, cada fibra do meu corpo, meu corpo sóbrio, me diz que ele é o cara.

Ele é o cara.

O cara que vai me destruir. Me machucar. Demolir. Aquele que vai remover cada centímetro da garota em mim. Ele vai ser a memória da qual eu jamais esquecerei, e, para o bem ou para o mal, ele vai ser AQUELE com quem eu sonho.

Exceto pelo fato de que ele é todo errado.

Existe algo excitante e alarmante nele.

A sombra em seus olhos amendoados, o brilho reluzente que o faz tão atraente para mim, o modo como ele cheira a couro e metal e floresta e *perigo para mim*.

Penso na minha mãe e sempre pensei que a deixaria orgulhosa. Eu me lembro da minha melhor amiga, preocupada que um Arrebentador a tirasse do chão. Greyson não vai ser um Arrebentador. Eu não sei o que ele será, mas estou pensando em um tsunami, um furacão, algo natural e impossível de parar.

Imagino se ele vai aparecer no casamento. Se ele é tão indefeso a essa atração quanto eu.

Desabo de novo com meu filme e me encolho em uma almofada do sofá, meus pensamentos distantes do mais belo conto de fadas já escrito. Eu sussurro para o vazio da sala:

– Por favor, se você vai apenas me machucar, por favor, por favor, não vá ao casamento da Brooke.

NOVE

INQUIETO

GREYSON

Que porra eu estou fazendo?

As telas das câmeras de segurança lampejam cintilantes quando eu chego em casa depois de dias de trabalho sem parar, de perseguir meus alvos, cidade por cidade, casa por casa. O lugar está adormecido. Meu pai, os rapazes, todos na casa alugada. Eu retiro uma luva com uma mordida, depois faço o mesmo com a outra enquanto pego pão, uma jarra de manteiga de amendoim e uma faca de carne.

Nós preparamos as fitas de segurança que vigiam as entradas, saídas e janelas de casa. Quilos de computadores repousam sobre várias mesas, as luzes piscando entre cabos embaraçados. Eu espalho a manteiga de amendoim em uma fatia de pão, coloco outra fatia por cima e devoro tudo enquanto vasculho as caixas com as gravações e retiro um cartão do ano passado, etiquetado com a data da luta. Estive pensando nela. A cada segundo do dia, eu me lembro dela.

Molhada e vulnerável na chuva.

Molhada e quente em meus braços.

Dizendo-me que seu nome é *Melanie*.

Convidando-me para o casamento da sua melhor amiga.

Ela dispara cada sinapse no meu cérebro até estar viva em minha mente, dando uma risada que só eu já ouvi... aconchegando-se a mim enquanto assiste a seu filme... me empurrando porta afora como se não suportasse me ver, depois me puxando de volta e me beijando até arrepiar.

Eu fiquei ali como um idiota apoiado na porta dela, meu coração martelando no peito enquanto eu esperava que ela abrisse. Diabos, eu estava pronto para abrir a chutes.

Em vez disso, eu saí, fui alugar um smoking e comecei a procurar por apartamentos ali por perto.

Sou perigoso para ela; inferno, *ela* é perigosa para *mim*. Não posso me permitir nenhuma merda de distração.

Então, que porra eu estou fazendo?

Eu deslizo a gravação para dentro do leitor de cartões e coloco para rodar, meus olhos se esforçando para um vislumbre dela, minha dose diária de Melanie que eu preciso ver.

– E agoooooora, senhoras e senhores... – O anunciante começa com seu estilo habitual. – Remington Tate, o primeiro e único, ARREBENTADOR!! ARREBENTADOR!!! Digam oi para o ARREBEEENTADOOOR! – ele grita.

Um de nossos lutadores trota na direção do ringue, surgindo na tela. É o Arrebentador.

Ele não é bom; é o melhor que já vi. O lutador mais lucrativo que meu pai já abrigou no Underground – e um que todos nós esperamos continuar abrigando, graças a sua tendência temerária.

– *Arrebentador, Arrebentador...* – Eu ouço a multidão pelos alto-falantes.

Eu tomo meu refrigerante enquanto continuo assistindo à tela, esperando para ver a loira nas laterais. *Melanie*. Ela está prestes a aparecer, pulando para cima e para baixo como sempre, e eu estou tenso de antecipação quando a imagem congela, escurece e então corta para a luta seguinte.

Eu bato no computador com o punho fechado para fazê-lo funcionar. Nada. Eu fecho a cara, volto a imagem, passo de novo. A mesma merda acontece. Tomando o resto do refrigerante, jogo a lata na lixeira e esfrego rudemente a mão no rosto, frustrado, depois vou até o quarto de Wyatt e acendo a luz.

– Quem diabos mexeu com as fitas?

– O quê?

– Você mexeu com elas, Wyatt?

– Elas são da porra do ano passado. O que tem de tão importante lá? O que você vê que ninguém mais vê, hein? O que o meu pai acha que você pode fazer que mais ninguém pode?

– Ele quer me quebrar. É tudo o que ele quer. Você tem uma sorte fodida por ele não tentar o mesmo com você. Amanhã eu quero a gravação completa, não me importa o que você precise fazer.

Eu apago outra vez a luz e vou para o meu quarto, olhar para o telefone.

Mas que *porra* eu estou fazendo? Eu pego uma faca e sinto seu peso, satisfatório para mim de alguma maneira. Coloco minha SIG de lado, retiro diversas facas, coloco-as nos bolsos traseiros da minha calça social, seis em cada um, e então começo a jogá-las, repetidas vezes, girando-as uma dúzia de vezes no ar, tão rápido que não se vê que a lâmina está girando até que ela atinja a parede. Eu as tiro de cada bolso, uma por segundo. *Uma. Duas. Três. Quatro... Cinco, seis, sete, oito, nove, dez-onze-doze.*

Eu tenho um smoking de aluguel. Tenho um apartamento em Seattle, uma passagem para Seattle. Tenho uma coceira em mim e o nome dela é Melanie.

Meu celular toca.

– Sim?

– Ela está em casa agora. Sã e salva.

Meus olhos vão até o relógio. Onze e trinta e quatro. Tão tarde?

– C.C. está indo render você amanhã. Estou trabalhando em um alvo, então vou voar até aí. Por que ela está fora até tão tarde?

– Certo, chefe.

– Está sozinha?

Espero pela resposta de Derek.

– Sozinha. Ela jantou com a amiga e o cara loiro que está sempre com elas. E não, ele não se sentou perto dela.

– O que...

– Ela está usando alguma porra de vestido. Floral.

– E o que...

– É rosa, chefe. Com tênis amarelos e o cabelo solto e um monte de pulseiras.

Eu a vejo em minha mente e expiro pelo nariz enquanto uma estranha sensação de paz e anseio flui pelos meus músculos, deixando-me tenso e depois relaxado.

– Fique de olho. – Eu desligo e encaro o nome dela em minha lista. Não sou a porra de um adolescente para ficar mandando mensagens de texto a uma garota. Não gosto de deixar traços. Preciso trocar essa porcaria de telefone.

Esfrego a mão no rosto. Se meu pai souber que estou atrás dela, não sei o que ele vai fazer. O que Eric vai fazer. Qualquer um que eu já tenha perseguido poderia me perseguir através dela.

Então deixe-a em paz...

Eu retiro as facas, enfio-as de volta nos bolsos e recomeço a lançar.

– Não posso – digo. *Não posso deixá-la em paz. E não quero deixar, droga.*

Ela me faz sentir como se eu não fosse um robô, como se fosse de carne e osso; um homem, não um número, não um trabalho... não um monstro, não um safado, não um zero.

DEZ

ANTECIPANDO

MELANIE

A pior parte não é ficar imaginando pelas duas semanas seguintes se eu tenho ou não um parceiro para o casamento. Não é nem minha mania compulsiva de conferir minhas mensagens de texto. Ou ouvir a velha Becka dando risadinhas pelo escritório sobre como eu tenho andado quieta e especulando se eu estou ou não de coração partido. Nada disso é a pior parte.

Sempre me espanta o fato de um dia você achar que está no ponto mais baixo do seu sofrimento, quando aquilo não é nem o começo. Certo, então eu quero ficar bonita, está bem? Eu quero ficar espetacular. Se – não *se*, Melanie, *quando* – Greyson King aparecer, eu quero que ele perca o controle por minha causa. Quero que aquele homem me queira como se eu fosse o seu próximo café da manhã, almoço e jantar. Diabos, eu quero que ele anseie por mim como por um banquete. E que me possua como uma fera.

Então eu faço uma depilação com cera. E uma massagem. Faço manicure e pedicure e pinto as unhas dos pés de vermelho. Estou cheirando melhor que nunca na vida e tão pronta para ser levada para a cama por um homem com olhos amendoados que não consigo nem pensar o que farei se ele não aparecer.

Ele disse que estaria lá e a estranha determinação em suas palavras, suaves e baixas, não me assustou; é o fato de que eu espero que ele esteja lá porque ele quer a mesma coisa que eu que me assusta.

Mas essa não é a parte ruim... A parte ruim é que eu estou tão pronta, e ainda assim, na noite anterior ao casamento, meu vestido de dama de honra não está pronto na lavanderia.

Estou esperando no interior da pequena loja enquanto eles tropeçam para encontrá-lo no carrossel, e estou tão nervosa que batuco com as unhas no balcão enquanto eles continuam puxando vestido após vestido. Eu balanço a cabeça.

– Não é esse. Isso não é um vestido de dama de honra, senhor, e eu estou começando a entrar em pânico aqui. A última coisa que eu quero é ligar para a minha amiga e dizer a ela que perdi meu vestido de dama de honra, por favor! É vermelho. Tomara que caia. Procure de novo, por favor.

– Madame, madame! – Outro cara aparece dos fundos do carrossel com meu recibo na mão. – Sinto muito, mas nós demos baixa e entregamos no endereço errado.

– Argh. Para que porra de endereço?! – Eu pego meu telefone e anoto o endereço, depois rastreio o lugar e vejo que fica a apenas algumas quadras de distância. – Você está com a entrega correta deles para eu poder fazer a troca?

O homem assente.

– Mas eu posso me encrencar.

– Meu querido senhor, você já está encrencado, e eu vou causar uma penca de problemas para você se simplesmente não me der o que é deles para que eu possa pegar o meu vestido. Ligue para eles e diga que estou a caminho. Por favor!

Com relutância, ele entrega um terno e um vestido floral e eu agarro as roupas em seus cabides de plástico e me apresso a descer a rua, subindo vários lances de escada, onde então bato na porta e digo ao homem com uma cerveja que atende:

– Com licença, houve um engano na lavanderia Green Dry, e eu acredito que isso pertença ao senhor, e que o senhor tem algo que me pertence e de que eu preciso desesperadamente para amanhã.

Ele fica ali de pé e me olha da cabeça aos pés como se eu fosse alguma acompanhante enviada para lhe dar prazer.

Eu repito exatamente o que acabei de dizer e empurro as malditas roupas entre nós dois a fim de que ele possa parar de olhar minhas pernas.

– Eu não confiro essa merda, minha esposa é que confere, e ela não está.

– Por favor, só pegue isso e verifique se é seu, e confira na sua lavanderia ou em algum outro lugar por um vestido vermelho limpo recentemente. Isso deve lhe parecer conhecido, não?

Após um enorme incômodo com o homem suspeito, eu finalmente pego meu vestido e respiro fundo ao perceber que ainda está pendurado, ainda embrulhado no plástico. Graças a Deus.

Eu volto para onde tive que estacionar meu carro, dois quarteirões antes. Esses becos estreitos não têm nenhuma vaga e estou me desviando de poças, tomando cuidado com meus sapatos, quando ouço um assovio do outro lado do beco. Eu paro e olho, e um homem está lá, bem no meio, sua posição ampla e ameaçadora. Uma de minhas sobrancelhas se ergue, depois a outra.

Mas que...?

Meu coração acelera quando uma centelha de alarme se agita em mim. Eu me viro ao ouvir passos atrás de mim, e vejo dois homens. Uma bola de ansiedade se aloja em meu interior conforme avalio a área. Um carro escuro está estacionado perto do final do beco, para onde eu me dirigia. Acho que vejo um homem atrás do volante, e a porta do lado do passageiro está levemente aberta, como se o homem sozinho à minha frente tivesse acabado de sair do veículo.

Algum sexto sentido em mim desperta e acelera minha pulsação cada vez mais. Meu vestido, meus sapatos... de repente, nada mais importa a não ser sair daqui. Eu abaixo a cabeça, cautelosa, e continuo andando diretamente adiante, sem nem me importar mais com as poças, concentrada apenas em agarrar o cabide, que pode ser a única coisa ao meu dispor para usar para... para *quê?* Animais selvagens perseguem presas se elas fugirem para o outro lado, e tudo nesses homens grita *Predadores, Melanie!*

O medo lateja como uma coisa viva dentro de mim. Cada passo que me leva mais para perto do homem solitário na ponta do beco deserto mordisca minha confiança.

Estou prestes a passar por ele quando o homem dá um passo adiante e eu sussurro, tímida:

– Com licença.

Uma mão agarra meu braço, fechando-se como uma algema.

– Não dou licença, não – ele rosna.

Eu me encolho e recuo um passo quando vejo sua expressão assustadora, mas o homem me puxa com mais força para perto dele, o cheiro de suor e cigarros se misturando em seu hálito enquanto repete, olhando para mim com seus olhos injetados de vermelho:

– Eu disse que não dou licença, cadela.

Pânico como nunca conheci sufoca minha garganta quando agito meu vestido em um esforço para enfiar a ponta do cabide em alguma parte de seu rosto, mas, antes que eu consiga atingi-lo, outro par de mãos fortes agarra meus braços e puxa meus cotovelos para trás à força.

– Não! – grito, o barulho do meu vestido caindo no chão.

De repente, um terceiro homem agarra minhas coxas e eu estou chutando o ar. O outro mantém seu aperto nos meus cotovelos enquanto começam a me carregar para o carro. Um medo gelado se enrola em torno do meu coração e contorço meu corpo com mais intensidade, ofegando e engasgando de terror quando não consigo me soltar, os dedos deles se enfiando na carne dos meus pulsos e canelas agora.

Há um homem atrás do volante dizendo:

– Façam essa cadela ficar quieta.

Enquanto isso, eu sigo lutando. Um deles tenta cobrir minha boca e eu uso minha perna livre para chutar seu joelho.

– Não! – eu fico dizendo. – Não! NÃO!

Um trapo é pressionado no meu nariz e por algum motivo eu prendo a respiração, porque sei que aquilo é para me apagar. Estou combatendo meu próprio impulso de respirar. Eu acerto um chute no saco e o ouço gritar, e então os dois me enfiam na traseira do carro.

– SOCOOOOOORRO! – grito.

Eles puxam um capuz preto sobre minha cabeça e a escuridão negra e total desce.

Meu fôlego me escapa pelo choque no momento em que as portas são fechadas. Um dos homens aperta um pouco o saco em volta da minha garganta, prendendo-o. Minha respiração ofegante ecoa em meus ouvidos, a escuridão me engolfando enquanto a realidade da minha situação começa a penetrar e meus olhos ardem. Eu sinto tatearem meus seios, apertando-os, ao mesmo tempo em que um dos homens enfia a mão por baixo do meu lindo vestido de verão para me apalpar. Eu começo a lutar com vigor renovado, gritando e ouvindo os sons solitários e abafados dos meus próprios gritos morrendo dentro do capuz que cobre o meu rosto. Não consigo escutar o que eles estão dizendo, sussurrando, e me contorço com os braços e as pernas, cerrando os dentes conforme tento atingi-los, ou qualquer coisa que conseguir.

– Essa é selvagem… a gente vai se divertir com ela antes de fazer a entrega…

Meu vestido é empurrado para o alto e eu chuto e me reviro quando eles dão a partida no carro. Eu choramingo ao sentir um par de mãos agarrar minhas coxas e as separar à força.

– Só dirija. A gente para no caminho até lá e se reveza com ela.

O carro parece dar um tranco para a frente e, tão rapidamente como andou, para.

– MERDA.

Eu ouço essa palavra claramente.

– Que foi?

Também ouço o alarme nessa pergunta com muita, muita clareza.

– PORRA, CARA.

As mãos param de me tocar e, por algum motivo, eu fico quieta, sentindo que algo está acontecendo.

– Quem diabos é ele? Um dos caras do Chacina?

– Tem dois deles.

Antes que alguém possa responder a isso, escuto o som de um pneu estourando, depois de outro pneu vazando ar. Três tiros são ouvidos, e outro à minha direita, que parece abrir a maçaneta da porta. As dobradiças rangem quando ela provavelmente é jogada de lado. A única mão que permaneceu no meu seio, congelada de choque, é arrancada para longe. Então, ouço um grito apavorado e dedos quebrando.

– Puuuuuta merda, é você mesmo!

Eu escuto um estalo, um uivo, e então o som de um corpo sendo jogado ao chão.

– Eu vou levá-lo a algum lugar gostoso e confortável para termos uma conversinha – uma voz com sotaque texano diz, de algum ponto mais distante.

Em pânico, estou procurando ao redor com minhas mãos, mas, no instante em que encontro algo duro e metálico nos jeans de um dos caras mortos perto de mim, um par de mãos me alcança. Eu sinto novas mãos começarem a se curvar ao meu redor e um disparo de adrenalina me atravessa. O cabo de uma faca – eu a agarro e giro e, milagre dos milagres, consigo enfiá-la em carne dura e masculina com um puxão obsceno do meu lado. Ele rosna por cima do topo da minha cabeça. Ao me soltar para removê-la, eu o empurro e fico de pé, vacilante, encontrando meus pés no chão. A faca cai no segundo em que eu começo a correr, tentando soltar as amarras do meu capuz e torcendo para estar correndo na direção oposta à dos recém-chegados.

– Você arranjou uma bem viva, Z – diz o texano.

Eu guincho quando percebo que estou indo bem na direção dele e giro quando sou levantada em um par de braços fortes e masculinos. Minha luta começa de imediato, mas esse cara não vai me largar. Ele grunhe quando eu chuto seus bagos, depois começa a amarrar minhas mãos e meus pés com algum material semelhante a uma corda, rapidamente para que eu não possa escapar. Eu chuto o ar, mas ele é forte e rápido, e o que vários homens não conseguiram fazer para me subjugar esse aqui faz em menos de um minuto.

Prendendo meus tornozelos e pulsos, depois amarrando meus joelhos e cotovelos, ele me segura contra um peito que parece largo e musculoso enquanto me carrega para algum lugar. A adrenalina corre pelo meu corpo sem ter para onde ir e sou tomada por tremores quando me dou conta da realidade: estou completamente fodida e não tenho como me soltar.

Acho que cortei o homem, e o sangue dele está pingando em mim. Eu me contorço em um último esforço fútil para me libertar, mas também estou chorando, o som de meus próprios soluços ecoando dentro do capuz.

E subitamente eu sei o que é isso. É aquela *dívida*.

É tão real agora, esses homens são tão reais. Eles querem o dinheiro deles. No entanto, supostamente ainda tenho um mês e meio. Eles ficaram impacientes? Eles planejavam me matar ou só me usar? Estavam me levando para me entregar àquele cara de um olho só e ao magrinho que se ofereceu para me dar uma extensão dos paus deles quando pedi por mais tempo?

– Eu... eu vou conseguir o dinheiro – digo, prendendo um soluço na garganta.

Eu devo estar entrando em choque porque não consigo lutar com ele, lutar pela minha vida, e estou tremendo incontrolavelmente. Sinto uma nova dor nas minhas coxas e nas canelas quando sinto uma luva de couro contra a pele nua das minhas costas. Eu choramingo e fico tão pasma quando me lembro de Greyson e minha depilação com cera e meu dia no spa, e agora estou cheirando como uma porca, e sangue, e outros homens. Começo a sufocar em soluços pelo fato de que tudo isso possa realmente estar acontecendo comigo.

– M-meu carro está...

Ele continua andando, e eu não consigo falar direito; estou arfando em busca de ar e chorando.

– Meu... meu vestido...

Ele para, e eu ouço barulho de plástico. Percebo que ele o apanhou, em sabe lá Deus que condições, de onde havia caído.

– Obrigada – soluço. E então me dou conta: ele não é um dos mocinhos, ele não quer me ajudar! Se quisesse, teria me soltado.

Um tremor incontrolável toma conta do meu corpo, fazendo meus dentes chocalhar. Ele me prende no banco de trás de um carro com um cheiro muito semelhante ao do sachê de lavanda que eu coloquei no meu carro depois que ele quase virou um barco, e os pneus cantam quando nós partimos.

Acabamos estacionando em algum lugar e, mais uma vez, estamos em movimento; pausa, movimento; discrição enquanto ele se move e depois para, evitando ser visto. Nós subimos alguns degraus e ouço o ranger de uma janela. Continuamos andando. Então, escuto água corrente.

Ele me deposita em algum lugar macio, que eu julgo ser uma cama, e desamarra meus pulsos, suas luvas esfregando meus pontos de pulsação. Eu fecho os olhos e finjo ser outra luva, de outro homem, me reconfortando, mas o fato de que ele não é realmente aquele outro homem torna meu sofrimento ainda mais intenso.

Mecanicamente, ele começa a libertar minhas pernas, depois esfrega outra vez as feridas em volta dos meus tornozelos.

– P-por favor, não me machuque...! – Eu choro, gritando, e em seguida me acalmando quando ele se afasta. – É por causa do dinheiro...? Eu vou arranjar o dinheiro, estou arranjando o dinheiro – eu começo a falar, incoerente. – Meu carro está à venda, eu só não tive nenhum interessado. Eu devo metade dele de qualquer forma, então só preciso de um pouco mais...!

Ele faz algo inesperado. Pega a minha mão e aperta. Não um aperto zangado, um aperto reconfortante. Eu fico quieta. Meu coração salta enquanto ele mantém sua mão na minha por um instante longo demais, até parecer estar seguro de que estou respirando direito. Ele me solta. Eu ouço seus passos e o ranger da minha janela, e de súbito levanto a mão e me apresso para remover o capuz.

Estou em meu apartamento. O chuveiro está ligado. Há sangue espalhado por todo lado em cima de mim quando deslizo para dentro da banheira, totalmente vestida, e tomo um banho, me esfregando até limpar. Chorando em silêncio. Eu fui implorar àqueles homens horrorosos por mais tempo, e eles me deram algum tempo, mas meu prazo está acabando de novo. Por que diabos fui pensar que poderia fazer uma aposta estúpida e não me envolver com esse tipo de gente? Eu penso em pedir ajuda a alguém, mas sou orgulhosa demais para isso. Sou orgulhosa demais para dizer à minha melhor amiga, aos meus amigos; sou orgulhosa demais para contar a meus pais que acham que eu sou perfeita e não posso fazer nada de errado. E Greyson. Por algum motivo, pensar nele é o que me deixa mais sentimental. Ele me faz sentir segura, como se pudesse me proteger do mundo. Até mesmo de homens como esses.

No entanto, sou orgulhosa demais para deixar que o único homem com quem já senti alguma conexão saber sobre isso. Ele provavelmente nem gosta tanto assim de mim mesmo. *Não*. Nunca é assim para mim. Eu choro em silêncio na banheira, me sentindo tão suja que nunca mais quero sair dela.

ONZE

MATAR

GREYSON

– Caceeeeeeete!

Esses safados querem brincar? Tocar o que é meu? Então é melhor. Todos eles estarem. Preparados. *Para morrer*. Seja lá quem tenha enviado esses quatro para pegá-la, seja lá quem tenha tomado essa decisão, está morto. E quanto ao cuzão que C.C. trouxe com a gente para o galpão... Eu vou matá-lo, fazê-lo em pedaços, membro por membro.

Sibilando de dor, enfio meu bíceps sangrando na água corrente, meus olhos ardendo pela fúria, a impotência, a dor de saber o que eles estavam prestes a fazer com Melanie essa noite.

Eu não pude sequer falar com ela. Não pude dizer a ela que tudo ia ficar bem. Por causa da lista, por causa de Zero, porque ele não pode ser conhecido fora do Underground; por isso, tive que segurá-la em meus braços e ouvir seus soluços. Eu nunca, jamais havia abraçado uma mulher chorando antes. Ouvi-la me implorar para, por favor, não machucá-la só aumentou o fogo das minhas entranhas, que já queimavam. Eles iam...

Maldição, eu não posso nem pensar.

Eu olho para o espelho no banheiro encardido do galpão, as narinas dilatadas, meu rosto pálido pela perda de sangue, meus olhos reluzindo com aquele brilho frio da morte. Eu pareço ensandecido. Eu me sinto ensandecido. Abro o gabinete do espelho e procuro por bandagens, as coisas caindo no chão quando não encontro nada.

Pressiono uma toalha com mais força na ferida e tento dar um nó, incapaz de domar o instinto assassino que corre no meu sangue.

Eu não tenho uma gota de humanidade real em mim desde que minha mãe partiu. Apesar da minha criação, porém, eu quis arrancar aquele capuz sujo da cabeça de Melanie, secar suas lágrimas, olhar nos olhos dela e exigir que parasse de chorar, porque isso faz algo que me desestabiliza. E mandar que ela parasse de tremer, pois isso me faz tremer de fúria. E prometer para ela que vai dar tudo certo e que da próxima vez que ela for tocada, será por um homem que quer agradá-la mais do que a si mesmo. E o mais ridículo de tudo é que, em algum lugar da minha mente distorcida, esse homem sou eu.

C.C. entra no banheiro do pequeno galpão para onde ele trouxe o único sobrevivente do nosso encontro.

– Onde diabos ele está? – grito.

– Cacete, você já esteve melhor. Precisamos te dar uns pontos, cara.

Eu o sigo para fora até onde o grupo de garotas que normalmente segue C.C. está reunido.

– Pegue uma agulha – digo para a primeira que vejo, depois retiro uma cadeira de baixo de uma mesa de plástico com um chute e me inclino para falar com C.C., só eu e ele.

– Diga que ele pelo menos soltou alguma coisa.

As sobrancelhas de C.C. se abaixam.

– Ele não parece saber quem o contratou.

– E os outros?

– Eu guardei os corpos. Apenas o sortudo sobrevivente vai receber uma visita sua.

– Eu não o chamaria de sortudo.

Analiso o espaço à nossa volta, imaginando quem poderia estar atrás dela e por quê. Meu pai, Eric, qualquer um dos caras. Existe algum preço sobre a cabeça dela? Meu pai está mexendo nos seus assuntos depois de haver me dado sua palavra? Seria isso um alerta de um dos meus próprios "leais" companheiros de batalha?

Meu braço está tão dormente que não consigo mais senti-lo, mas minha pele está grudenta e quente com o sangue. Estou tão frustrado que quero chutar algo.

Por tudo que há de mais sagrado, se meu pai está por trás disso, eu vou matá-lo.

Estou lutando com minhas emoções enquanto a morena volta com a agulha para me costurar, e ela traz uma garrafa de álcool.

– Ora, ora, parece que vou pôr as mãos em você afinal – ronrona ela. – O que temos aqui?

Eu estendo meu braço enquanto ela abre a garrafa de álcool.

– É um beliscão da minha namorada – rosno. – Ela não gosta quando eu não ligo.

Não quero me lembrar de como ela chorava e de como eu quis arrancar aquele capuz... E fazer o quê? Me revelar para ela? Não posso fazer isso.

A garota derrama o álcool sobre a ferida e eu engulo minha reação, dizendo entredentes:

– Deixe bem apertado. Pequeno.

Eu rasgo um pedaço da minha camiseta e mordo, sem emitir um som, assistindo a ela enquanto me costura.

– Ela se virou bem. Para uma princesa – diz C.C.

Estou com dor, e ainda estou furioso. Cerro meus dentes ao redor do pano.

Uma ruiva aparece e se senta no meu colo enquanto sua amiga coloca bandagens em mim.

– Ah, Z, estávamos tão preocupadas. – Ela lambe os lábios. – Do que você precisa?

– Mindy – digo, cuspindo o tecido. – Esse é o seu nome, certo?

Ela assente, ansiosa.

– Mindy, eu ando ensinando minha namorada a atirar com a nova arma dela. Acho que ela não gostaria muito de vê-la sentada aqui.

– Ah. – Ela sai de cima de mim.

– Venha aqui, querida. Eu te faço um carinho bem devagarzinho. – C.C. abre as pernas e dá espaço para Mindy, me encarando. – Namorada, hein? Ela já sabe sobre isso?

– Vou informá-la amanhã. – Volto minha atenção para meu melhor amigo agora. – C.C., isto pode estar vindo do Underground. Pode ter algo a ver com aquela porra de dívida. – Aperto a bandagem só mais um pouco. – Preciso do nome dela tirado daquela lista o mais rápido possível, e acho que sei como fazer isso.

– Bem, não pode deixar o Chacina ficar sabendo que você sequer pensou em comprar algo para ela ou ele vai te foder, cara. Ele vai fazê-la desaparecer, do mesmo jeito que fez com a Lana.

– Você acha que eu não sei disso, porra? Não. Eu preciso que ela tenha como pagar sem perceber nada.

Entrando no pequeno bar, eu me sirvo de dois dedos de uísque e bebo, olhando para o rastro deixado pelo meu próprio sangue no chão. Ela é boa demais para isso, mas agora está envolvida. Agora ela é mais do que um nome na minha lista. Ela está na lista negra de alguém e estou muito puto aqui.

– Seja lá quem for, eles mexeram com a garota errada. – Eu acabo com o uísque e tomo um Vicodin para completar.

– Ah, Deus, eu me divirto horrores com a expressão na sua cara. Quase sinto pena do nosso hóspede.

– Leve-me até ele. – Enquanto eu sigo C.C., peço a ele que me arrume uma passagem de avião para meu apartamento em D.C. para amanhã cedo. – Certifique-se de que eu esteja de volta às seis para poder chegar ao casamento.

* * *

Existem três tipos de faca para lançamento. Lâmina pesada. Cabo pesado. Ou equilibradas. A empunhadura e o ângulo são o mais importante. Para uma longa distância, você mantém seu pulso firme, sem dobrar, quando joga a faca, a fim de que ela não vire muito no ar. A minha mal vira, ela dispara reto adiante. Eu costumava praticar em caixas de cereal de papelão, depois em salgueiro, bétula, uma tábua de pinheiro, tudo pendurado ao vento. Agora há um homem à minha frente e eu sei exatamente como passar meu peso da perna dominante à outra para criar impulso; como girar meu antebraço, o cotovelo reto quando solto. Não é uma questão de força, mas de sutileza. É necessário pouca força. A faca reúne sua própria força.

Se você acerta com o cabo, não altera a força, apenas permite mais ou menos rotação ao se colocar para a frente ou para trás. Eu tenho toda essa ciência por trás da minha técnica e nunca estive mais preparado para aplicá-la.

Ele está amarrado a uma cadeira, em um cantinho do galpão. Uma luz cintila, forte, acima de sua cabeça. Ele está sangrando e inchado, mas a visão do sangue dele não é suficiente para me dar satisfação.

Ele olha para mim, eu olho para ele.

Seu tremor se intensifica e isso me deixa contente. Imensamente.

Eu começo a me aproximar, mantendo a voz baixa.

– Quem o contratou?

– Eu n-não vou f-falar, como d-disse ao seu a-amigo.

Eu abro meu pacote de facas e disparo, roçando sua têmpora. Ele grita e eu continuo atirando até que haja facas presas na parede por todo o contorno dele, desenhando seu rosto. Cuzão. Em seguida, miro no meio de sua coxa. Acerto.

– *Porra!* Outra porra de maluco? Eu pensei que você fosse o bonzinho!

– Sinto lhe informar, mas você já conheceu o bonzinho. – Eu nem finjo um sorriso. Não sinto nada por esse merda. Nem mesmo piedade. Retiro outra faca e texto sua ponta. – Eu sou o cara da garota que você acaba de atacar, então vou deixar isso muito doloroso. Vou retirar pedacinhos da sua pele a cada vez que lançar uma faca. Uma das bolas em um momento; um pedaço do seu pau em outro. Vou estender isso, fazer que seja lento e doloroso, até você me dizer quem te contratou.

Eu acerto a ponta de um de seus dedos, prendendo-o ali. Ele grita. Eu sorrio e puxo minha próxima faca.

– Ela era uma vigilância? – pergunto.

Muitos contratos começam como vigilância e terminam como outra coisa. Eu acerto o dedo seguinte. Ele grita e suja as calças.

– Isso era por resgate? Era um sequestro?

Ele está sufocando nos próprios soluços. Eu ouço os sons baixos do tráfego lá fora. Eu escuto-a, meus grandes e sonhadores olhos verdes, soluçando embaixo de uma porra de capuz preto. Então, cerro meu maxilar e mando outra faca, que aterrissa diretamente no meio da palma dele.

– QUEM É O SEU CHEFE? – exijo saber.

O sangue está jorrando agora, mas não vou parar até que as palavras comecem a jorrar também. Só quando ele está pegando no sono, entorpecido pela dor, é que dou um comando baixo para C.C:

– Música, por favor. Não vamos dormir essa noite.

Quatro horas mais tarde

Eu não tenho um nome.

Tenho um monte de raiva, uma tonelada de frustração, nenhum sono, um pouco de dor. Mas *nenhum nome.*

Não sabemos se ela tem um preço, quem a pegou como alvo.

Eu preciso dela fora daquela lista, e rápido.

Como o seu orgulho vai ficar se eu te der o dinheiro, princesa?

Você vai jogá-lo de volta na minha cara?

Vai, não é?

Diabos, eu sei que vai...

Entrando no meu apartamento, ainda estou preso àquele vislumbre que tive dela na cama, dormindo com uma montanha de travesseiros de cada lado, enquanto eu deixava seu vestido na maçaneta da porta do quarto.

Ela estava magnífica. Comível. Vulnerável. E eu fiquei ali, o sangue correndo mais rápido em meu corpo, meu pau latejando tanto quanto meu bíceps remendado e o lado esquerdo do meu peito.

Agora eu abro meu cofre e quase arranco a alça de seu centro. Alguns de nossos devedores estão tão fundo nisso que precisam pagar em objetos. Relógios, ouro, joias. Às vezes, ficamos com alguns "restos" para dar propina a oficiais da polícia ou a qualquer um que nos cause problema em nossa missão. Às vezes meu pai não aceita os "restos" e sou forçado a providenciar o dinheiro enquanto penhoro, vendo ou dou algum outro jeito.

Pego um belo colar de diamantes de um dos extras que coletei. Uma vez, achei que minha mãe gostaria de usá-lo. Agora, em vez disso, espero que Melanie vá gostar de vendê-lo.

Já entendi como funciona aquela doce garota, mesmo ela sendo uma coisinha complicada. Em seu cérebro, provavelmente jamais lhe ocorreu que perderia a aposta. Ela deve ter previsto sapatos e guarda-roupas novos em seu futuro, e, talvez, terminar o pagamento de seu carro. Em vez disso, ela agora deve a sua vida à Underground. Ao meu pai. A mim. Temos uma equipe bastante elaborada para a contabilidade e cobrança de todas as dívidas, organização das lutas, venda das entradas. O Comitê Underground, muito mais manso, cuida das entradas e da organização das lutas. No entanto, são os Slaters que administram o jogo e as finanças – a cobrança e as coisas sobre as quais ninguém mais deveria saber.

Se Melanie for como qualquer outra mulher que eu conheço, vai aceitar um presente de seu novo pretendente e depois dizer que alguém roubou o colar, em vez de me contar a verdade. Que ela o vendeu para pagar uma dívida. E, tudo bem, ela pode mentir sobre isso. Eu também estou mentindo para ela. Vamos ficar quites. Ela vai ter pagado sua dívida, aprendido sua lição, e nunca saberá que sou parte do seu pesadelo.

E eu nunca vou ter que ver aqueles olhos verdes dela me encarando horrorizados como os da minha mãe.

DOZE

CASAMENTO

MELANIE

Acordo e encontro meu vestido vermelho pendendo da maçaneta da porta do quarto, me encarando. Pisco e o terror gira dentro de mim enquanto eu percebo que ele esteve aqui. No meu quarto.

– Tem alguém aí? – grito, puxando os lençóis até o pescoço.

Silêncio. Eu salto da cama e corro para abrir todas as portas com força – no caso de haver alguém se escondendo atrás delas. Quando termino a ronda pelo meu apartamento como uma maníaca, estou exausta. Desabando contra a parede, deixo meus olhos avaliarem meu vestido. Está perfeito. Nenhuma marca nele. Está até com o selo da lavanderia. Meus braços tremem enquanto toco a seda, trechos da noite passada lampejando por minha mente. *Mãos. Sangue. Lágrimas.*

Parece que ambos sobrevivemos, meu vestido e eu – mas prefiro morrer a dormir em casa essa noite. Convencerei Pandora a me convidar para a casa dela por uns dois dias, ou passarei a noite em um hotel, sozinha.

Deus, mas eu não quero ficar sozinha.

Quero outra noite com Greyson. Eu fiquei por duas semanas na minha cama me lembrando da noite em que estivemos juntos, e o que sinto por ele vai muito além de desejo, parece uma necessidade. Uma sofreguidão. Eu quero seus braços e sua boca. Quero que seu calor e a expressão nos seus olhos me façam esquecer que tenho hematomas nas minhas coxas, no orgulho e no coração.

Expirando, eu me apresso para o banheiro, tranco a porta, encho a banheira e me lembro de que minha melhor amiga está se casando hoje.

Depois do banho, me esfrego com óleo de amêndoas e coco, visto meu fio dental mais insinuante, meu vestido vermelho, sapatos turquesa de salto alto, uma grossa pulseira amarela – pelo menos três cores em mim, o que sempre me faz sentir bem – e corro para a casa de Brooke, dizendo a mim mesma para *parar* de imaginar se vou mesmo ter um acompanhante, se algum dia vou pagar minha dívida, se algum dia voltarei a dormir direito à noite. Hoje o foco é o casamento da minha melhor amiga, e eu *vou* desfrutar desse dia.

Eu sonhei muito com isso para Brooke, antes até de ela mesma saber que queria isso. No momento em que Remington Tate saltou para fora do ringue do Underground e pediu o telefone dela, eu senti um frio no estômago no lugar dela e imediatamente dei, eu mesma, o número para ele. Senão, Brooke jamais teria dado.

Agora ela está mais apaixonada do que jamais imaginei. Está coberta de branco e eu acabo de expulsar os homens para a igreja – porque de jeito nenhum vou deixar que Remy e Brooke comecem com um restinho que seja de má sorte. O noivo simplesmente não pode ver a noiva no vestido até o casamento.

De má vontade, eles foram, embora Remington não parecesse feliz com isso. Agora a velha Josephine, a ex-guarda-costas que virou babá-guarda-costas, e eu estamos ajudando a acrescentar as últimas flores de cristal ao cabelo de Brooke enquanto esperamos pela chegada da mãe e da irmã dela.

Finalmente estamos todas na parte de trás da limusine, Josephine na frente com o motorista, enquanto Nora, a irmã de Brooke, segura o Racer, com quatro meses, longe do corpo, como se ele fosse irritável feito um porco-espinho.

– De quem é a vez de segurar Racer? Ele acaba de babar no meu vestido e eu não quero que ele vomite nele também – diz ela, olhando acusadoramente para a manchinha na parte do corpo do vestido de Brooke.

Brooke olha para a mancha e a esfrega com o dedo, um desapontamento cansado surgindo em seu rosto.

– Brooke, o seu homem não vai nem reparar na mancha, garanto! Entregue o Racer aqui para mim! – exijo, enquanto apanho o pequeno Racer e o coloco no meu colo, esfregando meus lábios no topo da sua cabecinha redonda. Ele cheira a talco e balança seus braços para todo lado.

Brooke está ocupada mandando uma mensagem de texto para o noivo e olhando adiante.

– Eu te juro, esse tráfego – ela geme.

– Não é como se ele não fosse esperar por você – grito, empolgada, antes de entregar Racer para a avó, que balbucia e se admira com ele. Troco de assento para tentar abraçar Brooke, mesmo através de todo o tule de sua saia. – Brookey, o Remy esperou por você a vida toda! Ele vai esperar mais dez minutos, confie em mim.

Brooke me aponta um dedo.

– Não vá falar nada que me faça chorar – avisa ela, discretamente secando os cantos dos olhos.

Eu concordo com um sorriso, mas sinto um nó na garganta quando pego sua mão e a aperto.

Ela é minha melhor amiga. Sou filha única.

Eu tenho Pandora, minha amiga gótica que é meu oposto, negativa, sarcástica e sombria, e que eu amo. Mas Brooke é Brooke, e só existe uma para mim. Brooke não vai ficar em Seattle porque o tipo de trabalho do marido dela exige que ele faça turnês com a liga de lutas, e este momento é muito emocional para mim. Ninguém pensa na melhor amiga quando a noiva está se casando. Neste momento, porém, estou tão feliz que poderia explodir, e, ao mesmo tempo, tão triste quanto é possível ser. Primeiro porque vou sentir falta dela, e segundo porque, desde que eu era uma menininha, sempre quis estar vestida de branco e com um noivo como o que está esperando por ela no altar, loucamente apaixonado, pronto para me proteger e passar o resto de sua vida comigo.

Em vez disso, nunca consegui passar um mês namorando ninguém.

Em vez disso, na noite passada eu quase fui... *Deus, nem pense nisso agora.*

Brooke desce do carro e eu fico feliz pela distração de prepará-la para a entrada. Eu disse a ela que como Pete, o assistente pessoal de Remy, é o padrinho e também namorado de Nora, ela deveria convidar a irmã para ser a madrinha. Quem é que quer Nora fazendo cara feia pelo resto da vida, afinal? Eu não.

Assim, sou a orgulhosa dama de honra, junto com Pandora, que também está de vermelho, provavelmente pela primeira vez na vida. Não que ela pareça feliz a respeito, mas isso não é novidade.

Enquanto entro atrás de Brooke na igreja, eu *o vejo*. Junto à porta. E minhas pernas amolecem sob o vestido.

Greyson. Ele está usando um belo terno preto com tanta elegância quanto usa sua autoconfiança. Deus. É quase como se as pessoas mais próximas oscilassem na direção dele.

Eu quase não consigo lidar com a atração da sua presença magnética. Ele não sabe que só de estar ali de pé, sombrio e poderoso junto à ampla entrada da igreja, está me resgatando dos meus pensamentos e medos e da solidão, que ontem parecia tão absoluta quanto a noite. Depois de 25 anos de não ser boa o bastante, aos olhos desse homem eu sou. Sou desejável. Sou digna de sua presença aqui. O que eu sinto é estranho e excitante. Cru e sujo, precioso e frágil. Ele não sabe que sua visão aqui se enrosca como um calor dentro de mim, me aquecendo em lugares secretos, retirando meus medos. Minha mente vai para uma só velocidade, de repente.

Ele veio.

E, pelo jeito como foca aqueles olhos amendoados ferozes em mim, ele não vai a lugar nenhum. Não sem... mim.

Durante a cerimônia, eu começo a chorar. Não esperava, mas o medo da noite passada se mistura com o fato tão desejado de que o cara que eu quero está *aqui* para mim, tudo isso junto com as palavras baixas e roucas do namorado da minha melhor amiga prometendo sua vida a ela.

Eu odeio estar arruinando minha maquiagem, mas, enquanto fico ali de pé e escuto minha melhor amiga fazer seus votos para um dos homens mais protetores, sexy e bons que eu conheço, lembro como fui eu que lhe disse: "VÁ! Vá atrás dele!". Lembro-me de que fui eu quem disse: "Tenha uma aventura, viva sua vida. Vamos lá, Brooke, é A PORRA DO REMINGTON TATE! Ninguém diz não para esse cara!".

Agora eu sinto um par de olhos amendoados estreitados sobre meu perfil e, quando dou uma espiadela na direção dele, aquela expressão possessiva que ele exibe não poderia ser melhorada nem pelo diabo em pessoa. Meu coração se aperta enquanto tento parar de chorar, dizendo a mim mesma que, ao menos por essa noite, vou estar segura. Vou *me sentir* segura. Porque ele não parece que vai me deixar ir a lugar nenhum sem ele.

Deus, eu podia ter morrido ontem.

Eu posso morrer amanhã.

Sempre tentei viver o momento, mas sempre planejando e esperando pelo meu futuro perfeito. E se não houver nenhum? Eu não me importo para o que ele está aqui e subitamente nada mais importa, apenas o que eu sei que quero essa noite.

Eu enxugo as lágrimas e o nariz, depois encontro o olhar dele quase que implorando, minha barriga doendo quando ele responde à minha expressão com uma que me diz muito mais do que simplesmente *vou te comer*. Há preocupação no olhar dele, mas também um fogo ardendo ali, prometendo me queimar da maneira mais deliciosa. Ele está aqui porque me quer. Ele anseia por mim e eu, por ele. Eu anseio pelo homem que conheci naquela noite na chuva, aquele que não me deixou ficar molhada e em voz baixa perguntou sobre mim enquanto me beijou a noite toda. Aquele que voltou para me ver e pediu outra chance. Seu magnetismo simplesmente me puxa, e a atração é irresistível. *Sem precedentes*.

E, enquanto os votos são trocados na capela, eu faço um juramento a mim mesma. Juro que, seja lá o que for isso entre mim e ele – um caso, uma catástrofe, a pior decisão de toda a minha vida –, essa noite eu vou desfrutar. Vou mergulhar, seguir meus instintos, meu coração e cada arrepio do meu corpo desejoso, ou a porra do meu nome não é Melanie.

TREZE

ESTA NOITE

GREYSON

A cerimônia leva um milhão de anos.

Eu fico ali de pé, armado com minha SIG automática, pouco menos de um quilo de aço, mas meu pau parece duas vezes mais pesado e meu peito, dez vezes mais. Sou como um animal atropelado há uma semana. Vê-la chorando ontem me esgotou. Agora, seu olhar está despido de emoção enquanto me procura na multidão, e eu nem consigo processar como me sinto.

Desde o momento em que ela saiu da limusine com a noiva, eu gemi ao vê-la. Ainda estou inundado com o impulso de me aproximar dela, tocá-la, cheirá-la.

Melanie é um amontoado de contradições em um vestido de dama de honra. Toda sorrisos, mas disparando ordens como um general. Eu a observei puxar a cauda do vestido da noiva para trás para que "ficasse bonito", enquanto uma garota de cabelo escuro com o rosto fechado passava um buquê de flores para a noiva. Melanie evitava olhar para mim. Talvez de propósito, talvez não.

Agora que os votos terminaram, estou na calçada do lado de fora da igreja, impaciente. Há um coro de pessoas em volta, mas acima do barulho delas posso ouvir a risada de Melanie. Viro minha cabeça e vejo o padre dizendo algo que a diverte. Deus, eu quero beijá-la até silenciar aquele riso.

Depois, quero fazer alguma coisa que o desperte de novo para que ele escorra até minha boca, onde eu possa prendê-lo. Saboreá-lo. Brincar com ele.

Quando um grupo começa a se reunir em torno da limusine, eu não perco outro minuto. Atravesso a distância entre nós, parando a cinco centímetros atrás dela, tirando um momento para desfrutar da arrebatadora imagem que ela oferece: cabelo solto caindo sobre os ombros, vestido vermelho justo indo até os tornozelos, as costas abertas em um decote em V que termina quase no início de sua bunda empinada e redonda.

– Você está me ignorando deliberadamente? – murmuro, deslizando minha mão pela sua cintura.

– Não. – Ela sorri para a calçada enquanto coloca o cabelo atrás da orelha.

Eu abaixo a cabeça até que meus lábios estejam quase roçando aquela orelha.

– Bom. Porque eu não sou alguém que você ignore. – Usando meu apoio em sua cintura, puxo-a de costas contra a parte da frente de meu corpo.

Bela merda de sinal, King.

Porra, agora estou me coçando para conseguir mais. Pegando-a pelo cotovelo, eu a separo da multidão e encaixo-a em um nicho perto da entrada da igreja.

Sua respiração é pesada, e aquilo é um sinal ainda melhor. *Ela também te quer, ela te quer exatamente do mesmo jeito que você.*

Eu a empurro contra a parede de pedra usando meu corpo. Seus seios pressionam meu peito, as coxas contra as minhas. Um grunhido baixo fica preso em minha garganta quando eu escorrego meus lábios sobre as pálpebras dela. Dizer que estou faminto seria uma simplificação. Eu queria ter dez mãos – só duas não bastam enquanto eu subo minhas palmas pelas laterais do corpo dela, os dedos apalpando sua bunda e então prendendo-a aos meus quadris para que eu possa senti-la, viva e perfeita, segura e intocada.

Ela mordisca minha garganta e respira fundo, como se ansiasse pelo meu cheiro. Eu a aperto contra mim, sentindo-a estremecer em meus braços.

Sou altamente treinado.

Posso distinguir medo, excitação sexual, empolgação.

No entanto, a mistura que pareço produzir nela me intoxica mais do que qualquer outra coisa. Eu a trago mais para junto de mim. Um ofego escapa de seus lábios, e preciso de todas as minhas forças para não inclinar a cabeça e consumi-los. *Não.* Quando eu consumir aqueles lábios pintados de vermelho, não vou parar até que ela esteja debaixo de mim e eu, tão fundo dentro dela quanto uma maldição.

Hoje à noite, prometo a mim mesmo.

Coloco a mão dentro do casaco e tiro o colar que trouxe para ela envolto em um saco de veludo.

– O que é isso? – Ela olha para baixo, para o meu punho.

Eu deixo que Melanie abra minha mão, e ela olha para baixo, para o colar em minha mão. É um colar de diamantes redondos de alta qualidade, simples, porém extraordinário. Como ela.

– Algo para a minha garota – sussurro.

– Sua garota?

Eu ergo o colar e prendo-o ao redor do pescoço dela.

– É demais, Greyson. Não posso aceitar – protesta ela.

– Eu não posso devolvê-lo, e não é do meu tamanho. – Eu passo os nós dos dedos pela garganta dela, quente e sedosa. – Além do mais, foi feito para uma rainha, não uma princesa.

Eu ajusto o fio cintilante para que repouse contra a clavícula dela, logo abaixo do ponto em que sua pulsação se agita. Fico tentado a abaixar a cabeça e deslizar minha língua ali. Inferno, fico tentado a fazer mais que isso. Afundo meu dedo no pequeno espaço em vez disso, tocando sua pulsação e elevando meus olhos aos dela.

– Melanie, quando você estiver esperando eu ligar – passo o dedo sobre os diamantes mais uma vez –, olhe para essas pedras e saiba com certeza que aquele telefone *irá* tocar.

– Quem é você? – ela me pergunta, sem fôlego e impressionada.

Meus lábios se curvam em um sorriso sardônico.

– Sou a versão deturpada do seu... Westley – digo, sustentando o olhar dela.

Ouvimos gritos do lado de fora e percebemos que a noiva jogou o buquê para o ar. Melanie corre para lá enquanto sou deixado para trás, lutando para conter o Neandertal em mim. Ela é 1,58 metro de pura diversão e enche todo o meu ser de merdas que eu nunca pretendi sentir, quanto mais querer.

Estou completamente fodido.

Eu a sigo até a multidão e paro bem atrás dela, minha frente pressionando contra suas costas enquanto observo seu perfil. Suas narinas se dilatam. Ela está sentindo meu cheiro de novo. Eu permaneço no meu lugar, deixando que ela se acostume comigo. Meu tamanho, meu cheiro, minha altura, eu. Estendo a mão enluvada para tocar seu cabelo e ela estremece. Mudo de posição para ficar colado a seu lado, arrastando a parte de trás de meus dedos ao longo de seu braço nu. Ela começa a respirar mais rápido e eu ouço-a parar de respirar quando entrelaço meus dedos nos dela de um jeito que lhe diz: *essa noite, você está comigo.*

Assistimos à noiva e ao noivo partirem em sua limusine e Melanie acena para eles sem soltar minha mão. Conforme o carro desaparece à distância, ela inclina a cabeça para olhar para mim.

– Parece que eu não tenho mais carona – ela me diz.

Diabos, se eu não gosto daquele biquinho.

– Não se preocupe, você vai vir comigo – digo.

– Mel! Estamos com as chaves do seu carro! – grita um homem em nossa direção, as chaves balançando no ar. Ele as traz e eu posso ver que é o loiro bêbado que estava secando Melanie desde que cheguei. Ele olha para mim de cara feia em silêncio. Eu lanço um olhar ainda mais ameaçador para ele. *Continue olhando, cuzão, quem vai comer ela essa noite sou eu.*

A amiga de cabelo escuro de Melanie cutuca o cotovelo dele.

– Riley, por que vocês não pegam o carro de Mel? Ela e o acompanhante dela podem vir comigo e com Kyle – interrompe ela. Ela me lança um olhar de aviso como se eu devesse me preocupar com isso, por algum motivo. Sem me intimidar, concordo com um gesto da cabeça.

Assim que estamos no banco traseiro do carro, a garota fala:

– É uma bela joia que você tem aí, Melanie.

– Eu sei. – Sorrindo feliz, ela aponta na minha direção.

– Ele te *deu* esse colar? – A amiga parece chocada.

– Sim! E o nome dele é Greyson, Pandora.

– Bem! Greyson, você vai pagar pelos óculos de grau que vou precisar depois dos danos sofridos em minha retina por causa de todo esse brilho?

– Envie a conta para mim – respondo, tranquilo.

– O que vem em seguida? Você vai amarrá-la e escolher uma senha ou o quê?

Eu sorrio.

– Não. Não existe uma senha na terra que deixe qualquer um a salvo de mim.

– Haha. Fico feliz que seu *namorado* esteja se divertindo – Pandora diz a Melanie, pronunciando a palavra "namorado" como alguém pronunciaria "excremento". Ela volta sua atenção para mim.

– Somos muito protetores da nossa Mel. Ela acreditou no Papai Noel por muito, muito mais tempo do que o resto de nós. Então, conte-nos sobre você. Você parece um Gatsby, com montes de dinheiro, mas um passado muito misterioso. Kyle e eu procuramos por você no Google mas não conseguimos encontrar muita coisa. Quais são suas intenções com a nossa garota?

– Pandora! – Melanie chuta a traseira do banco de Pandora. – Ignore minha amiga, Greyson.

A amiga, porém, não quer saber de me ignorar. Ela fica olhando por cima do ombro para mim.

– Está feliz que Melanie não tenha pegado o buquê?

– Por que ele ficaria? – contrapõe Mel.

– Julgando por essa joia, o cara não tem nenhuma intenção de casar. Só de foder.

– Pandora!

Eu rio. Acho bastante divertido o quanto essa garota é protetora. Não há dúvida em minha mente de que algum perdedor a deixou assim.

Ela muda de posição no banco do passageiro para poder me encarar totalmente.

– Você tem uma esposa? – persiste ela.

– O quê?

– Você é casado? É gay? O que há de errado com você?

Bem, vejamos. No momento, ela é o que há de errado por aqui. Eu poderia vencê-la num concurso de olhares com facilidade, mas por que encarar essa Amanda Amarga quando eu tenho a princesa ao meu lado?

– Pandora, você está arruinando totalmente a minha noite! – Melanie chuta o banco dela de novo e então se vira para olhar para mim. Ela está deliciosa, toda de vermelho. Eu me sinto como o Lobo Mau, encarando faminto aqueles lábios beijáveis e aqueles olhos verdes altamente perigosos e inocentes. – Ela está certa? Você está brincando comigo? – ela me pergunta, curiosa.

Eu não sei o que ela tem, mas o modo como me olha faz meu pau começar a endurecer. É minha resposta natural a ela. Eu consigo evitar isso provavelmente tanto quanto poderia ajudar a matá-la na noite passada, ou seja, de jeito nenhum. Não importa o quanto você esteja sob controle, é impossível controlar os seus instintos. Às vezes, eles mandam em você.

Eu só matei por uma pessoa em minha vida.

A diferença é que não senti remorso na noite passada. Eu não mudaria o que fiz por Melanie na noite passada. Faria tudo de novo, mataria os três primeiros tão rápido como o fiz, torturaria o quarto tão lentamente quanto o fiz. Diabos, até mais devagar, se eu conseguisse prolongar. Na verdade, agora mesmo a lembrança dos gritos baixos e indefesos dela debaixo do capuz torce uma faca de fúria no meu peito.

Uma de minhas mãos se curvando ao redor da cintura dela, eu a arrasto mais para perto de mim e sussurro em seu ouvido:

– Não estou brincando com você.

Cristo.

Estou falando sério aqui.

Mais sério do que já falei na minha vida.

– Seja honesto – ela murmura de volta.

– Não estou brincando com você – repito.

Estamos sendo observados da frente do carro, então que se foda. Em um movimento, eu a puxo para se sentar em minha coxa e abaixo minha cabeça para a dela. Ela tem um cheiro tão doce e suculento que eu quero enterrar meu nariz e descobrir a fonte daquele cheiro. Esfrego meu nariz junto da parte de trás de sua orelha, excitado por sua proximidade, sua forma, seu cheiro, ela.

Ela treme e meus músculos se retesam em resposta.

O que você está fazendo comigo, minha doce e adorável número cinco?

Eu estendo a mão e, com os dedos, forço suas pálpebras a se fecharem para que ela não me veja. Para que ela não enxergue dentro de mim com aqueles olhos verdes fodidos que gritam *me salve* e *fique comigo* e *me coma*, e sussurro em uma voz rouca de desejo:

– Quando não estou com você, penso na próxima vez em que cada centímetro seu vai me pertencer. Eu faço joguinhos sim, e jogo pesado e jogo sujo, mas se você é um joguinho, princesa, então é o primeiro que já brincou comigo também.

Ela abre os olhos. Aqueles olhos de ME COMA, ME AME.

Sua amiga Pandora está quieta agora, e o carro estala com a atração de Melanie por mim, e a minha por ela.

Inferno, eu já fui bonzinho demais com os amigos dela por um tempo agora, mas não consigo ser bonzinho por um período longo. Não faz parte de mim.

Eu bato no teto do carro.

– Deixe-nos aqui.

– Aqui? Mas é o meio do nada.

– Eu insisto.

Com um suspiro dramático, ele encosta no meio-fio perto de um terreno vazio, em frente a um conjunto de apartamentos. Eu ajudo Melanie a descer, depois seguro no topo do carro com meu braço bom e me inclino para dizer a Pandora:

– Fico feliz que os amigos dela se preocupem de verdade com ela. Eu não sou perfeito, mas dou minha palavra, ninguém vai machucá-la quando ela estiver comigo.

Ela me dá um olhar quieto e inamistoso e os amigos vão embora.

– Pandora odeia os homens, não se preocupe com ela. – Aparentemente tentando me acalmar, Melanie sorri para mim e roça a mão sobre minha camisa.

Eu tomo o pulso dela em minha mão, o movimento instintivo, para manter as pessoas à distância.

– A alegrinha é a última das minhas preocupações. Está com fome? – Eu aperto o pulso dela e noto como ele é esguio e pequeno no círculo dos meus dedos, e então percebo que ela é a única coisa em que eu me permito tocar sem uma luva. E é uma sensação boa. Real. Quente. Como pode algo tão vulnerável ter uma atração tão forte sobre mim? Eu quero deslizar a mão sob meu casaco e tocá-la por inteiro, sua clavícula, a garganta, e subir, para poder encaixar aquele rosto doce e vibrante em minha mão e apertar e beijar até me cansar. Minha voz fica mais áspera quando sussurro: – Não coma esse lábio, eu te levo para algum lugar.

Ela solta o lábio enquanto eu lentamente liberto seu pulso, e então ficamos ali, olhando um para o outro quase sem nenhuma luz da cidade ao nosso redor. Os diamantes brilham no pescoço dela como os olhos cintilam em seu rosto. Ela passa um dos braços ao redor do corpo e eu fixo meus olhos nela enquanto envio uma mensagem para Derek, e nós descemos o quarteirão até a esquina, meu olhar colado ao rosto dela. Não sou muito bom em conversas com mulheres – eu as fodo, pago, e me livro delas. Quero conversar com Melanie e, ao mesmo tempo, sei que eu deveria estar fugindo dela.

Eu rio de leve porque nunca soube que pudesse ser tão desajeitado em alguma situação, e cubro-a com meu casaco. Não está frio, mas aquele vestido me dá vontade de devorá-la. Derek nos apanha em um utilitário prata e nos deixa em um desses restaurantes 24 horas que têm café da manhã ruim, almoço ruim e jantar ruim, mas que parece ser a única opção da região.

Eu guio Melanie para uma cabine nos fundos, onde nossas costas estão protegidas e posso ver a porta e todas as entradas. Ela sai do meu casaco e o abandona em frente ao local onde me sento.

Nós nos sentamos próximos.

Mas não próximos o bastante.

Enquanto vemos nossos cardápios, não consigo resistir. Coloco minha mão debaixo da mesa, na coxa dela. Ela encara o cardápio, mas posso ver sua respiração acelerar quando começo a esfregar meu dedo mais alto em sua coxa.

– O que você gosta de comer? – pergunto, observando-a morder o lábio de novo.

– Eu gosto do que me faz mal. Não é assim com todo o mundo? Um pouco de álcool. Bastante chocolate e nozes. Mas me forço a comer uma tonelada de vegetais para contrabalançar as coisas ruins com coisas boas. Uma coisa positiva e outra negativa... – Os olhos dela encontram os meus, e estão dançando, brincalhões. – E você?

Eu quero me banquetear apenas com a sua boca, seus seios, sua boceta e essa droga de lábio que você está torturando com os dentes, os dentes que eu quero sentir raspando ao longo do meu pau.

– Sou fã de cozinha internacional. Qualquer coisa. Tailandesa, chinesa, mexicana, japonesa... eu gosto de sabores diferentes. Gosto de ser... surpreendido no que diz respeito ao meu paladar. Gosto de temperos.

– Você vem à cidade a trabalho?

– Às vezes.

– E no que você trabalha?

O interesse genuíno nos olhos dela me faz sentir como a porra de um cretino.

– Segurança. – Eu fecho meu cardápio. – Na empresa do meu pai.

– É mesmo? Que interessante! Eu não achava que você fosse um homem que trabalha com o pai. Com ninguém, na verdade.

Meus lábios se curvam com diversão enquanto sinalizo pelo garçom, depois ergo uma sobrancelha em pergunta para ela.

– Você quer dizer que não acha que eu saiba brincar bem com os outros?

– É só que você passa uma impressão de estar à parte.

– Passo?

Lá vai ela de novo, mordendo aquele raio daquele lábio.

– É intrigante.

Ela sorri, um sorriso encabulado que não consegue esconder direito o jeito como seus olhos verde esmeralda se inundam com uma delícia feminina. Talvez eu não sorria como ela sorri, mas, acredite, estou tão deliciado quanto ela. Assim que fazemos nossos pedidos, ela olha para mim e brinca com uma pulseira amarela em seu braço.

– Meu trabalho é minha paixão. Eu sou absolutamente obcecada com cores. Não posso sair de casa sem estar vestindo ao menos três cores diferentes. Duas é simples demais. Uma é completamente apagada, e eu não quero ser apagada.

Eu me flagro rindo de novo, algo que parece ocorrer naturalmente perto dela.

– De jeito nenhum você fica apagada. Na verdade, bem aqui, sentado com você, eu me sinto cinza.

O sorriso dela abre no mesmo instante que o meu, e nós rimos até que nossas bebidas sejam colocadas à nossa frente, e ela bebe pelo canudinho.

– Eu gosto disso – diz ela, com um longo suspiro de prazer intenso enquanto se recosta, relaxada. Ela lança um olhar ainda mais comprido para mim. – Parece um encontro. E parece que faz uma eternidade desde que eu tive um desses.

Pela minha visão periférica, acabo de notar Derek sentado em uma mesa próxima, de frente com C.C.

– É um encontro. Você me convidou para o casamento da sua amiga. Isso é um encontro, pelas minhas regras.

– Eu *não* o convidei. Eu disse que você poderia *vir...*

– E nós dois sabemos o quanto adoramos quando eu venho.

Ela sorri, maliciosa, e isso não ajuda em nada a acalmar minha libido em chamas. Posso ver que ela gosta quando eu sou mau. Ela gosta dos bad boys.

Porra, princesa, você não sabe que sou o pior dos piores, penso, e então me ocorre outra coisa: *Diabos, eu não sou um bad boy, sou um homem mau!*

Me derruba um pouco perceber que não sou bom para ela.

– Vamos lá, admita – pressiono, revivendo um pouco com o cintilar brincalhão no olho dela. – Eu vim, eu venci, pelo menos é como me sinto, levando você para jantar, e até sobrevivi à sua amiga raivosa de cabelos pretos.

– Pandora. – Ela ri. – Mas ela tinha razão ao perguntar sobre isso. É muito caro, mais do que eu valho.

Ela distraidamente afaga o colar em sua garganta e eu sussurro um alerta:

– Melanie.

Diabos, posso ver as sementes da dúvida que sua amiga plantou quase girando em sua cabecinha. Mantenho minha voz equilibrada, até mesmo baixa, mas severa.

– Faça o que quiser com o colar. Só não o devolva para mim.

Juro por Deus, se ao menos eu pudesse enviar por telepatia a essa mulher a porcaria da mensagem para fazer o que qualquer garota esperta decidida a sobreviver faria.

Ela pode esperar, mas, quando o tempo se esgotar, vai fazer isso. Eu *espero* que faça. Diabos, quando ela tiver passado tempo suficiente comigo, vai estar tão cansada de mim e qualquer coisa a ver comigo que vai abrir mão dele mais rápido do que consegue dizer Greyson.

O pensamento faz minhas entranhas se aquecerem com raiva.

Minha mão sobe pela coxa dela. Esse ímpeto de tocá-la me devora. Estou sempre de luvas, mas hoje à noite minhas luvas estão em um bolso do terno e minhas mãos estão nuas – e eu não consigo parar de me esbaldar na sensação da pele macia dela sob meus dedos e minha palma.

Melanie gira seu canudinho como se procurasse pelo que fazer, mas, o mais importante, ela sabe exatamente onde está minha mão e não faz nenhum movimento para removê-la.

– Minha melhor amiga, cujo casamento você acabou de ver... Quando éramos mais jovens, sempre que nós brincávamos, eu era a Barbie e ela, a irmã mais nova, a Skipper. Eu sempre ficava com o Ken. Parecia que ela não estava interessada no Ken, então eu garantia que ele fosse sempre *meu*. Ela nem queria se apaixonar. Eu queria ser feliz, descuidada e me apaixonar um dia, e ela queria ir para as Olimpíadas. Mas foi ela quem acabou se apaixonando, profundamente, sabe? De verdade. O homem de verdade. Eu não poderia estar mais feliz, ela não poderia ser mais merecedora. Mas agora você olha para mim como o marido dela olha para ela... – Ela ergue os olhos para mim e distraidamente esfrega uma unha cor de rosa no copo. – Mas você não é meu marido, não está apaixonado por mim. O que você quer? – Ela sustenta meu olhar com o seu. – Pandora está certa, não se dá um presente assim para qualquer um. Homens dão diamantes para as mulheres que precisam comprar ou esconder.

– E, ainda assim, estamos bem à vista. Eu jamais esconderia algo tão lindo quanto você.

Ela toca a borda do copo com a ponta de um dedo e eu deixo meus olhos subirem por seu braço esguio e torneado e descerem pelo seu corpo, minha vontade de possuí-la ficando mais e mais feroz a cada segundo.

– Você está alucinante nesse vestido, princesa.

As bochechas dela ardem.

– Obrigada. Eu quase pensei que não conseguiria vesti-lo.

– Você está adorável. O jeito como o seu cabelo se curva nas pontas. Não consigo tirar os olhos de você e mal posso esperar para tirá-la desse vestido.

Ela baixa o olhar para a mesa, mordendo o lábio em um sorriso.

Eu me inclino adiante, testando meus limites, forçando-os.

– Nós já fomos íntimos. Você está usando o meu colar. Estou com minha mão na sua coxa. Seus amigos me fizeram um interrogatório dos infernos. Por que tão tímida? – Quando ela simplesmente liberta aquele sorriso delicioso, eu curvo meu indicador sob seu queixo e inclino sua cabeça para trás. – Esteve pensando em mim?

– Você quer dizer, lembrando e desejando o cara que não me ligava?

Eu ergo uma sobrancelha.

– O homem de pé na igreja, esperando que você desse mole? Esse era eu.

– Ah, uau, obrigada por esclarecer isso! – O som delicado do riso dela me deixa duro como uma pedra.

Eu deslizo minha mão mais para cima na coxa dela, arrastando a seda do vestido para poder tocar mais pele nua. Estou prestes a beijá-la quando um rosto conhecido entra no restaurante. Meus olhos passam por ele e eu me recosto quando C.C. faz um curto gesto para me avisar que vai cuidar disso.

Porra, não tenho energia para nada criminoso essa noite. Eu não durmo há quase 48 horas. O corte em meu bíceps dói como o diabo, e estou funcionando à base de pura adrenalina aqui. Enquanto espero pelo sinal de C.C. de que está tudo bem, Melanie remexe em sua salada, e o velho e conhecido padrão de ficar à parte do mundo se assenta sobre mim.

– Obrigada por ter vindo ao casamento – diz ela suavemente.

– O prazer foi meu – retruco, baixinho.

De súbito, posso sentir a distância entre nós como um abismo de três metros, impedindo-me de fazer uma conexão.

– Por quê?

Minhas sobrancelhas se levantam.

– Por que eu vim?

Ela assente, e eu não sei de mais nada exceto que ainda anseio por uma conexão com ela. *Qualquer* tipo de ligação. Estou afagando o interior pálido de sua coxa com meu dedo mais longo, enquanto observo o recém-chegado sair em minha visão periférica.

– Eu vim por sua causa, Melanie.

– Eu já tive uma centena de casos de uma noite na minha vida, Greyson.

– Eu tive uma centena e *um*.

– Contando comigo?

– Não, princesa. Quando fizermos isso de novo... você está numa lista completamente diferente.

Nós nos encaramos, nenhum dos dois sorrindo, meus olhos ganânciosamente absorvendo a curiosidade silenciosa no rosto dela, seu longo cabelo dourado, os pequenos e lindos seios elevando-se contra o tecido de seu vestido, a curva suave de seu ombro, e, Jesus, eu quero tudo aquilo mais do que ela jamais vai saber.

Ela pousa a mão em minha coxa.

– Que lista? – Ela inclina a cabeça e me observa. – E o que é que isso vai ser?

A sensação inesperada da mão dela em minha coxa desencadeia um calor primitivo por minhas veias. Em um segundo estamos conversando, no outro eu pego seu rosto e o seguro imobilizado enquanto olho para aqueles olhos verdes, subitamente feroz, observando seu nariz pequeno, sua boca generosa.

– Para mim, isso é uma fantasia. Você é a fantasia. Para você, isso vai ser um erro. Um erro longo e delicioso. – Eu vejo os olhos dela escurecendo e nunca fui um homem de medir minhas palavras. – Vou ser tudo o que você nunca desejou – alerto em um tom áspero –, e nada do que você precisa. – Deslizo a outra mão ainda mais para cima naquela coxa. – Às vezes, meu trabalho vai me levar para longe, e eu não vou te ligar, e vou te deixar irritada. – Roço meu dedo mais longo sobre o V sedoso cobrindo seu sexo. – Serei egoísta. Vou tomar tudo o que eu quero, sempre que quiser. Não sou o homem dos seus sonhos, Melanie; sou seu pior pesadelo.

Os olhos dela esgazeiam e ela para a carícia de minha mão, pressionando seus lábios contra meu ouvido.

– Não sou a porra do seu brinquedo.

Eu a pego pelos ombros e trago-a de volta para mim.

– Mas você vai deixar que eu brinque com você.

– Se eu quisesse apenas sexo, poderia conseguir isso com qualquer um.

– Não o tipo de sexo que você vai conseguir comigo. – Empurro meu polegar para o interior de sua boca, fazendo-a sentir meu gosto. Meu corpo inteiro sente aquela lambida. – Vou fazer você desejar isso. Vou te mandar mensagens de texto quando estiver voando para cá, e você vai estar ensopada e se contraindo quando me vir junto à porta.

Ela morde meu dedo e me deixa tão maluco de desejo que estou a ponto de chocar minha boca na dela.

Porra.

Talvez eu nunca mais estabeleça uma ligação digna com mais alguém na vida.

Mas posso ter isso – posso tê-la, seu corpo, seu prazer quente e selvagem.

Posso ter *isso*.

Ah, sim, vou ter isso hoje à noite.

Eu me inclino, pronto para dar uma mordida longa e suculenta naquele lábio que está me enlouquecendo, quando ela fica de pé.

– Você é um cretino – ela sussurra, ofegante. – Leve-me para algum lugar. Só por essa noite. Me leve para outro lugar.

Eu tiro uma nota de cem do maço no meu bolso e deixo-a na mesa, coloco o casaco sobre os ombros dela e a levo para fora.

CATORZE

FIM DE SEMANA

MELANIE

Nós nos dirigimos até um apartamento em uma vizinhança chique, tão cara e cobiçada que todos onde eu trabalho se prostituiriam por um serviço de decoração nessa área postal. Tem uma entrada com portão e segurança de alto nível em toda entrada e saída. O apartamento em si é coberto de janelas de ponta a ponta, com pisos de pedra calcária e lareiras de pedra.

Eu analiso o local espaçoso e, em sua maioria, vazio com um olhar arregalado, meu queixo no chão.

– Você alugou um apartamento na cidade? – Eu lhe entrego seu casaco, seu olhar uma coisa palpável e deliciosa sobre mim enquanto entro.

– Gostou? – A voz dele não tem inflexão alguma, porém algo em seus olhos me diz que ele *quer* que eu goste.

Reparo que a única mobília é um massivo colchão *king size* no meio do cômodo, e a visão daqueles lençóis alvos como papel e dos travesseiros fofos me fazem formigar. Nós dois. Naquela cama. Tocando, beijando, *agarrando*.

As janelas mais próximas da cama ficam de frente para o meu prédio e, por um momento, eu imagino se ele notou que, ainda que um pouco distante, meu apartamento fica de frente para cá.

– É um lugar tão deslumbrante, mas tão, tão vazio! – Abro meus braços. – Já posso visualizar exatamente o que poderia ir aonde. Ouso dizer que você procurou a mulher certa.

– Ouso dizer que não estou contratando seus serviços de decoração. Eu não gosto de acúmulo.

E, ainda assim, ele parece divertido pela minha oferta. Aquele *quase* sorriso que eu vim a gostar muito, muito mesmo, ameaça surgir naquela boca voluptuosa, cheia de frases sujas.

Ah, Deus, ainda fico tão excitada com o desgraçado sexy que ele é. Ele me dá vontade de estapeá-lo e de trepar com ele; nenhum homem me deixou desse jeito antes!

– Como você sabia que eu sou uma designer?

Braços cruzados, mais aquele quase sorriso, e eu estou quase arfando.

– Você não é a única que sabe usar o Google.

– Foi a Pandora que te jogou no Google, não eu.

– Certo – ele concorda.

Eu rio, porque ele obviamente sabe que estou mentindo, e então admito:

– Não havia nada sobre você. *Nada.*

– E havia bastante coisa sobre você.

– Bem, eu posso fazer esse lugar voltar à vida com um estalar de dedos! Sou tipo a Mary Poppins da decoração!

– Princesa, ele já está vivo com você aqui dentro.

Surpresa pelo elogio, eu volto meus olhos para ele, e a própria maneira como Greyson fica ali de pé grita para mim que ele é alguém, alguém forte, alguém com quem você não mexe, alguém que você gostaria de ter do seu lado. Suas roupas escuras não podem esconder os músculos por baixo, ou a graça e a virilidade com que se movimenta.

Eu mal suporto olhar para Greyson sem me lançar como um foguete para cima dele – um foguete em curto, fazendo um desvio permanente e um tanto preocupante. Eu caminho inquieta pelo lugar, imaginando se ele está observando minha bunda enquanto me movo.

Deixo meus quadris ondularem ainda mais de propósito e desço pelo saguão; ele assovia para me chamar de volta.

– Aquele quarto tem acesso proibido.

– O quê? O que você quer dizer? – Ele se aproxima e coloca a mão atrás da minha cintura, o toque, muito áspero, enchendo-me com uma sensação de segurança. – Você percebe que me dizer isso foi um convite para eu tentar arrombar a fechadura e descobrir?

– Você não será capaz de arrombá-la. Eu tenho uma bagunça de coisas lá, nada para uma garota.

Meu interesse desperto por isso, eu me solto de sua mão e volto a chacoalhar a maçaneta. A porta é de aço, quase como um cofre de banco.

– Melanie – alerta Greyson.

Eu rio e recuo.

– Certo. Essa é a sua caverna masculina, eu não vou entrar. Não precisa parecer tão preocupado.

– Não estou preocupado. Você não conseguiria abrir aquela porta nem com uma serra elétrica. O que me preocupa é a sua determinação em fazer exatamente o que eu lhe disse para não fazer.

– Eu sou curiosa! – digo, rindo de novo. Minha risada, não posso explicar, mas parece que mexe com ele.

Greyson parece faminto para me silenciar com sua boca. Quando lambe os lábios e se concentra em minha boca, a súbita memória daquela boca na minha dispara por mim, dos meus mamilos contra a sua língua, e um tremor de antecipação desce por minha coluna.

– Você se importa se eu me refrescar um pouco? – solto.

– Querida, você é a primavera encarnada, mas vá em frente.

Eu tranco a porta do banheiro atrás de mim e me inclino sobre a pia. Mal consigo respirar, a agitação está em toda parte dentro de mim, da cabeça aos pés. Greyson é a porra de um cretino que admite abertamente que provavelmente está apenas querendo me usar, e eu deveria ter-lhe dado um tapa, mas, em vez disso, vou trepar com ele porque ele me deixa louca. Porque ele é o responsável por um latejar horrível e insistente entre as minhas pernas. Todas essas semanas imaginando o que ele quer de mim, se viria hoje à noite.

Não importa o que ele diga, ele ainda *olha* para mim daquele jeito – e o jeito como olha para mim diz outras coisas. Que ele me quer. Que ele me quer, anseia desesperadamente, talvez até precise de mim, como disse em meu apartamento naquele dia.

Eu *nunca* usei nada que um homem tenha me dado. Agora minha garganta está enfeitada com um fio de diamantes brancos reluzentes e eu jamais imaginei que um gesto como esse poderia estimular tanto minha mente, meu coração e meu corpo.

Ele quer me usar para sexo hoje à noite? Pois então eu vou usá-lo de volta, porque isso está me matando. O modo como ele me olha me mata. O modo como cheira, anda, o som de sua voz.

Hoje à noite, não vou dormir sozinha, não importa o que aconteça.

Rapidamente lavo minhas mãos, debaixo dos braços, e então levanto meu vestido e olho com tristeza para os hematomas em minhas coxas. Pego meu kit de maquiagem da bolsinha *clutch* e começo a cobrir as manchas roxas com meu corretivo, uma por uma.

Quando termino, noto uma toalha com manchas vermelhas e imagino se ele se cortou. Barbeando-se, talvez? Sou invadida por uma vontade de protegê-lo. Ele está bem? *É claro que ele está, Melanie. Aquele homem é tão impenetrável quanto sua porta de aço.*

Seguro a maçaneta, o latejar constante entre minhas pernas ainda pulsando. Quando abro a porta e silenciosamente atravesso a sala na direção da cama, meu coração está correndo a toda velocidade.

Eu nunca estive em um apartamento tão luxuoso ou tão vazio. Ele é como um espartano, sem nenhum pertence. Espiei seu armário e ele tem as mesmas três camisas, os mesmos três ternos, três sapatos exatamente do mesmo estilo. Como algum tipo de super-herói metódico – e como se ele não planejasse ficar por muito tempo.

Uma dor me lacera ao pensar nisso, mas é rapidamente substituída com o raio de lascívia que sinto ao vê-lo. Ele está recostado na cama, um braço esguio dobrado sob a cabeça, enquanto olha pela janela.

Ah, Deus, por que eu gosto tanto disso? *Porque ele está olhando para o seu prédio.*

O fato de Greyson conseguir me ver daqui pode me fazer sentir protegida, mesmo quando ele nunca liga. Mesmo que ele nunca mais me procure. Preciso daquela pequena sensação de segurança e me apego a ela.

– Você consegue ver meu apartamento daqui? – pergunto.

Começo a descer o zíper lateral do meu vestido. Ele se vira de frente para mim e um raio de luar fica preso em seus olhos enquanto ele observa eu me aproximar. Meu coração martela. Ele tem uma presença massiva e autoconfiante, e um ar de autoridade que deixa meus joelhos trêmulos. Ele é forte. Magnético. *Vital*. E enche todo o meu ser com um desejo louco e selvagem.

– Sim, foi por isso que escolhi este lugar.

Eu sei que ele está brincando, mas suas palavras são sóbrias – ele está olhando diretamente nos meus olhos.

– É de se pensar que um mulherengo como você teria algo melhor a fazer do que encarar pela janela, tentando pegar um vislumbre meu – provoco.

– Eu faço mais do que olhar pela janela, princesa. Envolve a retirada das minhas luvas.

Desgraçado.

Um desgraçado delicioso pra caralho.

Ele é como pilotar uma motocicleta em velocidade total. Ele seria o motor... a moto... o vento...

Eu paro junto ao pé da cama e sinto uma onda de excitação quando noto o modo como ele me observa, os olhos reluzentes como um raio.

– Tire a minha roupa, ou tire a roupa para mim. A dama escolhe – diz ele, calma e sucintamente, sem fazer movimento algum para me puxar junto de si.

É mesmo? Tem tanta confiança nessa atração elétrica, magnética, me arrastando para ele?

Meu olhar percorre, cheio de cobiça, suas pernas grossas, o volume pelo qual sou louca, até seu peito, que estica o tecido de sua camisa branca como a neve da melhor maneira possível. Sentindo-me pesada e quente, meu pulso trovejando nas veias, eu engatinho por cima dele, seu olhar pesando sobre mim em uma expectativa silenciosa.

– Acho você um desgraçado. Mas fica tão sedutor nesse terno... – sussurro, enquanto começo a tirar o cinto de sua calça, montando por cima dele para, caso eu queira, poder abaixar os quadris e esfregar o ponto mais doloroso em meu corpo contra aquele volume grande e delicioso no colo dele. – E quero foder com força porque você me fez pensar que era melhor do que isso, me fez pensar que me queria para mais do que isso – acrescento. – Cuzão.

Ele segura seu cinto quando eu o retiro, joga-o no chão com estardalhaço, e então se move como um raio, rolando-me de costas e pegando meus braços para prendê-los acima da minha cabeça. Eu ofego e ele sorri.

– Te peguei – murmura ele, descendo a mão pelo interior do meu braço.

Eu começo a arquejar pelo peso delicioso de seu corpo pressionando em cima do meu, solto minha mão, puxo a camisa para fora da cintura da calça e a desabotoo, partindo de baixo, apressando-me na subida.

Ele solta meu pulso e lentamente empurra meu vestido para cima até os quadris.

– Você tem uma boca suja, Melanie. Sabia que eu posso enchê-la de porra, assim fácil, para que o próximo som que você faça seja engolindo?

– Talvez o próximo som seja você gritando quando eu morder a cabeça do seu pau grosso e rosa – sussurro.

Meus pensamentos se confundem quando ele rosna:

– Cala a boca, agora mesmo. – E me beija. Com força, deliciosamente.

E o som que se segue de verdade no quarto é apenas o de línguas molhadas se misturando, o roçar de tecido conforme ele leva meu vestido mais para cima. Eu derreto sob a boca dele, quente e poderosa e mais insaciável do que qualquer boca que já tenha se encaixado na minha... E parece de verdade que tudo o que dissemos não significa nada, que isso significa tudo.

O cheiro dele me preenche como uma calidez se enrodilhando em minha barriga. Ele leva minha saia até a cintura para expor meu fio dental preto de renda. O ar acaricia minhas nádegas nuas; no segundo seguinte, ele está apalpando-as em suas mãos quentes.

– Está feliz em me ver agora, Melanie? – sussurra ele, sua voz baixa e áspera enquanto ele usa minha bunda para me arrastar até me deixar deitada contra ele.

Eu choramingo, de tão excitada.

– Ainda não – minto.

Ele roça os lábios contra os meus, atiçando.

– Tem certeza?

Mais uma vez, seus lábios passam sobre os meus, quentes, aveludados.

Meu sangue circula quente e espesso em minhas veias. De repente, não consigo pensar em nada que eu queira mais do que esse único beijo, mas nunca posso deixar um homem como ele saber disso, ou ele vai me quebrar.

– Tenho – minto de novo, segurando-me em sua nuca forte enquanto traço a junção de seus lábios com minha língua.

Esse ato acaba sendo nossa queda.

Ele grunhe e coloca sua língua para brincar com a minha, seus lábios se fechando sobre os meus no ângulo mais perfeito. Um tremor percorre nós dois. Parece até que gememos ao mesmo tempo, nosso beijo decaindo de lento e sensual para rápido e rude. Eu desabotoo o resto da camisa dele, minhas mãos tremendo pela emoção. Ele agarra o topo do meu vestido tomara que caia e puxa-o até minha cintura, expondo todo o meu corpo exceto pelo local onde a seda do vestido circunda meus quadris.

Quando ele recua para olhar para meus seios, não muito grandes, mas com mamilos bastante autênticos, estou quase me afogando em uma súbita timidez.

Ela não dura muito, pois Greyson os afaga como se estivesse segurando diamantes em suas mãos, dando atenção extra às extremidades rijas e retraídas nas pontas. Ele dedica toda a atenção a eles, afagando, esfregando.

– Você pode não estar feliz ainda – ele diz, rouco, no meu ouvido –, mas essas belezinhas estão empolgadíssimas em me ver. Empolgadíssimas... em me ver.

Quando ele suga um deles em sua boca, um prazer decadente faz os dedos de meus pés se curvarem. Minha cabeça cai para trás sobre o travesseiro enquanto eu gemo baixinho no fundo da garganta. Ele gira os quadris para me provocar com sua ereção. Sou provocada, torturada, consumida; estou pulsando. Estremeço e começo a rebolar de encontro a ele. Deus, ele vai me torturar, e eu sei disso.

Ele puxa o vestido por cima da minha cabeça, em seguida suas mãos exploram minhas coxas e passam para meu estômago firme, e mais para cima, para beliscar meus mamilos. Minha vagina queima e tenta se agarrar a algo enquanto eu deslizo meus dedos pelo espaço aberto na camisa dele, subindo minhas mãos pelo seu peito quente e esculpido.

Afago sua cicatriz, e então uso meus dedos para puxar a argola em seu mamilo. Seu corpo se contrai de prazer e eu percebo. Vejo como ele responde ao meu toque, por isso corro as mãos para cima e para baixo em seu peito com cupidez, cada músculo possível na existência salientando-se sob meus dedos.

– Você gosta disso? – sussurro.

Nem deixo que ele responda, porque minha boca se mistura à dele de novo enquanto o empurro para o lado e monto em cima dele. Abaixando meu corpo, posso sentir sua ereção perfeitamente entre minhas pernas, forçando contra o zíper dele, grande e quente. Deus. Empurrando sua camisa de lado, eu me inclino e começo a lamber seu piercing, estremecendo quando ele desliza as pontas dos dedos para dentro do elástico da minha calcinha... mergulhando no V rendado.

– Vem aqui, sua coisinha gostosa – murmura ele, segurando minha nuca e forçando meus lábios a se juntarem aos dele outra vez.

No momento em que sua boca está na minha, seus dedos estão dentro de mim. Meu sexo se contrai enquanto um gemido me escapa e eu ondulo os quadris, precisando da fricção de sua dureza contra meu clitóris enquanto ele esfrega seu dedo dentro de mim.

Ele arremete de volta como se também necessitasse do contato, enquanto a cicatriz no meio de seu peito raspa contra meus mamilos e ele afaga um deles.

– Boceta deliciosa, peitos deliciosos, princesa loira deliciosa.

Quando ele lambe um mamilo, eu me arqueio e minha cabeça tomba para trás, ofegando em uma doce agonia. Rebolo meus quadris por instinto, querendo mais, ansiando por mais, enquanto ambos nos esforçamos para chegar mais perto. Ele me morde e suga, depois empurra a língua contra a ponta de meu mamilo, fazendo com que ele espete de volta. Eu passo as mãos pelo cabelo dele, e tento empurrar a camisa para longe de seus ombros musculosos.

Ele retira seu dedo de dentro de mim e me detém com as duas mãos.

– Deixe a camisa – murmura, e então me deita de costas e puxa meus braços acima da minha cabeça.

– Mas eu quero tocar você – ofego, ondulando meu corpo contra o peso do dele.

Ele prende meus braços para cima com uma das mãos e retira a gravata com a outra, enrolando-a em torno dos meus pulsos com força.

– Essa noite, só eu toco.

– Por quê?

– Por que eu disse e pronto.

Não posso suprimir meu tremor de excitação enquanto ele tira minha calcinha. Ele abaixa a cabeça e chamas lambem meu corpo a cada beijo que deposita em mim, e elevo meus quadris quando ele enfia a língua em meu umbigo. Arquejo, meu corpo ansiando por ele como açúcar, como chocolate, como *sexo*.

– Por favor, oh...

Ele murmura *sshhh* e abre minha vagina com os dedos, devorando-me com sua boca. Minha cabeça inclina para trás e um ruído de prazer jorra de minha garganta quando ele começa a penetrar meu canal com sua língua, de um jeito que me força a me contorcer na cama em um prazer absoluto.

– Deus, você me faz perder a noção – ofega ele, provando-me outra vez.

Eu estremeço sob ele, coluna arqueada, coxas escancaradas, doendo por seu toque, sua língua, sua proximidade.

– Greyson – digo, inspirando em profundas golfadas de ar. Ele é como cada garoto com quem fiquei embaixo das arquibancadas, cada garoto que eu quis e não me quis de volta, tudo que é proibido para mim. Eu gemo enquanto ele lambe um círculo em volta do meu clitóris. – Ah, Deus! Grey... Greyson... *por favor*... você está...

Minha respiração raspa na garganta quando ele ergue a cabeça e eu vejo a possessividade inconfundível em seus olhos. Ele beija meus mamilos rígidos, depois me estuda, ali, presa para ele, em sua cama. Usando minhas pernas, enrodilho minhas coxas em torno de seus quadris, instando-o mais para perto.

– Eu nunca implorei antes, mas estou te implorando para você *me tocar*.

– Por que você está implorando, Melanie? Eu é que deveria estar implorando para te tocar.

As mãos dele começam a subir pelas laterais de meu corpo. A sensação é tão intensa, todo toque de seus dedos estala sobre mim como se eles estivessem queimando. Meus músculos se retesam e dão nós enquanto meu corpo, mais uma vez, se dirige àquele lugar aonde apenas ele me leva, onde ele não está apenas preenchendo uma dor física, mas tem acesso a um lugar no qual pode escancarar minha alma com um puxão.

Fechando meus olhos ao sentir uma umidade arder neles, mantenho meus braços acima da cabeça, amarrados pela gravata, enquanto ele usa o dedo para brincar com meu clitóris.

Ele o faz com mais força, mais profundidade, com *conhecimento*. Nossos olhos se encontram, ele esmaga minha boca e sussurra:

– Sou eu quem não implora merda nenhuma, mas eu imploraria por essa boceta. – Sua voz é rouca enquanto seus dedos me preparam, porque ele é tão grande que eu preciso estar molhada e pronta e, ah, Deus, estou tão pronta.

– Sim... – digo, a proximidade do meu orgasmo perceptível em minha voz.

Então sua boca está na minha de novo, nossas línguas se acasalando, escorregadias, enquanto ele continua me esfregando, sua palma ardendo de tão quente quando a encaixa contra mim e desliza um dedo, tão fundo. Eu ergo minha pélvis, desesperada por cada centímetro. Quando ele me levou quase até a explosão, recua para abrir o zíper de sua calça.

Minha visão está borrada de tanta vontade. Ele nem mesmo tira a calça. Ele a empurra até os joelhos, arranca um pacote de camisinhas e coloca uma.

Nossas bocas vagueiam no corpo um do outro enquanto ele alinha nossos corpos.

– Com força! – peço, enquanto engancho meus pulsos amarrados ao redor do pescoço dele para mantê-lo perto, meus lábios chovendo beijos em seu maxilar. Na noite passada, com medo, suja e vulnerável, ele era tudo o que eu queria. Tudo o que eu queria. – *Eu te quero tanto. Com força* – ofego, subitamente vulnerável, tremendo, carente.

Faminta, mordisco a argola em seu mamilo, e ele responde com um rosnado, forçando-me a deitar de volta na cama.

– Garotinha impaciente, voraz. – Ele segura seu pau, e parece tão desesperado quanto eu quando começa a me penetrar com a cabecinha. – É isso o que você quer?

Meus olhos rolam para trás de tanto prazer e eu grito:

– Sim, quero ele todo.

Ele geme ao ver minha primeira lágrima cair e, quando encaixa as mãos ao redor do meu rosto como se fosse apanhá-las e começa a me foder de verdade, meu corpo derrete no dele como se o mundo se tornasse preenchido por ele. Apenas ele. Só ele.

Ele me empala mais profundamente, e eu voo cada vez mais alto. Posso sentir meus mamilos roçando sua camisa, seu hálito quente no meu rosto, seu corpo no meu – e isso é tudo de que tomo conhecimento enquanto meu mundo dispara sobre seu eixo. As mãos dele não soltam meu rosto, segurando-me ali para cada arremetida forte, rápida, perita.

– Isso, exatamente assim. Goza para mim, Melanie, goza para mim... – murmura ele, beijando minha garganta.

Meus seios estão rosados nas pontas pelo arranhar da camisa dele, e eu adoro isso. Adoro seu cheiro, suas mãos, sua voz.

– Isso – ofego enquanto ele arremete mais forte, meu ritmo agora completamente descontrolado. Tudo o que eu quero é mais dele, mais dele, TODO ELE. – Vai, vai...

Ele ruge, a cabeça tombando para trás, veias dilatadas de prazer quando começa a jorrar e eu abro minhas pernas ainda mais enquanto ele agarra meus quadris e investe com mais força, observando-me perder o controle.

Eu gemo e começo a me debater, de algum modo ciente de que os olhos dele estão me devorando enquanto eu me desfaço em um milhão de estrelas brilhantes.

Momentos depois, desperto de meu estupor para reparar que ele está acariciando meu rosto molhado com uma das mãos, a outra em minha coxa, onde estou machucada. O toque me derrete fundo, onde dói lembrar, mas nesse instante, nos braços dele, o contentamento e a paz nos cobrem. Posso sentir no corpo dele também. Como se ele gostasse de secar minhas lágrimas.

Suspirando, relaxada, quando ele beija minha têmpora e seca o resto do meu rosto, eu engancho minhas mãos amarradas ao redor do pescoço dele e me aperto contra seu peito.

– Ninguém força tanto meus limites quanto você – explico, minha voz abafada.

– Isso é porque eu sou mau.

Ele sobe uma das mãos pelo meu braço, até onde minhas mãos estão ligadas em sua nuca.

– Eu sou ruim pra caralho – ele beija uma pálpebra – pra você.

Ele beija outra pálpebra, depois minha boca, e seus dedos começam novamente a brincar com minha vagina. Meu corpo me surpreende, respondendo até quando eu não achava ser possível.

– Pronta para mais?

Eu faço um gesto de concordância.

Não sei dar um nome ao que sinto quando ele está dentro de mim, então talvez não tente. Será que isso tem um nome? Essa conexão entre seres humanos. Entre uma mulher e um homem; *uma porra de um cuzão.*

Eu olho para ele, e ele não me dá medo.

Ele me atrai.

Ele me tenta, me estimula. Me dá vontade de reclamá-lo como meu, como se estivesse tomando de volta uma parte de mim que se perdeu um dia.

Faz que eu sinta vontade de domá-lo. De deixar que ele *me* dome.

Ele veste seu pau grosso com outra camisinha no lugar da antiga e fica de joelhos, e eu me sinto vulnerável e exposta, mas não tenho vontade de me esconder agora. Demonstro claramente para ele minha voracidade e lambo e beijo seu pescoço grosso enquanto ele segura minha cintura e me penetra. Eu estremeço incontrolavelmente quando ele está todo lá dentro, mordendo um tendão que se destaca em sua garganta, perto da minha boca.

A vibração do som que ele faz me diz que ele gosta. *Você gosta quando eu sou esquentadinha?* Meus olhos se abrem e ele me encara com uma expressão de lascívia selvagem, faminta, proprietária, mas também estranhamente reverente e gentil. Fodemos preguiçosamente dessa vez, sem a pressa inicial, nossos corpos se movendo em sincronia até eu ver estrelas enquanto outro clímax se aproxima cada vez mais.

– Vai, pode me morder o quanto quiser, gatinha. – Ele se aproxima da minha boca, seus olhos nos meus enquanto eu obedeço, lambendo e saboreando. – Queria que fosse o meu pau na sua boca? – Seu murmúrio rouco provoca em meu ouvido, o hálito quente. – Queria estar chupando esse pau? Mordendo?

Eu ofego com sofreguidão renovada.

– Quando eu morder, vou morder com força.

Com meus braços em volta de seu pescoço, eu arranho uma parte de seu couro cabeludo com as unhas, meus quadris se mexendo com mais velocidade para acompanhar seu ritmo acelerado.

Seu riso, outra vez sombrio, sensual, íntimo enquanto ele roça seu dedo úmido sobre meus lábios, a cama rangendo sob nós.

– Se você pensa que eu tenho medo de uma mordidinha, precisa me conhecer melhor, princesa. – Nessa hora, ele morde meu lábio inferior e suga-o para o interior de sua boca, investindo com mais força, e eu gemo.

Mordo de volta, e ele emite sons tão sensuais que só tornam o sexo ainda mais intenso. Meu corpo molhado e apertado o agarra cobiçosamente, porque o quero dentro de mim pelo maior tempo possível, mas o prazer é absoluto demais para durar o tanto que eu gostaria, apesar de nós dois estarmos tentando fazê-lo durar.

O colchão range debaixo de nós, cada vez mais forte com as arremetidas dele. Estou sendo tão barulhenta quanto ele, e Greyson? Greyson está soltando ruídos baixos e masculinos de prazer também.

– Prepare-se, princesa, vou gozar bem forte – diz ele, a voz áspera.

– *Goza* – imploro. Ele não tem ideia do quanto eu quero senti-lo jorrando dentro de mim, gozando comigo.

Ele espera até sentir meu corpo se contrair ao redor dele. E então, no momento em que começa para mim, ele se solta. Goza com força total, seu corpo se retesando como um arco, e quando sinto seu sexo saltando dentro de mim, suas mãos se apertando em meus quadris, meu prazer explode até que estou convulsionando tão totalmente que não consigo manter os olhos abertos.

Ah.

Meu.

Deus.

Fico deitada em silêncio por um momento, e percebo que Greyson está me desamarrando. Ele esfrega meus pulsos com os dedos, depois desaba de costas e fica olhando para o teto, o peito subindo e descendo com a respiração ofegante, a argola em seu mamilo cintilando com os pequenos raios de sol que espreitam através da janela.

O sol já está nascendo. Eu realmente não queria que ele nascesse ainda, porque não quero partir ainda.

Em silêncio, vou até o banheiro e, quando volto para a cama, ele está olhando a cidade parecendo satisfeito e exausto, sua camisa toda amassada, seu cabelo bagunçado, sua linda boca inchada por minha causa. Eu deveria ir embora. Provavelmente, deveria. Em vez disso, olho para ele e para aquela boca e me pergunto quantas mulheres já beijaram aqueles lábios.

Muitas, Melanie.

Ele me avisou para manter distância, mas não sinto vontade de manter distância. Sinto como se, lá no fundo, ele estivesse me enganando. Por que me daria esse colar, se não fosse assim? Por que ele me daria, várias e várias vezes, O OLHAR?

De qualquer maneira, preciso ir, então vou até aquela cama enorme, meus olhos vasculhando o chão em busca do meu vestido, apesar de a ideia de ir para casa sozinha, para o meu apartamento, fazer meu estômago se revirar. Eu poderia ligar para Pandora, mas tenho que estar preparada para ela me fazer um interrogatório, acho.

– Você viu meu vestido? – sussurro para ele.

Sua voz está rouca de cansaço, seus olhos semicerrados quando ele abre o lençol para mim.

– Sim, eu o deixei de lado para evitar bagunça. Venha aqui e durma um pouco.

Ah, Deus, eu realmente não queria partir, mas também não quero que ele saiba o quanto eu quero dormir aqui.

Então fico ali de pé, nua e insegura por um instante.

– Eu não preciso ficar – digo, mas ele tem esse jeito de olhar para você, como se estivesse mandando. É muito esquisito. Eu nunca encontrei ninguém que pudesse ter tanto controle com apenas um olhar.

Cedendo, eu me pego aproximando-me em silêncio. Seus lábios se curvam quando ele ergue o lençol um pouco mais e eu vejo seu corpo nu sob a coberta.

Sinto-me estranhamente desajeitada enquanto me deito na cama com ele, primeiro sentando no canto e rapidamente trançando meu cabelo; eu não conseguiria dormir sem isso, simplesmente não aguento acordar e senti-lo no meu rosto.

Percebo o olhar curioso dele observando todos os meus movimentos, e quando suspiro e deito de lado, encarando uma lareira de pedra do lado oposto do quarto, ele ri atrás de mim.

– Você realmente planeja dormir a essa distância?

– Eu não queria me intrometer! – Rio, nervosa. – Normalmente, não durmo fora.

– Se você gosta de foder e ir embora, tudo bem, princesa. Exceto pelo fato de que eu ainda não acabei com você.

Ele estende a mão e me guia até ele pela trança, e quando eu não protesto a manobra e, de fato, tenho vontade de me aninhar mais perto de seu calor, ele exala suavemente.

– Você é uma coisa, não é? – murmura, tomando minha trança em seu punho e me forçando a rolar e ficar de frente para ele. Em seguida, prende minha cabeça contra a sua, testa com testa. – Talvez eu durma essa noite; você esgota um homem.

– O que quer dizer? – Eu olho para ele, reparo na posição tensa do maxilar. – Você não dorme?

– Não muito bem, mas posso tentar se você também dormir – ele me provoca com doçura.

– Então vamos tentar – digo, sorrindo.

Parece que, por vários minutos, nós ficamos como estamos, ele com a mais leve curva em seus lábios enquanto eu sorrio completamente, ambos olhando nos olhos um do outro. Não tenho ideia do que ele vê nos meus olhos que o mantém tão absorto, mas também não consigo desviar de seu olhar. É tão misterioso e fechado enquanto, ao mesmo tempo, posso ver uma crueza ardente em sua expressão, como se ele quisesse algo de mim com desespero.

Não algo; *tudo* de mim.

– Venha aqui – diz ele, a voz rouca.

Ele faz o primeiro movimento, passando um dos braços ao meu redor, puxando-me para junto dele. Eu me aconchego em seu corpo grande, um pouco tensa a princípio, mas ao mesmo tempo dolorosamente ciente de cada ponto em que nossos corpos nus estão se tocando. Onde meus seios pressionam suas costelas, minha bochecha em seu peito, uma de minhas pernas se enganchando entre as dele.

Deus, isso é o mais íntimo que se pode ficar com um homem e eu não consigo relaxar, não consigo oxigenar, não consigo formular um pensamento.

A respiração dele começa a se aprofundar e... ah, uau! Ele está dormindo.

Ele pegou no sono me abraçando, com seu braço em volta dos meus ombros, e eu não entendo por que meu estômago se agita com isso.

Há um pouco de sangue na camisa dele, na manga do braço curvado ao meu redor. Eu toco a mancha vermelha, imaginando se o arranhei. Depois olho para seu rosto lindo e masculino, me perguntando sobre ele. Pela primeira vez na minha vida, quero ficar deitada na cama junto a um cara e ouvi-lo respirar, lenta e profundamente, do jeito que ele está fazendo. Não entendo minhas reações viscerais a ele.

Esse homem gostoso com um quarto secreto. Quem nesse mundo tem um quarto secreto?

Esse homem tem. E eu sou tão curiosa a respeito dele, que estudo suas feições e digo a mim mesma que posso dormir quando estiver sozinha... Então, toco a argola em seu mamilo e o observo deitado em seu apartamento grande e solitário, dormindo profundamente com um braço ao meu redor, imaginando que outros segredos ele esconde de mim.

* * *

Um telefone está apitando, apitando, apitando. Eu gemo e me reviro, sentindo algo contra meu corpo que é tão quente e tão duro que definitivamente não pode ser um travesseiro.

– O que é esse som?

Olhos amendoados sonolentos se abrem e encontram os meus, e meus pulmões se contraem da maneira mais deliciosa. *Eu realmente dormi nos braços desse homem? Esse homem que me disse que seria meu pior pesadelo?* Ele se senta na cama e alonga o pescoço para retirar os nós, esticando os braços até que cada músculo esteja rijo e flexionado. Então xinga ao ouvir o apito contínuo, agarra a máquina ofensora, sai da cama e vai, nu em pelo, para a sacada do apartamento. Eu analiso sua bunda com uma sensação de formigamento no estômago. Que dia é hoje? Sábado? Domingo?

Brooke. Remy. Casamento, lembro a mim mesma. Você e Greyson.

Derretendo.

Afasto a sonolência e percebo que estou aqui há mais de trinta e seis horas. Toda a manhã de sábado e, agora, hoje, já é domingo?

Eu me espreguiço e meu corpo está todo dolorido. Lembro-me de ontem. Comendo com ele no chão, estilo piquenique. Matando tempo na cama. Provocando-o. Assistindo a *Profissão de Risco*. Deus. Eu não tive um fim de semana tão incrível nos meus sonhos.

Ele pergunta sobre as minhas fantasias na noite passada.

Eu rio.

– Bem... Talvez eu tenha uma, mas não vou te contar – sussurro, brincalhona, enquanto olho para o rosto dele. – E uma das suas?

– Fantasias são para as pessoas que não fazem o que sentem vontade.

– Então você já fez tudo?

– Tudo que eu sentia vontade.

– Inclusive eu?

Ele riu, um som delicioso.

– Inclusive você. Agora, um punhado de vezes.

– Inclusive um *ménage à trois*? – provoco.

– É claro.

– É mesmo? – Curiosidade acesa, eu pouso o queixo sobre seu peito. – É divertido?

Ele passa o dedo pelas depressões da minha coluna, espiando o meu sorriso com um dos seus.

– Para o cara, sim. As garotas não parecem conseguir esquecer que não é uma competição.

– Você só faz *ménages* com duas garotas? – cutuco. – Isso é muito cuzão de sua parte.

– Querida, eu não compartilho minhas garotas com outros homens, não é como eu sou.

– Bem, eu também não conseguiria dividir com outra garota. Eu chutaria a vaca para fora da cama agora mesmo. Iria querer suas duas mãos em mim, não uma só. Pfft!

Ele ri e sua cabeça tomba um pouco para trás, sua voz grave e rouca, seu pomo de adão subindo e descendo.

– Você é o bastante para qualquer cara, acredite em mim.

Ele emite tanta sensualidade que eu quero lambê-lo. O jeito como ele vem me fodendo é tão... Eu não consigo nem explicar. Nunca senti uma ligação tão forte, uma percepção tão primitiva dele como um homem, e de mim como... uma mulher.

– E anal?

Senhor, o riso que ele deu em seguida foi tão sombrio e tão sensual.

– É claro. Isso é sempre divertido. – Ele olha para mim e então a compreensão surge em seus olhos, que começam a reluzir, cintilantes, quase brilhantes demais enquanto ele encaixa a mão quente e de dedos longos sobre minha bunda. – Vem aqui, Melanie.

Meu coração dispara diante da luxúria espessando a voz dele. Eu amo sexo. É a única maneira pela qual me conectei com o gênero oposto, mas nunca desse jeito. Nunca com nada arriscado. Nada com que eu tivesse que confiar que o homem ao meu lado não iria me machucar.

– Você quer um dedo no seu cuzinho, princesa? – ele murmura no meu ouvido, e meu sangue corre quente nas veias enquanto ele mergulha o polegar ao longo da fissura entre as curvas de minhas nádegas. Todo o meu corpo se contrai em reação ao dedo indo para aquele ponto.

– Grey! – digo, minhas bochechas ardendo em um escarlate brilhante quando seu dedo roçou por mim, como o toque de uma pluma.

– Isso é gostoso, princesa?

Ele me observava com aqueles olhos líquidos de uísque, os cílios parecendo pesados enquanto eu prendia meu lábio entre os dentes para me impedir de soltar um som embaraçosamente impudico. Eu fiquei tão molhada que pude ouvir o som úmido de seu dedo passando por minhas dobras antes que ele começasse a retornar com a mão para trás, escorregando sobre cada nervo em minha bunda, suave e langoroso.

– Eu gostaria de ser possuída desse jeito – confesso, olhando fundo nos olhos dele. – Mas só por alguém em quem eu confiasse. Alguém que fosse cuidar de mim e da minha segurança.

– Venha aqui em cima – diz ele, espalhando-me sobre seu corpo. – Vou usar apenas meu dedo. Você já está tremendo demais.

– Eu gosto disso, é excitante, mas eu não sei... Greyson...

– Shhh – pede, roçando os lábios sobre os meus para me silenciar. Está duro debaixo de mim. Ele gosta de me tocar, sussurrar para mim enquanto me beija e eu lentamente relaxo, conforme ele mergulha o dedo para dentro do meu ânus. Eu gemo, e ele inclina minha cabeça para trás e lentamente me beija mais um pouco. – Apenas relaxe, me deixe entrar. – Ele me atiça com seu dedo se movimentando lentamente para dentro e para fora, e eu começo a tremer ainda mais, me mexendo sobre ele até sentir a umidade escorrendo da ponta do seu pau contra meu abdômen.

Ele me rola de barriga para baixo. Em silêncio, abaixa-se e morde uma nádega, apalpando a outra enquanto volta a enfiar o dedo no meu ânus.

– Dobre os joelhos, Melanie. – Ele desce a mão pela minha coluna enquanto eu faço o que ele pediu, choramingando de leve.

– Greyson, isso é tão intenso...

– Deixe-se levar, princesa. Me dê isso. Porra, deixe-me ver você gozar desse jeito.

Ele afagou minhas costas com uma das mãos enquanto com a outra continuou a me penetrar. As sensações me dominaram. Eu gemi e fechei os olhos enquanto seu toque embriagador fazia coisas novas e profundas em mim. Ele mordiscou a outra nádega e me fodeu com o dedo mais três vezes, e quando escorregou o dedo médio para dentro da minha vagina, eu comecei a gozar. E gozar. E gozar.

Ele pressionou seu pau contra mim enquanto eu gozava, para que eu pudesse senti-lo perto, me tentando, duro, pulsando, sua voz áspera de excitação junto à minha nuca, exposta depois de ele empurrar minha trança para o lado.

– Muito bem – ronronou ele, beliscando meus mamilos, esfregando o anel mais externo de meu cuzinho enquanto as contrações diminuíam.

– Foi... incrível.

Eu me virei e ele rolou até deitar de costas e dobrar os braços sob a cabeça enquanto eu tentava recuperar o fôlego. No entanto, é difícil respirar quando o ar está carregado de... de luxúria; de desejo; dessa atração química, animal, que eu nunca senti antes. Eu queria o pau dele em mim, queria fazer tudo com ele, mas será que ele teria cuidado comigo?

Seu corpo emanava tensão, os músculos retesados, o pau a pleno vapor outra vez.

– Você já teve muitas amantes? – murmurei, pegando-o em minha mão, estranhamente ciumenta.

– Amantes, de verdade, não. Fodas, sim. – Ele pegou meu rosto em uma das mãos e apertou minhas bochechas com firmeza. – Mas eu nunca fodi uma boquinha como a sua. Agora abra, princesa.

Eu estava molhada de novo quando ele se ajoelhou, puxando-me pela trança. Quando ele me preencheu, eu fiz contato visual e ele não tirou os olhos de mim, observando cada passagem da minha língua, cada centímetro que eu lambia, cada exalação que eu deixava acariciar sua extensão.

– Porra – gemeu ele, arremetendo e prolongando seu prazer. Eu deslizei minha língua por ele, nossos olhos se conectaram como ímãs. – Você gosta disso, não é?

O jeito como ele falava comigo me excitava. Se ele me tocasse de novo, eu teria gozado. Quase escorreguei minha mão entre as pernas e me toquei. Em vez disso, agarrei a base dele porque queria que ele fantasiasse sobre esse boquete seja lá quando ele planejasse partir...

Ele entrou em erupção. Normalmente, eu recuo quando os caras fazem isso, mas quando o senti se retesar e estava prestes a me afastar, ele arrulhou:

– É tudo seu, até a última gota, Melanie.

Ele segurou minha trança, seus olhos exigentes e dominantes, e subitamente eu queria agradá-lo, saboreá-lo, e foi o que fiz.

Fecho meus olhos por algum tempo e expiro as recordações de ontem. Quando torno a abri-los, ele está lá fora na sacada, ainda no telefone. Suas pernas, grossas como troncos de árvores, estão separadas, compridas, musculosas, e levemente salpicadas de pelos. Suas canelas são bem-feitas e poderosas, seu bronzeado de um tom de ouro, sua bunda, perfeita, tão perfeitamente moldada quanto o triângulo invertido musculoso de seus ombros largos e quadris estreitos. E ele está simplesmente lá fora, para qualquer um com binóculos ver, nu em pelo. De pé, bem ali.

A porra de um deus do sexo.

Quando Greyson abre a porta de vidro, ainda está ao telefone, ainda tão nu quanto estava antes de voltar para o quarto e desligar. Eu noto que ele está com um curativo grosso em um dos bíceps, e que ele está manchado de vermelho.

Conforme ele se aproxima, eu ergo os lençóis porque anseio por seu calor, sua proximidade, o cheiro dele na minha pele.

– Trabalho? – pergunto.

– Pode-se dizer que sim – diz ele, entrando debaixo dos lençóis comigo.

Eu prendo meu fôlego porque seu pau duro me diz que ele também anseia por isso. Beijo seu pescoço e curvo meus dedos ao redor de sua circunferência, amando como ele fica tão duro, tão rápido. Ele havia descaído para semiereto por causa da ligação, mas já está totalmente rígido de novo. Ah, merda, eu realmente curto esse cara. O que ele murmura quando trepamos...

Minha pele se arrepia por inteiro só de lembrar.

Ele me espia com olhos sonolentos e os dedos de meus pés estão se curvando com força total. Quando ele abre aquele sorriso sensual, eu morro.

Inesperadamente, ele retira o lençol do meu corpo. A luz do sol entra com tudo em faixas pela janela, e quando ele joga as cobertas de lado para olhar para mim, eu me contorço na cama.

– Não – protesto, tentando puxar os lençóis, guinchando de vergonha.

– Sim – ele contrapõe, severo.

Ele agarra os lençóis em um punho e os joga de lado outra vez, pressionando-me sobre a cama.

Eu penso imediatamente nas cicatrizes do meu rim.

– Não estou acostumada a ser vista assim.

– Acostume-se a ser vista assim por mim – diz ele, gentilmente.

Apesar de eu ter ficado de um vermelho vivo, ele me hipnotiza o suficiente para eu ficar totalmente imóvel, na cama, meus seios subindo e descendo enquanto ele me olha. O OLHAR que ele me dá parece um toque vivo, físico. Ele viaja por cada centímetro do meu corpo, do topo da cabeça até os dedos do pé, como um tremor.

Eu nunca pensei que um olhar pudesse ser tão poderoso.

Faz com que eu me esqueça das minhas cicatrizes e de todos os meus machucados.

Era de se imaginar que, como eu fiz o transplante de rim quando ainda era bebê, a cicatriz fosse minúscula. Não é. É um rasgo na parte inferior direita do meu abdômen, e cresceu com o resto do meu corpo. Ela se apagou em um rosa muito claro e maquiagem faz maravilhas por ela, mas a maquiagem, nesse momento, já se foi.

E Greyson a vê.

Ele acompanha a cicatriz com um dedo e coloca minha mão sobre a sua própria cicatriz. O gesto apenas o torna mais querido para mim. Porque ele também carrega cicatrizes, mas não fica envergonhado por isso.

Quando ele se abaixa e pressiona seus lábios na minha cicatriz, meus olhos marejam.

– O que aconteceu aqui? – murmura ele.

Eu não sei por que ele me deixa tão emocional, mas pisco para conter as lágrimas e deslizo minha mão pelo peito dele, em cima de sua cicatriz.

– O que aconteceu aqui? – retruco, minha voz espessa de emoção.

– Damas primeiro – diz ele com gentileza, recostando-se e me observando com olhos que já não são mais sonolentos, mas sombrios e pacientes.

Não tenho certeza se quero que ele saiba que um de meus rins não é meu. Que sou uma paciente de transplante. Que preciso tomar pílulas para garantir que meu corpo não rejeite o órgão de minha doadora. Que talvez, em alguns anos, eu precise trocar este por um novo outra vez, se ele começar a parar.

Essas não são coisas que se revele a um homem com quem você está começando a se encontrar, ou só trepar, ou seja lá o que estamos fazendo. Existe um programa chamado *Millionaire Matchmaker*, e eu nunca vou me esquecer como a especialista Patti foi para cima de uma garota que despejara alguns assuntos bem sérios no colo de um pobre pretendente.

Não se faz isso!

Os caras não se importam com isso, a menos que se importem genuinamente com você antes!

Em silêncio, eu toco a argola no mamilo de Greyson em vez de falar, e escuto ele segurar o fôlego quando eu o puxo, brincando. Sorrio para seus olhos subitamente muito escuros e famintos e digo:

– Eu devia colocar um piercing no mamilo.

Ele ri, depois fica sério e balança a cabeça.

– É, isso não vai rolar.

– Por que não?

Ele esfrega minha bunda.

– Isso não vai rolar nem fodendo. Ninguém vai chegar perto do que é meu.

Eu percebo que o grosso curativo em seu braço direito está manchado de sangue, por isso me sento rapidamente.

– O que aconteceu aqui? Eu te arranhei?

Ele apenas sorri para si mesmo enquanto aperta o curativo.

– É preciso um pouco mais do que as garras de uma gatinha para me fazer sangrar.

– Deixe-me ajudar.

Aproximando-me, eu pego a gaze e, com cuidado, enrolo-a em volta de seu braço contraído.

– Você está bem? – pergunto.

– Estou ótimo – diz ele, desdenhoso.

Quando eu termino de embrulhar seu braço, impulsivamente dou um beijo no local, encostando lentamente meus lábios nele e fechando os olhos enquanto uma ternura me invade. Um homem me fazendo sentir esse tipo de carinho é tão estranho para mim. Geralmente, homens são apenas... caras para mim. Nem mesmo humanos. Mais como inimigos que devem ser manuseados com cuidado. Usados, às vezes. O que eu sinto por esse aqui, porém, é a *coisa* mais poderosa que já senti em minha vida. Quase como se eu o conhecesse de antes. De alguma vida passada... em meus sonhos...

Antes que eu possa levantar a cabeça, seu nariz encontra meu ouvido, me fazendo sorrir contra o curativo e me contorcer quando seu hálito me faz cócegas.

Ele desce a mão de leve pela minha coluna e para na parte de trás da minha cintura. Esse homem deixa a parte inferior do meu corpo em sobrecarga, mas a parte superior está recebendo o mesmo exercício, é só perguntar ao meu coração, que não bate direito há 36 horas. E ele está me dando aquele olhar também? Eu ergo a cabeça, e estou formigando de cima a baixo. Seu sorriso é preguiçoso, sonolento, e me derrete.

– Isso é gostoso – diz ele, em voz rouca.

– O quê?

– Enfermeira Melanie – sussurra ele.

Algo dentro de mim se alvoroça e dispara, e eu gemo com a estupidez do meu corpo, a reação instantânea. Em seguida, inclino minha cabeça para beijá-lo enquanto seguro sua cabeça e puxo-a para a minha. Ele roça meus lábios, me provocando com um sorriso.

Eu gemo em protesto quando o despertador do meu telefone começa a gritar feito louco, e percebo que é domingo, de verdade.

– Ufffff, eu tenho um *brunch* com meus pais. – Quando ele não parece disposto a soltar minha cintura, eu empurro seus pulsos grossos. – Moço, eu tenho que ir.

– Eu proponho que você cancele – diz ele, preguiçoso.

– Não posso. Sou a única que vai para o *brunch*, e nós sempre fazemos isso aos domingos. – Começo a reunir minha lingerie e caçar meu vestido. – Você pode vir, se quiser – solto. Quando reparo em sua expressão fechada, acrescento: – Sem compromisso. Digo, é só um café da manhã. Nem isso, um *brunch*.

– Nah, acho que não.

Ele ainda está sonolento e na cama, se espreguiçando enquanto confere seu telefone – primeiro um, depois pega outro.

– Posso usar seu chuveiro, rapidinho? – pergunto nervosamente.

– Use o que quiser.

Mais uma vez me sinto estranhamente tímida... Não sei por que ele faz isso comigo. Normalmente, em um caso, sou desinibida e posso mandar no pobre cara, se assim quiser. Mas está claro que não tenho como mandar nesse aqui. Ciente de seus olhos na minha bunda enquanto me retiro, vou até o banheiro e abro a água quente, entrando no box. Expiro lentamente quando a água cai sobre minha cabeça.

Greyson entra no banheiro quando estou saindo do box e, enquanto enrolo meu cabelo em uma toalha e meu corpo em outra, ele abre a água e se banha em exatos um minuto.

Isso é completamente desconhecido, estar com um homem em um banheiro. Brooke mencionou que, depois que Remy se exercita, eles tomam banho juntos e fodem loucamente. Estou achando tudo muito dispersivo. De um jeito que fode com a mente. Diabos, com o corpo também.

De fato, acabo perdendo meu cérebro e simplesmente ficando ali de pé, encarando, enquanto ele seca seu cabelo com a toalha, nu, os ombros trabalhando, abdominais se contraindo, o V que desce até seu lindo pau, que, eu juro, é tão grande que mesmo em seu estado normal...

– Eu acabo de te dar um pouco disso. Mas parece que a dama ainda quer mais um pouquinho?

A voz dele arrasta meus olhos até os dele e até aquele sorriso que ele abre e que mexe com meu coração, enquanto retira o plástico que havia posto ao redor do curativo para mantê-lo seco.

– Como se você não estivesse me tentando de propósito – sorrio, babando ao observar sua bunda musculosa caminhar até o closet. – Tem certeza de que não quer me acompanhar? – pergunto.

– Tenho, sim. – Ele volta com algumas roupas dobradas sobre um braço e para diante de mim com um sorriso. – Me exauri tentando te acompanhar, não se lembra?

– Cuzão. Mas a gente já sabia disso sobre você, não é?

Eu me inclino sobre o balcão e começo a aplicar minha maquiagem matinal.

– Você não está falando sério. Em me convidar. Está, princesa? – ele pergunta, parecendo realmente perturbado.

Eu fecho a cara.

– Nós só conversamos e tomamos café. Não é como se planejássemos a dominação mundial ou algo supersecreto que você não possa escutar. Não é uma apresentação aos pais. Argh, mas esqueça, você está me olhando todo esquisito.

Eu começo a passar os dedos pelos cabelos quando ele vem e me abraça por trás, sustentando meu olhar no espelho. Ele afaga meu rosto e o faz virar, e então sua boca está junto ao meu ouvido, sua voz tão espessa quanto a sensação de seu pau contra minha barriga.

– Tudo o que quero ultimamente é arrastar você para a cama e te comer por trás, de lado, e de frente por vários ângulos diferentes, para que cada músculo no seu corpo se lembre de mim quando você se mexer hoje. Cada respiração vai doer, cada passo que você der. Eu quero te alimentar, e quero espalhar minha próxima refeição por cima de você. Quero lamber minha refeição dos pés à cabeça, para depois te limpar no chuveiro, e aí quero te ensaboar e apalpar cada centímetro do seu corpinho esguio enquanto enfio meu pau em você. Quando eu te tirar do chuveiro, quero te secar com uma toalha, massagear seus peitos deliciosos, te virar de costas e comer seu cuzinho naquela trepada longa e gostosa que você está esperando.

O sangue abandonou todos os meus outros órgãos apenas para se concentrar ferozmente nos sexuais. Eu tento empurrá-lo para longe e não ficar excitada com suas atenções.

– Por favor, agora não.

– Você me quer ali, Melanie? – Ele mordisca meu lóbulo e manda uma onda de desejo pelas minhas coxas instáveis enquanto apalpa minha bunda como se ela lhe pertencesse, seu dedo mais comprido me roçando ali. *Ali. De novo.* – Aqui, querida. Você me quer grande e duro, mais grosso do que nunca, bem aqui? Eu quero ser o homem com quem você vai se soltar.

– Você vai fazer eu me atrasar para o *brunch* e eu vou ficar com raiva – grito, afastando sua mão com um tapa e rapidamente girando de volta para o espelho a fim de acrescentar um pouco de brilho labial.

– Você vai ficar com raiva? – A risada dele sussurra calafrios pela minha pele. Ele me segura pelos quadris e olha para os meus olhos por cima da minha cabeça. – Sabe, eu tenho uma queda por princesas com raiva. Elas me excitam.

– Mude-se para a Europa, então.

Ele massageia minhas nádegas com as mãos.

– *Você* ficando com raiva, me mostrando esse seu fogo, me excita de verdade – prossegue ele, naquela voz áspera matinal.

– Ah, você ainda não viu nada – eu asseguro, dando meia-volta. – Precisa de muito para me deixar nervosa, mas, quando acontece, é algo a ser visto. Não são muitos objetos próximos a mim que sobrevivem.

– Ah, é?

– Qualquer sapato... ou abajur... pode acabar voando... batendo... e morrendo.

– É mesmo? – pergunta ele, um brilho zombeteiro nos olhos.

– Exatamente. Eu demoro para ferver, mas, quando fervo, EU FERVO!

Enquanto me forço a entrar nas minhas roupas, ele ainda está nu, e antes que eu possa subir o zíper do meu vestido, ele me encurrala contra uma parede espelhada, meus seios espremidos contra ele.

Meus nervos estalam com o primeiro roçar de seus lábios. Coloco minha mão em seu peito para empurrá-lo para longe de novo, mas meus dedos parecem apenas ficar ali em vez disso, absorvendo-o, espalhando-se sobre peitorais espessos, rijos, deliciosamente musculosos.

– Eu tenho que ir – sussurro, esfregando seu piercing.

Seus olhos reluzem, travessos, enquanto ele passa a boca contra a minha.

– Você sabe onde fica a porta.

Ele lambe a junção dos meus lábios.

– Eu realmente, realmente preciso ir.

Eu enrosco meus braços em volta de seu pescoço, pretendendo dar apenas um beijo rápido, mas ele parece ter um beijo diferente, mais lento e intenso em mente.

E ele faz acontecer.

Sua mão desliza para dentro do meu cabelo molhado e se encaixa na minha nuca enquanto coloca minha cabeça no ângulo que quer e me beija profundamente, nossas bocas com gosto de creme dental e calor, meu corpo se arqueando para conseguir chegar mais perto dele. Ele parece ficar ali, quente e duro, sustentando nós dois enquanto eu derreto sob sua boca.

– Greyson... – eu protesto.

Ele passa os dedos por meu cabelo e toma outro beijo, de outro ângulo.

– Ninguém está te impedindo, Melanie.

Eu viro a cabeça para conseguir mais acesso à sua boca também, esfregando minha língua contra a dele, meus mamilos em seu peito.

– Deus, você é um perigo, Grey.

– Você não faz ideia, princesa. – Ele me dá sua língua com força e sem remorso. Mais beijos, lentos e profundos, o tipo de beijo que me faz ouvir nossa respiração, nossos sons lentos e escorregadios.

– Eu acho que você planeja mesmo me amarrar e me fazer escolher senhas – ofego entre chupões preguiçosos e famintos de sua língua.

– Escolha uma só.

Um gemido suave me deixa quando seus lábios acompanham meu pescoço enquanto eu penso na minha palavra.

– Filho da puta.

A risada dele vibra entre minhas pernas, onde meu clitóris está extrassensível esta manhã, e, de repente, muito, muito dolorido.

– Essa sua boca suja simplesmente implora para ser silenciada – murmura ele. – Mas, só para sua informação, a palavra que eu quero ouvir na próxima vez que estiver em você é *Greyson*. Essa é a palavra que eu quero escutar quando estiver atrás de você...

– Nós não... nós não vamos fazer isso. – Eu quase posso ouvir a agitação no meu estômago no som da minha voz enquanto tento escapar.

As mãos dele sobem pela parte de trás da minha cintura, me travando junto dele.

– Em breve, vamos – ele me promete suavemente.

– Não vamos. Eu não *confio* em você!

Ele pega meu queixo e olha diretamente nos meus olhos, falando com lentidão deliberada, como se eu fosse uma idiota.

– Você pode confiar... que eu não vou deixar nenhum outro filho da puta... entrar no seu cuzinho gostoso e apertado. Porra, pode acreditar nisso.

Eu gemo.

– Sua boca é ainda mais suja do que a minha. Por que é que você está atrás de mim?

– Pela mesma razão que você sai, transa com um cara até deixá-lo estúpido, se magoa e continua procurando pelo que você quer. Tem três coisas em que eu não sou bom. Confiança. Receber ordens – eu já recebo muito disso do meu pai. E renunciar ao que eu quero.

– E você me quer?

Eu fico imóvel sob a sensação quente dos lábios dele subitamente pressionados contra minha garganta, subindo até meu ouvido, onde ele sussurra um aviso:

– Isso é subestimar a situação, mas sim. Eu quero você. – Ele recua. – Eu quero isso de um jeito que não deveria querer, Melanie. Só não me confunda com o seu príncipe encantado.

As palavras, elas me atingem. Diretas e verdadeiras.

Elas me atingem com tanta força que tiram meu fôlego.

– Se eu confundia, você acaba de arruinar isso – digo, rolando os olhos. – Tchau, Greyson.

Odeio o silêncio que me acompanha para fora de lá.

QUINZE

PARA ONDE EU VOU?

GREYSON

– Quando você se der conta, estará indo para a igreja no domingo cantar no coral – caçoa Derek, rindo, enquanto me leva para a casa dos pais de Melanie.

Por que ele está me levando para a casa dos pais dela, você está se perguntando?

Porque parece que vou participar de um *brunch* hoje.

– Cale a merda dessa boca – rosno.

Derek ri e balança a cabeça, e eu olho morosamente pela janela.

– Aaaaaah, Deus, eu não acredito nisso – digo a mim mesmo enquanto esfrego o rosto e olho para minhas roupas limpas. Eu assumi o risco de não carregar nenhuma arma e me sinto para lá de nu. Sinto-me estúpido. Como um menino indo apanhar a menina para o baile de formatura.

Existem algumas coisas que você simplesmente sabe que são certas ou erradas. E eu sei que me sentar em um *brunch* de domingo com os pais de uma mulher não é onde eu me encaixo.

Minha gola redonda está coçando. Eu dou um puxão nela, com raiva, enquanto caminho até a casa deles. Sei exatamente onde é, porque invadi todos os sistemas de Melanie, li cada página, recibo e artigo com seu nome neles. Eu poderia ser uma praga ambulante me aproximando da casa de dois andares; isso é o quanto me sinto deslocado ao bater na porta com os nós dos dedos. Há floreiras próximas. O lugar cheira... a gramado recém-cortado. Eu quase me lembro de ajudar minha mãe a cortar a grama 13 anos atrás. Em um lar como esse. Faz 13 anos desde que passei por portas como essas, em uma vizinhança como essa. *Eu não me encaixo mais aqui.*

Derek acena para mim do carro e eu lhe mostro o dedo médio, depois aviso:

– Eu te trago uma marmitinha depois.

Ele me devolve o gesto.

– Eu já comi um burrito no posto de gasolina, mas você com certeza é a epítome da gentileza essa manhã, chefe.

Ignorando a provocação – porque é claro que eu não estava muito alegre no caminho até aqui, inferno, eu nunca estou –, bato na porta uma terceira vez.

Não tenho muita certeza de como Melanie vai reagir à minha presença aqui, mas vou lhe dar uma ajudinha e agir como se eu já soubesse que ela vai estar maravilhada em me ver. Ponto final.

Uma empregada abre a porta.

– Pois não?

Ela corre o olhar por mim como se não pudesse evitar, e em seguida ouço uma voz, similar à de Melanie:

– Quem é, Maria?

– Obrigado, eu me viro.

Entro na casa e vou até onde está o barulho, surgindo na sala de jantar com facilidade.

O pai de Melanie se levanta da cadeira, surpreso, mas não alarmado. Sua cabeça cabeluda está apenas salpicada de prata e exibe o tipo de rosto com um sorriso perene. A mãe de Melanie, por outro lado, permanece sentada e de olhos arregalados, uma linda mulher com uma expressão pálida e delicada e olhos quase da cor exata dos de Melanie.

– Melanie? – pergunta seu pai.

Eu percorro seu corpo com meu olhar e, quando nossos olhos se conectam, vejo-a puxando de leve uma mecha solta de cabelo, nervosamente procurando por uma explicação. O quê? Agora ela vai me deixar aqui como um idiota? Correntes de eletricidade estalam entre nós, e sinto meu corpo responder.

– Sr. e sra. Meyers – digo para as pessoas sentadas à mesa de jantar. – Sinto muito por estar atrasado.

– Mamãe e Papai, esse é Greyson. Ele foi comigo ao casamento de Brooke e Remy. Ele é…

Ela levanta o rosto até mim em busca de ajuda. Seus olhos estão arregalados e brilhantes, e, Deus, ela ferra com o meu cérebro. Minha mente lampeja com imagens dela – a mulher brincalhona, a sereia em minha cama, a enfermeira que me fez um curativo e me beijou depois –, e posso sentir o fogo em minhas entranhas se misturar com minha alma.

Baixinho, eu digo:

– Sou o novo namorado dela e é um prazer conhecer vocês dois.

Aperto a mão do pai dela e sustento o olhar dele. A mãe dela se joga em mim e quase se desintegra nos meus braços.

– É um prazer imenso conhecê-lo!

Desconfortável para cacete pelo calor imediato em volta de mim, eu me liberto e vou até Melanie. Meu corpo parece eletrificado só de estar perto dela. Agora, luxúria, isso eu posso compreender.

– Ele não é meu namorado, ele é só um amigo – ri Melanie, interpretando um papel para eles. Com um sorriso divertido, ela olha para mim e solta:

– Mudança de planos?

Eu puxo a cadeira próxima à dela.

– Parece que sim.

A mãe dela bate palmas, encantada.

– Ah, eu tenho um novo membro com quem brinçar de charadas!

Me. Fodi.

Eu não tive um jantar em família a vida inteira, nem mesmo quando minha mãe estava comigo. Nunca com meus dois genitores na mesa. Eu não *como* em mesas. Eu não passo tempo com famílias. Em suas casas.

Não sei por que a segui até aqui.

Mentira. Sei, sim.

Ela é meu alvo, mas foi ela que me acertou. Culpa, uma emoção com a qual não tenho experiência, me incomoda no fundo da mente quando seus pais imediatamente começam a listar todos os talentos de Melanie para mim. Acho que pareço um cara decente. Pareço mais do que decente. Eles acham que, se ela gosta de mim, eu a mereço. Porra, isso dói.

– Greyson King, hummm... Estou tentando lembrar se conheço algum King. – O pai dela coça o queixo. – Estamos em King County, afinal. E a estação de TV KING-5?

– Não, eu não sou aqui da região.

– Greyson, posso dizer que nossa pequena gafanhota é não apenas uma decoradora incrível, como também faz sorvete caseiro perfeito, dos dias em que Lucas e eu tínhamos uma pequena sorveteria? Ela sabe cozinhar de verdade, essa aqui!

– Só quando forçada – diz ela, sorrindo.

Porra, ela está linda, de algum jeito vulnerável e brincalhona ao mesmo tempo.

Ela me deixa com tesão.

Duro.

Possessivo.

Protetor.

Mas que porra é essa?

– E então, como vocês se conheceram? – a mãe dela quer saber.

Melanie suspira.

– Ele salvou meu carro da chuva um dia.

Os olhos da mãe dela ficam enormes.

– Quando você *se pegou parada de pé na chuva?* – ela pergunta a Melanie, como se eles tivessem discutido a noite em que nos conhecemos.

Melanie cora – como eu posso não notar o jeito como as bochechas dela ficam de um vermelho vivo? O fogo em minha entranhas cresce ainda mais quando percebo que ela falou de mim com a mãe dela.

– Greyson, espero que você não ache que estamos sendo empolgados demais, mas Mel nunca trouxe um rapaz para casa em 25 anos. Nem mesmo um amigo.

– *Vinte e quatro* – corrige a princesa.

– Logo serão 25 – diz a mãe dela, rolando os olhos e então me espiando por entre os cílios.

– Nossa Mel sempre faz uma festa – ela me diz, as mãos em posição de oração sob seu queixo. – Mal podemos esperar para ver o que ela planejou este ano!

Pela primeira vez, vejo que minha garota festeira está sem palavras.

– Talvez eu pule este ano, está tudo tão caro.

– Bobagem. São os grandes 25! – diz o pai dela.

O silêncio de Melanie agora pesa com um sofrimento palpável. De súbito, me concentro no fato de que nós três estamos observando-a, enquanto ela olha para seu prato, o lábio preso entre os dentes. Meus dedos se contraem ao lado do corpo e um lampejo de preocupação me atinge quando eu percebo que ela está triste, o lampejo de dor seguido por um lampejo de determinação para aliviar a situação.

Deus, ela ilumina a sala. Quando ela está triste, é quase como se a luz tivesse sido apagada. Eu vivi na escuridão o suficiente e o diabo me carregue se eu vou permitir que a luz dela seja apagada.

– Tudo bem, então vamos para as charadas! – Seu pai bate palmas com entusiasmo fingido.

Sob a mesa, eu roubo uma carícia na coxa de Melanie e esfrego para cima e para baixo em um movimento tranquilizador que nunca antes usei em uma mulher, mas ela desperta isso em mim, apesar de tudo, e fico louco quando suas bochechas coram e ela sorri de novo, a tristeza esquecida. Eu juro, o sorriso dela dispara direto para mim como um raio de cabeça para baixo.

Eu deveria estar me sentindo como um ladrão, como se estivesse roubando esse momento que não me pertence. Em vez disso, é fácil demais fingir que ele é meu por direito.

– Gafanhota, o que você me diz de garotos contra garotas? Hein, Greyson?

Logo Melanie está andando por ali esticando o pescoço, fazendo bico e inclinando-se adiante, bicando o ar. Ela é sensual, divertida e boba, e o que está fazendo de alguma forma dispara um litro de sangue diretamente para o meu pau.

E, aparentemente, essa brincadeira inclui cartas. Nós escolhemos uma categoria. O pai escolheu animais. E ela está agindo como algum animal esquisito.

– A equipe que acertar mais palpites ganha – o pai dela me diz, dando um tapa em meu braço. – Não se preocupe, nossa pequena gafanhota nunca acerta... um grou! – ele grita, de repente.

– Sim! – diz ela.

– Você vai primeiro, ou vou eu? – o pai dela me diz em seguida.

– De maneira alguma, senhor. Não estou tão ansioso para fazer papel de bobo ainda.

Ele ri e tira uma carta e eu posso ver que é um urso.

Ele abre os braços e anda por ali.

– Gorila! – grita Melanie.

Ele sorri para mim e ergue os braços ainda mais para o alto.

– Garanhão! – grita a sra. Meyers.

O sr. Meyers me lança um olhar e levanta a sobrancelha até a raiz do cabelo, como se dissesse: "Viu? Essas mulheres não têm noção nenhuma".

Ele continua fingindo até eu estar rindo, observando-os, e então é minha vez. Eu dou uma espiada pela janela e me certifico de não estar visível – se Derek vir isso, é o fim de Zero. Nenhum respeito restará para Zero.

Eu retiro uma carta e pego um cachorro. Começo a rosnar e faço a primeira coisa que me vem à mente: pego uma almofada e mastigo o canto.

– Lobo! – a mãe dela grita.

Eu prendo a almofada entre os dentes e chacoalho de um lado para o outro.

– Oh, céus – diz a mãe dela.

Melanie está gargalhando e eu me sinto um idiota. Diabos, eu quero que ela adivinhe, mas, que se dane, não vou ganir feito um cachorro.

Eu largo a almofada e desisto, e ela está segurando a barriga, rindo, e tão gostosa quando vem até mim e retira a almofada, passando os dedos pelo meu cabelo, brincalhona. Posso ver a dinâmica familiar muito claramente agora.

– Minha avó dizia – ela me conta, com um último afago em meu cabelo – que quem brinca junto, permanece junto.

Ela foi protegida a vida toda. Feliz. Participando de um jogo divertido e inocente. Ela brilha. Todos eles brilham. Eles são ridículos e estúpidos, e eu nunca na minha vida quis ser ridículo e estúpido. Eu mato, chantageio e engano os ridículos e estúpidos.

– Aquele que souber fazer o melhor truque pega o último brownie!

– Olha, filho – o pai dela me diz, depois desse anúncio –, qualquer truque que você conheça, agora é a hora de exibir. Esses brownies são fantásticos, estou lhe dizendo.

– Você primeiro, Papai! – convoca Melanie.

O sr. Meyers começa a fazer uma dança russa, inclusive com os *hut* a cada vez que sobe. A mãe dela imita um gorila bastante realista. Melanie olha para mim, depois cobre a boca e começa a imitar o zurro de um burro. Finalmente, todos eles olham para mim.

Porra. É sério?

Isso é estúpido pra caralho.

Mas...

É o jeito como *ela* está olhando para mim, curiosa, feliz. Ele me leva de volta para onde está. E me faz estudar a sala de jantar para ver o que diabos eu posso fazer. Vejo um vaso com margaridas na mesa. Elas são rosa-choque – combinam com a princesa.

Pego uma faca de carne e recuo vários passos, depois lanço-a do outro lado da sala, para trás deles. E prendo o miolo da margarida à parede mais distante.

Silêncio.

– Minha nossa! – grita o pai dela.

– Esse é um truque incrível! – diz a mãe dela.

Melanie me traz o brownie enquanto eu solto a margarida, e, quando me entrega o doce, eu lhe entrego a flor.

– Esse é um truque interessante – diz ela, me analisando e cheirando a flor. – Eles ensinam isso na escola de segurança?

– Eles ensinam a língua dos burros em Decoração para Principiantes? – Eu quero fazê-la corar, e funciona. Ela ri.

Meu efeito sobre ela é como uma droga e dispara direto para a minha cabeça, me deixando tonto.

– Esse foi um truque muito legal – ouço o pai dela sussurrar para a mãe, mas estou consumido pela minha princesa de boca suja perto de mim, ofegante e excitada, brincalhona e cálida e cheia de promessas de coisas que eu nunca tive na vida.

Eu lhe ofereço um pouco do brownie e ela dá uma mordida. Começo a afastar o cabelo de sua testa e, quando levanto o olhar, os pais dela nos observam com sorrisos imensos em seus rostos, como se estivessem emocionados de que a sua gafanhota tenha finalmente encontrado um cara "amigo".

E eu vejo, aqui e agora, que é isso o que o Underground tirou de mim.

DEZESSEIS

DÍVIDAS

MELANIE

Nós trepamos antes de ele deixar a cidade.

Direto da casa dos meus pais, ele me seguiu até meu apartamento, subindo o elevador até a minha porta. Eu fiquei ali, começando a dizer adeus. Ele esmagou minha boca sob a dele, me pegou no colo e levou dali para o quarto.

Ele me jogou na cama e arrancou minhas roupas, depois as dele. Meu corpo tremia e minha respiração saía entrecortada quando ele caiu sobre mim.

Ele me segurou, uma das mãos em meu ombro, a outra no quadril, e me fodeu com força. Eu gritei e me contorci, arranhando suas costas de cima para baixo.

– Olha para mim.

Eu tentei, gemendo.

Ele deslizou a mão pelas minhas costas, por baixo do meu cabelo, e me segurou pelo crânio, virando meu rosto para cima.

– Diga que ama isso – mandou. – Diga que ama isso, porra.

– *Eu amo isso* – gemi.

A mão dele desceu sobre mim e ele me deu o beijo de uma vida, a foda de uma vida. Quando Greyson finalmente separou nossas bocas, reduziu nossa velocidade e disse de novo, mais rouco:

– *Olhe* para mim. – E então me encheu totalmente com carne viva, quente, pulsante.

Eu olhei e ele me olhou de volta, cúpido, forte, arremetendo em mim sem parar. Sem se conter. Cada movimento me dizendo que precisava disso tanto quanto eu.

Meu clímax me varreu como uma tempestade. A cada tremor que passava por mim, outro mais profundo passava por ele, até que estávamos ambos ofegantes e descontrolados. Eu travei minhas coxas e braços mais apertados em volta dele, abraçando seu corpo rijo e pesado junto ao meu, mantendo-o um pouco mais de tempo dentro de mim.

Eu não queria soltar. Meu rosto estava molhado outra vez pelo meu orgasmo, mas, de súbito, senti vontade de chorar um mar.

Tenho medo de como ele me faz sentir, e da realidade das minhas circunstâncias.

Tenho medo de que vou dever todo esse dinheiro e não tive compradores para o meu Mustang, e quando meu tempo se acabar, três dias depois do meu aniversário, uma dúzia de mafiosos furiosos virá bater na minha porta e ninguém será capaz de me ajudar. Ninguém poderá impedi-los. Nem mesmo ele.

Eu não sei o que vou fazer. Não sei o que fazer. Porém, ninguém me faz sentir tão emocionalmente vulnerável e fisicamente protegida quanto ele ao me abraçar.

O fato de que ele veio ao *brunch*, inesperadamente, me disse mais do que todos os alertas dele. Ele exalou em meu pescoço e nos rolou para uma posição mais confortável, onde me manteve a seu lado, e eu senti emoções estranhas me inundarem.

Não seja carente, disse a mim mesma, mas me senti uma impostora. Ainda assim me ouvi murmurar:

– Tudo o que meus pais disseram… não acredite. Eles só acham que eu sou perfeita, mas eu finjo.

Eu me afastei dele e agarrei o lençol ao meu redor.

Ele se sentou na cama.

– Eu sei sobre fingimento.

– Minha vida veio a um preço muito alto e simplesmente é difícil fazer jus a isso.

No mesmo instante ele estendeu a mão e a pousou no meu ombro, traçando um círculo em minha pele com os dedos.

– Minha vida também veio a um preço alto. Cada dia dela. – Ele afastou uma mecha solitária de cabelo para longe do meu rosto, nossos olhos se encontrando. – Tantos dias tentando encontrar alguma porra de significado para ela.

A revelação me deixou sem fôlego, e eu esperei e esperei por mais, vi nos olhos dele que havia mais, porém ele se levantou e pegou suas roupas.

– Estou contente em ser querido aqui, Melanie – disse ele, me disparando um de seus vários sorrisos conquistadores.

Quando ele começou a se vestir, eu me virei para a janela e cruzei os braços sobre o estômago, tentando diminuir a dor ali. Ugh. Odeio que ele esteja partindo de novo. Odeio que isso possa ser adeus.

Eu quis perguntar se o veria de novo, mas, antes que pudesse, ele falou da porta:

– Fique a salvo, princesa.

Eu me forcei a responder:

– Tchau, Greyson.

Como posso saber tão pouco sobre alguém e ainda assim precisar tanto dele?

Ele não ligou, mas nessa segunda-feira de manhã recebi outro tipo de ligação e, com ela, uma oferta pelo meu Mustang.

Pergunto a Pandora enquanto nos ajeitamos no escritório:

– E então, o que você acha, é uma boa oferta?

A resposta dela é me perguntar *por que* eu estou vendendo meu carro.

Porra. Tento pensar em algo além da verdade, mas ele precisa ir e eu provavelmente tenho de vender tudo exceto a camisa que visto, e até assim a conta pode não fechar, mas não posso dizer a ela.

– Não é prático.

– Cara, você vive pelo que não é prático.

– Ele foi inundado! Agora ele guincha.

– O que é fofo, considerando-se que você também guincha.

– Afe, você é impossível.

– Melanie... pare de comprar merda e você não vai precisar vender seu carro. Está vendo essa camisa? Eu faço um negócio chamado "lavar" três vezes por semana. Só preciso de duas dessas e pronto. Está vendo essas botas? Elas são minha assinatura. Eu não preciso de outro par de sapatos.

– Isso não é um problema de compras, é um problema de outro tipo.

– O quê, como um vício? – O cenho dela se franze de preocupação.

– Eu quero vendê-lo, isso é tudo – resmungo.

– *Quer* vender ou *precisa* vender? – Olhos escuros e perceptivos subitamente me analisam em silêncio. – Eu tenho uma ideia. Venda o colar que seu namorado te deu.

– Pfff! Nem a pau! – Eu dispenso aquela ideia com um gesto e fico séria. – Eu quero vender meu carro, e *preciso* do seu conselho. É uma boa oferta, Pan?

– Eu sou uma porra de uma decoradora como você, não sei merda nenhuma de carros. Pergunte ao seu pai. Diabos, pergunte ao seu precioso namorado.

– Sabe o que mais? Vou, sim! Vou perguntar a ele agora mesmo! Ele vai adorar ouvir notícias minhas. – Eu pego meu telefone. – Ele até veio ao *brunch*.

– Uau, você o arrastou para ver seus pais. *Realmente* – diz Pandora, e então estala a língua em um alerta.

– Ah, sai para lá, Malévola! – grito, nervosa, batendo nela com a almofada recém-finalizada de um cliente cuja qualidade eu estava conferindo.

Não vou mais contar a ela merda nenhuma.

Nem mesmo vou lhe explicar sobre as complexidades de duas pessoas solteiras fazendo... O que é que estamos fazendo?

Estamos fazendo sexo, é isso que estamos fazendo.

Mas eu não quero que seja apenas sexo.

Não sei quantos segredos Greyson esconde, mas ele tem um quarto secreto, e ele se recusa a falar ao telefone perto de mim, duas coisas que são esquisitas. Mesmo assim, também tenho um segredo, então não é exatamente justo me sentir dessa forma. Eu adoraria contar a ele, e só a ele, sobre o meu. Contudo, ao mesmo tempo, rezo para que ele seja o último homem a ficar sabendo.

Como relatar a um cara com quem você está se encontrando ou dormindo ou algo assim, um cara cujo respeito e cuja admiração você deseja, que você pediu – você *implorou* – a um grupo de mafiosos por mais tempo porque lhes deve mais dinheiro do que pensou que tinha? Como falar para ele que eles levantaram minha saia e me disseram que me dariam uma extensão – *de seus paus* – se eu não pagasse a tempo?

Eu quero vomitar me lembrando daquela noite no beco. Jamais conseguiria contar isso a *ninguém* em voz alta.

Confiro minhas mensagens de texto. Ele foi o último a me mandar uma. Eras atrás, quando ele visitou meu apartamento, e eu perguntei quem viria me visitar, e ele disse eu.

Digo a mim mesma que não quero passar por todas aquelas adivinhações de novo. Se ele me quer, ele me quer. Certo?

Porém, minha regra principal das mensagens de texto fica implicando comigo. Hoje em dia, relacionamentos são muito mais igualitários.

Eu inspiro lentamente e envio para ele:

`Você vai estar na cidade esse final de semana?`

E, para minha surpresa, ele responde de imediato.

`Sim.`

Meu coração começa a martelar. Eu escrevo de volta:

`Algum plano?`

Ele: `Eu planejava procurar minha princesa.`

Ah, Deeeeeeeus! Adoro isso, muito.

Ela: `Ela quer preparar um jantar para você. Você vai comparecer?`

Ele: `Vou. Em todos os sentidos.`

Eu sorrio, deliciada. Safado sedutor.

Ela: `Sexta-feira, 8 da noite?`

Eu não poderia estar mais feliz quando digo a Pandora:

– Ele está vindo para cá no final de semana só para me ver – exagero.

Ela parece entediada.

– Que bom pra você.

* * *

Durante a semana, eu me enterro no trabalho e envio algumas coisas minhas a uma loja do eBay para liquidar, e rápido. Meu armário de repente parece imenso, já que eu fiquei apenas com um par de tênis, um de sapatos de salto alto, um de sandálias, um de botas de inverno e um de botas de chuva. Também fiquei reduzida a três calças sociais, dois jeans, uma pequena variedade de blusas e vestidos mais básicos. Meus acessórios foram a coisa mais difícil de abrir mão. Entretanto, mantive os mais coloridos para me assegurar de que continue usando três cores por dia, ainda que os toques de cor venham mais de meus acessórios.

Na sexta à tarde, eu cometo uma indulgência e gasto na Whole Foods porque não vou cozinhar comida barata para Greyson – não conseguiria. Então levo para casa um saco pardo cheio de itens frescos e saudáveis, visto o único avental que mantive – um amarelo cheio de babados da Anthropologie – e cozinho um jantar feito em casa para ele porque parece uma coisa legal de se fazer de "bem-vindo ao lar".

No cardápio, opto por salada de rúcula e pera com queijo de cabra e um vinagrete leve, minha massa ao pesto especial, um pão caseiro e tortas de maçã salpicadas de canela para sobremesa.

Eu sempre penso melhor quando estou cozinhando. Dessa vez, à medida que corto e preparo a comida, penso em como estou lentamente começando a reconhecer minhas próprias necessidades enquanto mulher. Necessidades que nunca percebi não serem atendidas dormindo com uma dúzia de caras diferentes, necessidades que não tinham a menor possibilidade de serem satisfeitas até que eu estabelecesse uma ligação real – assustadora, poderosa, inexplicável – com alguém. Alguém totalmente inesperado. O rosto de Greyson me assombra – sério, sorrindo, pensativo. Não consigo parar de me lembrar e rever seus diferentes tipos de sorriso. O pela metade, o sensual, o indulgente, o sonolento, o falso que ele abre para a Pandora, e aquele que está quase ali, mas não exatamente, como se ele não se desse permissão para ceder...

Esse é o que mais adoro.

Porque parece como se eu o estivesse arrancando mesmo quando ele não quer que eu o faça. Como se estivesse rendendo algo para mim que não planejava me dar.

– Algo está cheirando bem por aqui e minha aposta é que é você.

Meu sangue levanta voo quando reconheço aquela voz quente e suave atrás de mim. De algum jeito, Greyson entrou e me pegou de surpresa! Sem fazer barulho nenhum. E agora ele desliza seu braço grande ao redor da minha cintura e me faz girar, o movimento colocando mais de 1,80 metro de bad boy a um fio de cabelo de distância de mim. Meus sentidos titubeiam enquanto eu absorvo sua proximidade e escorrego minhas mãos em uma exploração rápida e cúpida de seus braços grossos.

– Oi – ofego –, eu...

Ele me beija por um minuto inteiro.

Um minuto e meio.

Nossos lábios se movem, misturando-se, meus joelhos ficam moles porque seus beijos são melhores do que qualquer coisa que eu já provei. E agora eu não consigo pensar ou falar ou mal ficar de pé sobre as duas pernas.

Ele se afasta e eu me sinto corar perante a sua avaliação.

– Eu gosto disso – sussurra ele e indica meu avental, e a luz deliciada em seus olhos me faz sentir como se eu tivesse acabado de vencer o primeiro lugar no *Iron Chef*. E ele nem provou minha comida ainda.

– Você vai gostar ainda mais quando perceber que eu planejo te dar a sobremesa pessoalmente – murmuro. A mente suja dele parece dominá-lo, pois Greyson parece instantaneamente esfaimado. Rindo, eu insisto para que ele sente-se em um dos bancos na ponta do balcão da cozinha. – Não é o que você *está pensando*, é comida de verdade!

– Você vai tirar isso para mim? – Ele puxa a faixa do meu avental.

– Talvez, se você comer toda a sua comida com um bom menino.

Ele ri, um som rico e cheio, seu sorriso devastador dominando meu cérebro.

– Você gosta mais quando eu sou mau – aponta ele.

Mordendo o lábio para conter um sorriso, eu retiro o prato de massa com uma luva, ciente de que ele está reparando que eu vesti apenas um vestido curto por baixo do avental – talvez possa até ver que não estou usando calcinha. A ideia me faz arrepiar.

Surge um silêncio e um rangido do banco quando ele se recosta e tira os sapatos. Há um tom confuso e quase divertido em sua voz rouca quando ele fala comigo, esfregando o maxilar enquanto me observa, alvoroçando-me, pela cozinha.

– Eu fico me perguntando o que você está fazendo o tempo todo. – Ele faz uma pausa e depois, a voz mais baixa e espessa do que nunca, prossegue: – Você sente minha falta?

– Que tipo de pergunta é essa?

Ele me dá um sorriso malandro.

– Uma que eu quero conhecer a resposta.

Eu devolvo o sorriso com um igual enquanto nos sirvo. Quando encho seu prato com salada e massa, ele fecha a mão ao redor do meu pulso.

– Sente?

Nossos olhos se encontram e ele gentilmente aumenta o fogo que cresce dentro de mim quando esfrega o dedo na parte de dentro do meu pulso.

– Sente? – pergunta ele, suavemente.

– Sim – sussurro. Eu deslizo minha mão livre por seu maxilar e, num impulso, me inclino para beijar seu rosto. Acrescento, perto de seu ouvido: – Muita.

Ele me observa como um predador enquanto tomo meu lugar no banco do outro lado do balcão.

Sorrimos um para o outro, aqueles sorrisos que parecem se abrir em nossos lábios simultaneamente; desde o momento em que nos conhecemos, foi sempre desse jeito. Eu noto, finalmente, que ele trouxe vinho, e o observo enquanto abre a garrafa, procura por copos no meu gabinete, e volta para servir uma taça para mim e uma para ele.

Nós brindamos, sorrindo. Antes de beber, ele murmura:

– A você, princesa.

– Não, a você – retruco, tomando um gole.

– Você gosta de me contrariar, não é – ronrona ele, ainda girando e cheirando a própria taça.

Eu rio e de repente me sinto a coisa mais sexy do mundo quando começo a comer. É como se todos os meus movimentos fossem feitos para atraí-lo, excitá-lo e alegrá-lo.

Nem mesmo minha respiração escapa à atenção dele.

Sinto-o olhando para meus dedos, meus braços desnudos, meus ombros à mostra, meus lábios. Espeto um pouco de salada e o observo tirar um pedaço de pão e enfiá-lo na boca. Bebericamos em silêncio, fitando um ao outro, saboreando a companhia mútua. A imagem um do outro. A energia um do outro. Sou uma decoradora que acredita em feng shui. Eu acredito em yin e yang. Nunca senti um yang tão forte para o meu yin. Jamais.

– Está gostando da refeição? – pergunto.

– Eu sou o primeiro homem para quem você cozinha?

Estreito meus olhos, tomando um pouco de vinho tinto para reunir coragem, mas não há cura para o nervosismo girando em meu estômago.

– A verdade? Sim. Você é. Então pense muito bem na sua resposta – alerto.

– Cada colherada estava tão deliciosa quanto você.

Sorrio.

– É mesmo? – Sentindo-me insegura, confiro seus pratos e reparo que ele limpou os dois.

Ele recua, e seu olhar cai dos meus olhos para meus ombros e seios.

– Estou pronto para a sobremesa.

– Espere aí, mocinho, eu não terminei. Tenho uma sobremesa de verdade, que não sou eu, sabe?

Eu giro um pouco de pasta no meu garfo, mais rápido, e enfio na boca, lambendo um restinho de pesto do canto dos lábios.

Greyson me observa, concentrado, e parece tão grande, sombrio e sexy no meu apartamento, que não estou acostumada às profundas pontadas de desejo surgindo em meu peito.

– Como foi a sua semana? – ele pergunta.

Uma mistura de emoções me atinge quando eu recordo de todas as noites que passei deitada na cama, mais assustada do que desejo estar, e mais solitária do que já me senti em toda a vida. Talvez seja porque eu sei com quem desejo estar nesse momento. Talvez seja porque eu me sinto vulnerável e com medo.

– Bem, na verdade – minto. – Eu queria te perguntar uma coisa. Eu recebi uma oferta pelo meu carro.

– Você está vendendo seu carro?

Eu olho para ele em desespero e noto a súbita expressão severa de sua boca.

– Sim, estou vendendo. – Eu me levanto e vou pegar seus pratos vazios enquanto conto a ele quanto me ofereceram. – Você acha que é um preço justo?

Ele está quieto enquanto eu levo os pratos até a pia, rastreando-me com seu olhar, e então me pergunta:

– Por que você precisa vendê-lo?

Não posso evitar reparar que ele parece mais do que um pouco curioso. Parece determinado.

Assim, tento passar descontração, acrescentando até um dar de ombros casual à minha explicação.

– Apenas estou de olho em outra coisa.

Uma sobrancelha se ergue, seguida pela segunda, e então uma pergunta dolorosamente lenta e claramente esperta:

– Outro carro?

Ele não está acreditando em mim.

Vasculho meu cérebro por algo a dizer que seja o mais distante possível da verdade, até que ele fala, suspirando como se eu o tivesse vencido:

– Eles estão te oferecendo uma merreca. Não venda a porra do seu carro, princesa, não por esse valor nem por nada.

– Por que não?

– Porque – ele solta, entredentes – você *precisa* do seu carro.

– Não para ir ao escritório – retruco com leveza –, e eu posso pegar uma carona com os amigos para sair aos fins de semana.

Quando ele continua com uma expressão contrariada, eu fico desconfiada na mesma hora.

– Por que você está protegendo tanto o meu carro, Greyson?

Após um silêncio deveras interessante, durante o qual meu coração derrete no peito, eu respondo por ele.

– Porque graças àquele carro fodido eu fiquei com você.

Ele encolhe um dos ombros, com raiva.

– Aquele carro é você. Ele não combina com mais ninguém.

Eu sinto vertigens de pensar que ele possa se sentir protetor do local onde nos conhecemos, mas também fico triste por não poder explicar para ele que, a despeito do quanto eu seja apegada àquele carro, sou mais apegada a *mim*.

– Meu comprador é uma jovem de 18 anos. Ela vai se divertir tanto com ele como eu me diverti.

Quando ele fala de novo, sua voz carrega uma força única, quase como uma ordem.

– Ninguém pode se divertir como você. Você é a diversão, Melanie. E a vida. Assim como aquele Mustang azul, doido e meigo.

Eu ergo a mão para abafar minha risada, porque ele está sendo terrivelmente fofo e protetor, e quando ele fecha a cara, eu lhe digo:

– Eu acho adorável, Greyson.

– Essa palavra não combina comigo, princesa.

– É adorável. *Você é* adorável.

Ele fica de pé como se fosse me fazer pagar por isso. Eu corro para o meu quarto, rindo, e falo da porta:

– Greyson, eu sei que isso vai partir o seu coração meigo, mas eu realmente preciso vender meu carro. Só vou pedir mil a mais. O que você acha? Deus, até essa cara feia que você está fazendo é *adorável*.

Ele lança a cabeça para trás e ri – o som rico e profundo –, e quando eu percebo que ele nunca vai compreender a seriedade das circunstâncias, peço licença por um minuto para ir ao quarto e ligar para a interessada a fim de pedir por mais mil dólares.

A garota me diz que vai conversar com o pai e depois me liga. Quando eu volto, Greyson está de pé, os braços cruzados, olhando para mim com o tipo de expressão que um homem tem quando não sabe que porra fazer com você.

– Eu fiz uma contraoferta – expliquei, a palavra "adorável" sussurrando pelo meu cabelo outra vez enquanto ele esfrega o seu, frustrado.

– Ah, princesa. Realmente. Eu nem consigo... – Ele balança a cabeça, em óbvia frustração.

– Greyson, isso nem importa! – grito. – Mesmo que o carro se vá, você sempre vai ser o meu herói, meu e do meu Mustang, sabe.

De alguma forma, anseio para aplacá-lo – a energia volátil dele parece um furacão na sala – e me aproximo dele, passando minha mão por seu cabelo bagunçado e tentando arrumá-lo de novo, amando a maciez, que é praticamente a única parte macia na sua cabeça dura. Ele rosna e me pega pela cintura, surpreendendo-me quando abaixa a cabeça e coloca seu nariz entre meus seios, beijando meu decote com uma ternura feroz.

– Se você não ia me dar ouvidos – murmura ele, a voz abafada pelo avental –, por que perguntar?

– Eu gosto de saber sua opinião.

– Mostre que gosta dela provando que está me dando ouvidos, Melanie.

– Sinto muito – sussurro, bagunçando seu cabelo, brincalhona, enquanto tento deixá-lo feliz de novo. A carente em mim simplesmente não consegue aceitar seu desprazer. Não o dele. – Eu vou te compensar por isso.

– Hummm. – Os olhos dele reluzem com tochas de repente. – Pode me compensar me dizendo como você pretende passar o seu vigésimo quinto aniversário – propõe ele.

Um momento de hesitação se intromete entre nós. O que ele diria se eu afirmasse que quero passar o dia com ele? Sem fazer nada além de sexo, o dia todo? Que eu quero que ele me conte sobre sua vida, sua família, que eu quero apenas ficar com ele porque, ultimamente, é quando eu estou mais feliz?

Soltando-me de seu abraço e forçando-o a se sentar em seu banco, eu trago a torta de maçã com canela em um prato, depois dou um pulo para me sentar no balcão da cozinha, diretamente diante dele. Usando meu colo como mesa, coloco meus pés descalços nas coxas dele e ergo uma colher para lhe dar a sobremesa.

– Onde você passou o seu vigésimo quinto aniversário? – pergunto, colocando um pouco da torta em sua boca.

Ele come cada colherada que lhe dou, e o ato não é tão sensual e lascivo quanto imaginei; é dez vezes mais. Por causa daqueles olhos. O modo como eles me observam alimentá-lo tal qual um predador aguardando o momento da refeição *de verdade*.

– Provavelmente bêbado. Nenhum lugar memorável. Você também trança seu cabelo quando cozinha? – pergunta ele com voz áspera, puxando o meu nó enquanto lhe dou outra colherada.

Algo intensamente íntimo surge entre nós. A cada segundo, ele está destrancando tanto meu coração quanto minha alma, e não há como parar a inundação de emoções me sobrepujando. Anseio, ternura, desejo, sofreguidão, necessidade, medo, felicidade.

– É para manter meu cabelo na cabeça, e não nos pratos – conto a ele.

– Ahh – diz ele, os olhos brilhando enquanto eu levo outra colherada de torta até sua boca.

Assistir enquanto a língua dele desliza ao redor da colher provoca todos os meus sentidos. Uma sensação escorregadia se espalha pelas minhas coxas enquanto observo como seus lábios se fecham sobre a colher, como ele saboreia, como ele me observa enquanto come sua torta, os olhos brilhantes, famintos e luminosos como um desgraçado que sabe que estou molhada e pronta para ele. Eu sinto como se ele estivesse me assando por dentro da mesma forma que o forno assou minha torta. Enquanto come o último pedaço, ele puxa a ponta da minha trança e passa-a debaixo do meu queixo, acariciando-me garganta abaixo, e então... para dentro do meu decote.

Uma onda instantânea de calor se acumula entre minhas pernas, a vagina se contraindo cobiçosamente para senti-lo dentro de mim outra vez. Por que tudo o que ele faz é tão sensual? Meu coração está disparado e meu cérebro grita: Toque-o! Beije-o! Monte nele e o sinta, mostre a ele que você o quer! Faça que ele a queira também, desse mesmo jeito! Faça-o querer FICAR!

No entanto, eu não me mexo porque também realmente anseio, realmente *preciso* que ele faça o primeiro movimento. Então salto do balcão e sussurro:

– Eu deveria limpar tudo.

Com um gemido baixo e inesperado, ele fecha a mão sobre a minha e força-a contra sua ereção – pulsando entre suas pernas e tão dura como jamais senti. Então, vira a cabeça e toma minha boca em um beijo rápido e inebriante com sabor de canela e maçã e dele.

– Princesa, eu estou assim há horas. Horas. Desde que embarquei na porcaria do avião a caminho daqui…

– Se você está assim há tanto tempo, então pode me dar dez minutos para ajeitar aqui para que eu não tenha mais nada a fazer pelo resto da noite a não ser *você* – sussurro, sedutora, e rio feliz quando ele me avisa, os olhos emanando uma volúpia crua e pesada:

– Cinco minutos.

– Não é uma corrida – retruco.

Em seguida, de propósito, em segredo, começo a me mover mais lentamente para atiçá-lo. Ele observa cada movimento meu, fazendo amor comigo com seus olhos enquanto eu começo a limpar o resto da mesa. Brincando, afasto a mão dele com um tapa quando ele tenta apalpar minha bunda. Ele ri enquanto eu levo os pratos para a pia, e não consigo sufocar o latejar em meu corpo, *implorando* pelos dedos dele, seus lábios, seus dentes, sua língua. Ele está duro há horas, mas não sabe que eu estou molhada e dolorida pelo mesmo tempo.

Ele me ajuda a levar o resto dos pratos para a pia e o gesto, junto com sua proximidade esmagadora, me mantém no limite. Quando ele termina de limpar a mesa, eu começo a lavar, nossos dedos se roçando, nossos corpos fazendo contato em tantos pontos, que cada um deles chia pelas minhas terminações nervosas.

Quando estou lavando o último prato, ele fica de pé atrás de mim, seu corpo um muro de tijolos, sua palma esfregando minha bunda quando ele começa a beijar minha nuca da maneira mais arrasadora.

– Eu me senti voltando para casa pela primeira vez em um longo tempo essa noite, Melanie – diz ele, e posso detectar a gratidão espessando sua voz.

– Nenhuma garota cozinhou para você antes?

Estou bem-humorada e me viro, rindo, mas quando olho nos olhos dele, meu divertimento evapora.

Há algo muito sério ali, e muito, muito terno.

Seu maxilar parece mais quadrado pela força de sua voracidade quando ele estende a mão para soltar o avental de minha nuca, deixando-o cair até minha cintura, desamarrando em seguida o nó nas minhas costas.

– Ninguém cozinhou para mim em treze anos – diz ele, tirando meu fôlego com o que vejo em seu olhar.

Fome, mas não do tipo físico. Fome por ser apoiado, aceito, compreendido.

Eu conheço essa sensação. É a mesma que eu sinto.

Observando-me como se eu fosse toda a aceitação de que sempre precisou, ele enlaça suas mãos nas minhas e me leva até o quarto.

Meu pulso troveja enquanto ele me guia, de costas, para lá, deixando seus dedos acompanharem o contorno do meu rosto. Quando ele me beija, seu beijo é tão aveludado que eu sinto que poderia voar. Seu corpo pressiona junto ao meu, enchendo-me de anseio. Fecho meus olhos quando ele enfia os dedos na minha trança e lentamente a desmancha. Balanço a cabeça e passo os dedos entre os cabelos, e ele afunda os dedos dele junto aos meus como se curioso com o jeito como eu faço. Volto a fechar os olhos e sinto como ele usa as mãos de modo desajeitado, mas muito carinhoso, para soltar todo o meu cabelo.

Você já quis que alguém olhasse para você e visse apenas o lado bom? É assim que eu sou com ele. Não quero que ele veja que sou uma bagunça por dentro às vezes. Estou tentando ser a namorada perfeita. E eu sei que ele está tentando ser o namorado perfeito também. Acho que não é justo. Eu quero que ele veja só o lado bom, mas quero vê-lo por inteiro. Até o lado ruim. Entre os beijos que trocamos, conversamos sobre lembranças de sua infância, seu tio chamado Eric, como todos eles caçavam o tempo todo em um rancho no Texas. Conversamos sobre minhas lições de balé enquanto eu crescia, minha vergonha quando caí no primeiro recital. Conversamos essa noite. Mas eu quero saber mais, cada peça do quebra-cabeças que é ele.

Ele não poupa palavras e me conta do que gosta a meu respeito e de quanto me quer. E eu ainda quero mais, mas nossos beijos estão ficando mais quentes, tão quentes que não consigo mais respirar direito. Ele tirou a camisa e agora está só de calça, enquanto meu avental já foi retirado por ele e estou apenas em meu vestidinho exíguo.

Eu sugo a argola no mamilo dele. Deus, como adoro esse mamilo enfeitado. O gemido que segue meu ato. Adoro como o outro mamilo se contrai em resposta quando eu o afago com as pontas dos dedos.

– Você tem uma cicatriz e ainda assim não consigo imaginar você sendo partido – sussurro, enquanto esfrego as mãos pelos vales de seu peito, dando atenção extra ao rasgo longo e áspero.

Eu dou muito valor a cicatrizes, de fato. À história que elas contam. Ao significado que carregam.

– Minha cicatriz – digo. Depois hesito antes de murmurar: – Sabe do que ela é? É porque eu precisei de um rim quando era mais nova.

Chocada com minha própria revelação, eu me afasto, protetoramente curvando os braços ao redor de mim mesma.

– Melanie, venha aqui – exige ele, uma centelha de uma emoção indefinível em seus olhos.

Eu dou um passo em sua direção. Ele desliza o vestido para baixo dos meus ombros, até minha cintura, e então para o chão.

Estou tão exposta...

Olho para os meus pés, sentindo-me ficar vermelha inesperadamente. Não estou usando calcinha e não cobri minha cicatriz.

Greyson emite um som lento e longo enquanto absorve minha nudez, e então agarra minha cintura em uma das mãos e me puxa mais para perto, sua voz baixa e entrecortada, rouca:

– Você, princesa, é simplesmente perfeita.

– Você percebe que eu nunca falei com ninguém sobre isso? – sussurro.

Ele acaricia a cicatriz em meu quadril, acompanhando seu contorno com o dedo.

– Eu vejo as pílulas que você toma para isso toda manhã.

– É para que o meu corpo não o rejeite. Mas, como ela era minha gêmea idêntica, minha dose é menor. Meu corpo... o aceitou quase como se ele fosse meu.

Impulsivamente, eu me inclino e pouso os lábios na marca mais profunda e recortada perto do final de suas costelas.

– Agora, pode me contar como você conseguiu essa?

– Foi há muito tempo. – Ele toca meu cabelo com uma das mãos. – Meu irmão... meu meio-irmão entrou numa briga. Tive que tirá-lo de lá e arranjei uma lembrancinha. Não é nada.

Arrasto meus lábios pela cicatriz em direção ao seu pescoço e àqueles tendões grossos de que eu gosto tanto, e do pomo de adão que faz sua voz troar do jeito que faz. Ele inclina minha cabeça pelo queixo e olha para mim, os olhos abrasadores descendo para meus peitos, meu abdômen, minha boceta perfeitamente depilada. A maneira como ele me olha, como se estivesse me fotografando em sua mente, envia uma corrente entontecedora pelo meu corpo.

– Eu quero estar em você, me perder em você.

A energia dele parece quente e errática como uma tempestade de verão quando ele me levanta e me carrega até a cama. Começa a me beijar no escuro, encaixando as mãos em minha cabeça e alimentando apenas a minha boca por minutos longos e intensos.

Então, começa a me tocar. Minha respiração some com cada aperto em meus mamilos. O encaixe de sua palma no meu sexo. Eu gemo com a pressão e o movimento de sua boca sobre a minha, e o acréscimo de seu polegar deslizando atrás de mim, me matando lentamente enquanto acaricia meu cuzinho.

– Ah, Deus, Grey – ofego quando sua mão livre desce por meu abdômen, mais para baixo, para baixo, enquanto sua língua possui a minha.

Separo minhas coxas com um suspiro e ele me abre em uma carícia, minha fenda escorregadia sob seus dedos, e de súbito tudo desapareceu. Minha dívida. Meus sonhos. Meu trabalho. Minha lista de afazeres. Tudo desapareceu, exceto a boca e as mãos de Greyson em mim, a gentil abrasão de sua barba por fazer contra meu maxilar. Sua respiração está tão acelerada quando a minha.

– Seu cheiro é tão gostoso quanto você.

O murmúrio áspero dele é quente contra a minha boca. Seu corpo trepida com poder incontido. Eu posso ver, mesmo no escuro, a beleza pura, crua e agressiva sob o verniz. Adoro o jeito como seus muros caem quando ele me fode. Como ele retira camadas de mim até que eu esteja vulnerável e trêmula. Como ele fica tão perdido no que faz quanto eu.

– Diga algo errado para provar que isso não está acontecendo – sussurro.

– Acho que não. Não sinto vontade de estragar essa noite, ainda não. – Sua voz rude ressoa com lascívia enquanto ele me fita, seus olhos ferozes, brilhantes. Esmagadores.

– Me fode com força. – Eu ofego por ar enquanto sua língua gira, molhada, sobre minha pele, e ele mergulha seu dedo médio em minhas dobras, atiçando, reunindo minha umidade.

– Molhada, apertada e pronta – sussurra, com um prazer indisfarçável, seu riso sombrio e rouco enquanto pressiona dois dedos dentro de mim.

A necessidade por ele aumenta e se contorce junto aos meus nervos, engancha-se em cada músculo. Meu coração bate furiosamente no peito quando ele suga um dos mamilos, e quando ele me penetra com os dedos ao mesmo tempo, na frente e atrás, eu grito.

Movimentos quentes de sucção me agitam enquanto eu rebolo os quadris em suas mãos, meus dedos se enterrando em seu cabelo enquanto meu corpo agarra seus dedos submersos, no terror de perdê-los.

– Diga que quer que eu te foda, por muito tempo, com força, e em todo lugar – diz ele, o rosto contorcido em uma máscara de prazer enquanto me observa.

– Eu quero, eu preciso que você me foda em todo lugar – peço. – Só você. Por favor.

– Aqui? – O rosto tenso de desejo, ele acaricia o anel exterior de meu ânus outra vez e coloca a ponta para dentro de novo.

Eu mordo o lábio para segurar outro grito de prazer.

– Greyson, eu quero isso com você. – Lambo os lábios enquanto meu corpo se contrai involuntariamente, um brilho de perspiração já cobrindo nossos corpos, tamanho é o nosso calor. – Você sabe o quanto eu quero isso com você.

– Isso vai nos deixar loucos, Melanie. Malucos. Você está pronta para enlouquecer comigo? – alerta ele, a língua roçando minha orelha.

Eu me derreto quando ele começa a arrastar a boca mais para baixo, sugando meus seios até eu me arquear e arfar, e então mais para baixo, deixando um rastro torcido e quente até meu umbigo e meu sexo desnudo.

– Primeiro eu quero saboreá-la até você estar à beira de explodir, princesa.

Ele suga meu clitóris para o interior de sua boca e eu gemo, delirante.

– Ah, Deus.

– Deus não pode te ajudar, meu bem, mas eu posso. – Ele sopra sobre meu clitóris do jeito mais sedutor. – Quero beijar essa boceta doce, saboreá-la, chupá-la. – Ele o pega delicadamente entre os dentes e então me suga de leve. Eu tenho fogo correndo nas veias quando ele abre as mãos em minhas coxas e separa os lábios da minha vagina para sua língua.

– Greyson... – grito, enquanto o prazer se espalha por minhas veias, meu corpo escancarado para seu beijo, minhas mãos se fechando em punhos nos lençóis.

Parece que, de alguma forma, Greyson está me recompensando porque eu cozinhei para ele. Mas também como se ele estivesse tomando posse de algo meu. Como se estivesse tomando posse de mim. De cada centímetro meu. Quando seu polegar me penetra *lá* outra vez, estou fora de mim, apenas gemendo e arfando e choramingando e implorando, meus quadris se agitando para cima e para baixo.

– Está pronta para isso, Melanie? – Os olhos dele estão dilatados, mas afiados, avaliando-me, analisando-me.

Eu fecho os olhos com força e digo:

– Sim, por favor!

Ele rosna, o som vibrando fundo em seu peito, e se abaixa. Sua língua se move rapidamente sobre meu clitóris, depois entra em meu sexo, sondando e entrando em mim. Meus sentidos se abrem como barragens. A ponta de seu dedo entra na minha bunda mais profundamente, estimulando nervinhos que eu nem sabia possuir.

O choque ressoa em meu corpo conforme ele brinca com meu cu, penetrando-me com o polegar enquanto usa sua outra mão para segurar meus quadris imóveis e controlar nosso ângulo, nossa proximidade, o modo como seus lábios dão prazer a meu sexo molhado e dolorido, cada tendão em meu corpo ansiando por ele como nada antes...

Ele.

Ele.

Ele.

Ele levanta a cabeça, seus lábios molhados de mim, e é a coisa viva mais linda que eu já vi.

– Eu quero te foder sem nada – ele murmura enquanto sustenta ferozmente meu olhar e desliza dois dedos para dentro de minha boceta, usando-os para me separar. – Sem camisinha. Só você e eu, Melanie.

Senti-lo em mim? Carne com carne? Sem nada entre nós?

Minha garganta dói enquanto ondas de lava me percorrem, e eu assinto com violência.

– Eu sempre pratiquei sexo seguro...

Vejo um lampejo de algo sombrio e doloroso nos olhos dele.

– Eu não sou seguro, princesa, mas estou limpo e quero você sem nada, assim que conseguir um exame para te provar isso. Alguma outra forma de anticoncepcionais interferiria nos seus remédios contra rejeição?

– Eu... não, Grey.

– Tem certeza?

A preocupação genuína em seus olhos só me faz precisar dele ainda mais.

– *Sim!* Meu médico uma vez mencionou que eu poderia usar uma pílula anticoncepcional com baixa dose de hormônios, se fosse necessário.

A expressão dele se enche de uma determinação brutal, como se o fato de fazermos isso fosse significar algum tipo de compromisso para nós. Sinto que ele precisa me possuir, me possuir ferozmente e de maneiras que nunca possuiu uma garota antes.

– Vem aqui – diz ele, segurando-me pelo cabelo. – Eu quero te beijar com força, mas te foder com mais força ainda. – Ele esmaga minha boca sob a sua e acrescenta, junto aos meus lábios: – Mas primeiro o mais importante.

Soluçando enquanto nossos corpos se esfregam um no outro naturalmente durante o beijo, deslizo minha mão sobre o rosto dele e enfio os dedos em seu cabelo macio e espesso, e ouço-me suspirar seu nome contra seu maxilar. Seu corpo trepida de energia incontida.

– Fale de novo.

– Greyson.

– Agora fique de quatro – diz ele em um murmúrio áspero.

Ah, meu Deus... está mesmo acontecendo.

Tremores varrem todo o meu corpo. Não há nenhum homem em quem eu confie mais para fazer isso. Nenhum homem com que eu realmente já tenha sentido vontade de fazer isso. E eu quero que ele tome toda parte minha, foda cada buraco em mim com seu pau, seus dedos, sua língua. Ele passa os dedos sobre minha fenda mais uma vez, testando minha boceta primeiro, arrastando a umidade até a junção das minhas nádegas.

– Quanto mais molhada você estiver, mais fácil será para eu penetrar.

– Estou com tanta vontade. Grey, o jeito como você me olhou enquanto eu estava te dando comida foi preliminar suficiente.

– Melanie, olha o que você faz comigo. – Ele esfrega a cabeça de sua enorme ereção entre minhas nádegas e as pressiona juntas para que eu sinta a fricção. Eu sinto cada latejar de seu pau comprido, sinto como ele está duro e pulsando. Ele usa a cabeça intumescida para espalhar a umidade da minha boceta até meu cu e me provoca com ela. Estou tremendo sobre meus joelhos e cotovelos. *Tremendo.*

– Greyson... – gemo.

A antecipação está me matando, a sensação dele tão perto, mas tão longe. O cheiro dele me deixa tonta, enquanto meus olhos não podem vê-lo e se sentem famintos.

– Sshhh, meu bem, eu quero isso mais do que você – diz ele com suavidade atrás de mim, enquanto desliza uma das mãos pela minha coluna, acariciando cada depressão ali. – Eu fantasio com isso. Fantasio em fazer isso com você. Para você.

Ouço o som de um pacote de camisinha sendo aberto e lambo os lábios, encarando a parede à minha frente com olhos borrados, meu corpo latejando pelo dele, minha vagina pulsando, ciumenta.

– Vai me machucar? – Minha respiração é rápida e superficial quando ele pressiona a cabeça de leve na roseta da minha bunda.

– Talvez... – ele provoca. Então, trilha seus dedos longos pela minha coluna de novo antes de agarrar um punhado do meu cabelo e puxar minha cabeça para trás para sussurra em meu ouvido: – Ou talvez não. Com você e eu, não há nada fixo. Nenhuma regra. Apenas o que queremos. E eu quero cada milímetro seu. Quero o que você não deu a ninguém. Essa foda é minha.

Ele aperta meus seios, beliscando as pontas sensíveis dos meus mamilos. Flechas de prazer me atingem ao mesmo tempo na vagina e no lugar em que eu quero que ele penetre, apertando-se em resposta.

– Me coma, Grey – ofego.

Seu murmúrio de resposta parece uma carícia para mim.

– Pode apostar sua bunda que vou te comer, princesa. Você não provoca um homem dizendo que quer um pau grosso e grande em seu cuzinho gostoso e apertado sem levar o que pediu. Agora relaxe, estou te lubrificando.

Eu mio enquanto ele pressiona o dedo dentro de mim, e então... algo mais grosso, muito maior, muito mais duro. Deliciosamente úmido e empurrando para dentro de mim.

– Empurre de volta contra mim, isso mesmo, *porra, isso é gostoso, princesa* – ele elogia suavemente enquanto avança, centímetro a centímetro, descendo a mão pelo meu abdômen para acariciar minha boceta.

– Ah, meu Deus, Grey! – grito, me viro e mordo meu próprio braço, gemendo enquanto ele me estica tanto que é quase doloroso, mas dá prazer demais para ser doloroso, e eu gosto demais, o modo como ele vai devagar, o modo como ele afaga meu sexo intumescido para me deixar molhada e pronta, o modo como ele se inclina e começa a arranhar minha nuca com os dentes, primitivo, como um lobisomem querendo me morder.

Eu nunca me senti tão cheia, tão excitada, ou tão emocionalmente vulnerável. Estou arquejando para conseguir expulsar as palavras...

– Por favor, Greyson. Se mexe. Me fode.

Ele agarra meus quadris e recua, e diz algo que dispara um novo calor como um raio pelo meu corpo.

– Como queira.

Como queira.

Meu filme favorito, e ele sabe disso.

As palavras, naquele filme, significam tanto quando Westley as murmura. Ele as murmura agora enquanto eu lhe dou minha única fantasia.

Quando ele começa um ritmo lento e cuidadoso, estou emocionalmente relaxada e fisicamente desmontando. Lágrimas escorrem pelo meu rosto, de prazer, felicidade, e pela completa inundação de sensações com que ele me preenche.

Há uma batida na porta e meu corpo se contrai e estremece em reação, tremendo e esperando enquanto me mantenho totalmente imóvel. Ele mantém seu ritmo e continua arremetendo, pulsando em mim enquanto permanece lá dentro, entrando e saindo com uma facilidade maior a cada vez. Suas mãos tremem nos meus quadris, e eu posso sentir nossos corpos se esforçando, nossas respirações saindo em golfadas de nossos pulmões.

– Ei, Romeu, será que pode atender a porcaria do seu telefone?

Seja lá quem for que esteja gritando do outro lado da porta, está gritando BEM ALTO.

Greyson geme suavemente, mas não para, e meu pulso troveja nas veias, meu coração à beira de estourar. *Ah, Deus, por favor, não agora.*

– Ei, ROMEU!

Greyson esfrega minha boceta, respirando forte em meu ouvido, sussurrando:

– Não vou atender Derek até você gozar. Não vou sair de você até você se contorcer e rebolar, agora mesmo, em um orgasmo. Agora, o que você diz para mim quando eu te mando gozar, Melanie?

Eu gemo enquanto sua voz sexy escorre pelo meu corpo, o prazer tão absoluto que não consigo respirar, pensar, apenas me sentir possuída e fodida e cheia e dele.

– Não sei – gemo.

– O que você diz para mim, princesa?

Ele move os quadris de novo, gentilmente, enquanto acaricia meu clitóris em círculos deliciosos com dois dedos. Eu soluço *como queira* e, quando viro minha cabeça e ele beija minha boca, devagar e inebriante, eu gozo, mais forte do que jamais gozei, cada pedaço de mim se esvaindo, corpo, mente, alma, coração, chorando com suavidade enquanto o sinto jorrar poderosamente dentro de mim. Ele aperta um braço ao redor da minha cintura e me prende a seu corpo, exalando com força enquanto goza comigo.

Quando acaba, nós não nos mexemos.

O travesseiro está molhado e eu estou soluçando em silêncio. Greyson pulsa, vivo, dentro de mim, e eu não quero perdê-lo. Ainda em mim. Latejando da maneira mais deliciosa. Ainda duro, de alguma forma. Eu gemo quando ele se retira e rola, deitando-se de costas, estendendo a mão para o meu rosto, procurando ali qualquer sinal de desconforto.

– Essas lágrimas. Boas ou más? Boas ou más, meu bem?

– Boas – grasno, esfregando a bochecha em sua mão até secá-la. – Foi bom para você também?

– Deus, bom nem é a palavra para isso – diz ele com ternura, quando toma o resto de minhas lágrimas com seus lábios, os olhos líquidos enquanto beija meu nariz, minha boca, em um tipo de gratidão masculina pelo que acabo de permitir que ele me fizesse. Pelo que nós fizemos juntos.

Estou tremendo um pouco e ele murmura:

– Fique aqui, princesa. – Ele se levanta para se livrar da camisinha e se limpar, depois retorna e me puxa contra si, colocando meu cabelo atrás das orelhas, seu corpo grande aninhando o meu. – Foi como você imaginou que seria?

Meu peito está tão cheio que tenho certeza de que vou explodir.

– Nunca, nem nos meus sonhos mais loucos, eu poderia ter imaginado um cara como você ou a maneira como você me faz sentir.

– Princesa, o tipo de merda que rola entre a gente não é normal. – Os lábios dele se espremem, severos, por um momento, seus olhos se escurecendo. – Às vezes não gosto do jeito como você invade meus pensamentos, Melanie. No segmento em que trabalho, distrações não são bem-vindas.

– É isso o que eu sou?

– Uma distração? Você é a porra da minha *obsessão*. Nem mesmo é uma fantasia mais. Você vai ser a causa da minha morte, princesa, e eu já não dou a mínima. Só não quero ser a causa da sua morte.

Olhos cintilantes e ferozes sustentam os meus enquanto eu digiro suas palavras.

Alguém volta a bater na porta.

– Ei, CHEFE! Código 104. Repito, um-zero-quatro!

Ele trava o maxilar quando parece reconhecer o que isso significa, em seguida fica de pé com um rosnado violento e esmurra a parede.

Eu engulo seco e rolo até ficar de costas, meu peito subindo e descendo com rapidez enquanto tento me recuperar.

– É o Derek? Ele está bêbado?

Greyson apanha suas roupas e, dessa vez, grita de frustração enquanto soca o punho na parede conforme passa.

Ele sai do banheiro e desliza para dentro de suas calças e uma camisa branca limpa, mas não se incomoda em abotoá-la quando vai até a porta. Ele bate a porta ao passar e eu fico ali, deitada, tremendo e respirando forte.

O que fizemos foi...

Ah, Deus.

Eu salto da cama e vou até o banheiro, me limpo, jogo um pouco de água no rosto e visto algo velho e confortável. Uma camiseta que sempre pego nos meus piores dias.

Parece que meu sexto sentido está certo.

Grey volta e agarra minha testa e deposita um beijo rápido ali, depois me olha com seus líquidos olhos amendoados, cálido e pesaroso, enquanto beija minhas pálpebras.

– Vá dormir, eu voltarei assim que possível. Derek vai estar aqui, caso você precise de alguma coisa. Ele vai te levar a qualquer lugar, ficar de olho em você por mim.

Acho que faço um gesto neutro com a cabeça, mas, quando ele sai, grito em meu travesseiro por nossa noite arruinada.

Não sinto fome, porém, como quando estou ansiosa, por isso me sirvo de um pouco de cereais e então assisto à TV enquanto tento acalmar meus sentidos em disparada. Reorganizo minhas gavetas. Até paro e fecho as travas de todas as minhas janelas e portas quando o medo familiar começa a surgir. Já é tarde, e pego no sono em minha cama, esperando ele voltar.

Entretanto, de manhã Greyson me liga para dizer que tem coisas a resolver e que não vai voltar tão cedo.

* * *

Pandora está se divertindo com isso; eu já deveria saber que não podia reclamar no escritório.

– Ele parte em uma emergência não especificada – ela está me dizendo enquanto caminhamos para o trabalho com nossos Starbucks –, e te dá diamantes, tipo, no segundo encontro. Quem é que faz isso? Caras com amantes, eles que fazem isso. Caras que não podem desfilar com suas namoradas livremente pela cidade porque suas esposas vão descobrir.

– Uau, você é amarga, garota.

– Imagine se ele tiver! Você acaba de fazer anal com o cara.

– Eu não mudaria isso por nada, *nada*. – Tomo meu café e está tão quente que eu quase queimo os lábios, e preciso soprar pelo vão da tampa. – Olha, ele foi convocado, mas vai voltar. Eu sei que vai.

– Quando? Seu aniversário é *nesse* final de semana.

– E daí? Ele se importou com meu aniversário quando... – Minha voz cai e eu sussurro: – Ele é *o Cara*. Ele é *tão* o Cara que, quando estou com ele, sinto vontade de beliscar meu próprio braço para ver se é real. E ainda assim, esse tempo todo, Pandora, nem *uma* vez você ficou feliz por mim. Por quê? Por que você está sendo tão estraga-prazer, porra?

Pandora para no meio da calçada e apenas me encara, boquiaberta.

O que me força a voltar e me plantar ao lado dela para explicar.

– Você falou tudo o que podia pensar de ruim e mais um pouco – eu a relembro. – Você quer que eu converse com você e quer ser encorajadora, mas adivinha? Tudo o que consegue é não me dar vontade de te contar nada, porque você me julga, e julga duramente, Pandora. Ninguém gosta de ficar perto de gente como você.

Ela pisca, depois fecha a cara e recomeça a caminhar, seu rosto cabisbaixo e sua voz pesarosa.

– Sinto muito por não ser a Brooke.

– Eu não quero que você seja a Brooke, eu quero que você fique feliz por mim – esclareço. – Ou, pelo menos, um pouco menos má!

– Mentira, você quer que eu seja a Brooke, e adivinha só? – Ela para e agarra meu braço, de forma que eu preciso parar com ela, olhando para mim com olhos que cintilam ferozmente de determinação. – Sinto muito por não poder ser como a sua melhor amiga da vida toda, mas ela se foi, Mel, porra. Então mande-lhe mensagens de texto o quanto quiser e espere duas horas para ela responder, porque está ocupada demais com um homem de verdade e um bebê de verdade e uma vida de verdade! Eu sou a única amiga verdadeira que você tem nesse momento e estou tentando cuidar de você.

– Obrigada por cuidar de mim, mas o que você diz *me magoa* e você nem percebe. Fere meu otimismo. Fode toda a esperança que eu tenho para nós, para ele e eu. Você sabia que eu me sinto horrível toda segunda-feira quando ele vai embora? Sabia? Eu tenho essa estranha paranoia de que nunca mais vou tornar a vê-lo e toda segunda-feira no escritório você só me faz sentir pior. Como se eu fosse alguém por quem não vale a pena voltar.

Espero que ela responda, mas ela não responde, então eu prossigo:

– Eu entendo do que você está tentando me proteger, mas é tarde demais, Pan. Eu já estou *me apaixon...*

– Merda, não diga isso! Não. Se. Apaixone.

Eu enfio os dedos pelo cabelo, quase puxando-os pela raiz.

– Deus, por favor, pela sua própria saúde, me diga o nome do cara que te deixou desse jeito! – imploro a ela.

Ela hesita, olhando para a calçada de cara feia por um momento.

– Procure-o no Guinness dos Recordes, na página do Maior CUZÃO do Mundo – resmunga ela.

– Só me diga o nome dele para podermos ir fazer um boneco vodu ou algo assim! – grito.

Ela geme e agarra seu estômago.

– Não posso. Não posso dizer o nome dele.

– *Por quê?*

– Porque está em toda merda de lugar, e isso me deixa doida. Doida! Eu não vou falar. Nunca.

– Pan – digo baixinho, mas ela balança a cabeça.

– Olha, eu sinto muito por estragar suas fantasias, mas estou sendo realista aqui e você está indo a mil quilômetros por hora, Melanie. Você conhece o cara, ganha joias. Ele te diz que o motorista dele está aqui para qualquer coisa de que você precise e o cara está te seguindo... – Ela gesticula para indicar Derek, claramente dirigindo em volta do quarteirão. – Você tem sexo maravilhoso e pervertido e daí ele desaparece. E você não questiona isso? Aceita mansamente por um telefonema? Onde está a Melanie que eu conheço? A Melanie que eu conheço tem fogo no rabo e não aceita ordens de um cara que acabou de conhecer. Seu aniversário é daqui a dois dias. Pela primeira vez na sua vida, você não tem nada planejado. Você precisa celebrar. Ponto final.

– Estou poupando este ano, está bem? No ano que vem vou arrebentar a boca do balão, mas não neste, então me deixe.

Nós duas ficamos silenciosas e taciturnas enquanto subimos pelo elevador e nos dirigimos às nossas mesas, e é então que Pandora me informa em sua voz tipicamente sem entonação:

– Dê uma olhada nas suas mensagens. Sua melhor amiga não está contente por não haver nenhuma celebração. Acabamos de receber passagens.

– O quê?

Confusa, pego meu telefone e vejo a mensagem de Brooke.

`Mel! Venha para Denver! É seu aniversário de 25 anos, eu quero te ver, e Pete já cuidou de passagens para você e P.`

Eu ofego, depois pisco três vezes e viro minha cadeira até olhar para Pandora. Ela está dando um meio sorriso, o mais perto que ela chega de sorrir.

– Brooke nos arrumou passagens! PASSAGENS DE AVIÃO! Nós vamos ver a Brooke! – grito.

– É – diz Pandora, assentindo sem parar.

Sorrindo, eu mando uma mensagem para Brooke:

`Puuuta meeeerda! Obrigada! Sinto tanta saudade sua!`

Brooke: `Eu sinto saudade da minha melhor amiga e a Pandora me disse que você está com problemas com um cara.`

Eu: `Tipo ☹. Eu só estou terrivelmente confusa e terrivelmente apegada a ele e preocupada que ele não esteja. Preciso da minha melhor amiga! Mal posso esperar pra te ver.`

Eu guardo meu telefone e sorrio para Pandora.

– É, eu sei, você me ama pra caralho – ela resmunga.

– Bom, eu amo – digo. – Amo tanto você e Brooke! Vamos assistir a uma luta?

– É claro, tonta! Quem você acha que pagou por nossas passagens?

Sorrindo ao ouvir aquilo, eu me volto para meu computador e distraidamente afago meu colar de diamantes. De repente, a sensação dos diamantes de Greyson sob meus dedos faz meu coração se contrair com uma nova dor. Uma esperança nova e louca me rasga por dentro enquanto suas palavras voltam para me provocar e torturar.

Melanie, quando estiver esperando eu ligar, olhe para essas pedras e saiba com certeza que aquele telefone irá tocar.

DEZESSETE

MAIS

GREYSON

Fervendo por dentro, olho por cima do meu ombro para meu meio--irmão Wyatt.

Eu nem deveria estar aqui. Tenho coisas melhores a fazer do que ser babá dele, e a ideia de que acabei dirigindo pela cidade por 24 horas com C.C., procurando pelo meu irmão "perdido" em vez de passar o fim de semana em Seattle, me dá vontade de bater em alguma coisa.

Pisando no freio, estaciono o utilitário, me viro e enfio uma porrada na cara de Wyatt.

– Ai! – grita ele.

Em seguida, eu saio e dou a volta para retirá-lo do carro e empurrá--lo na direção do antigo bar transformado em galpão onde as lutas do Underground vão acontecer essa noite.

– Você não pode andar com nossos lutadores, muito menos com aquele filho da puta desajustado do Scorpion – rosno, enquanto C.C. desce do banco do passageiro e nos acompanha. – Não existe isso de amizade entre eles e nós, apenas negócios. Você me entendeu, Wyatt?

– Eu entendi que você é a porra de um filho da mãe, Grey – diz ele, limpando sangue do nariz.

– Não estou administrando uma escolinha aqui. Ou você pega o ritmo das coisas, ou sai do meu andar. C.C. não vai mais pagar sua fiança, nem eu. Tenho coisas a fazer.

– É, por que a gente não conversa um pouquinho sobre o motivo para você estar mais mal-humorado que uma mina na porra da TPM? – Ele sorri. – E daí, qual é o nome dela, hein?

Eu o agarro pela camisa e o levanto para nossos olhos ficarem no mesmo nível, com minha paciência no limite.

– Você não pode bater no filho do chefe de polícia por causa da merda de uma *briga de galo*! Ele estava bêbado, você também, e o Scorpion estava fora de si de tão chapado. Temos coisas muito maiores acontecendo aqui, Wyatt, e você vai acabar expondo todos nós.

Eu o solto e abro a porta com um empurrão enquanto Wyatt entra pisando duro.

– Aquelas porras de galos nem eram meus, eu só estava ajudando a prender as esporas de lâminas.

– Isso é doentio, Wyatt – diz C.C. enquanto entramos.

– Ninguém está nem aí para o que você pensa – dispara Wyatt.

Olho para meu meio-irmão. Machucado. Temerário. Descuidado. Se não fosse por C.C. pagando sua fiança durante os anos que passei longe, Wyatt estaria morto ou na cadeia.

– Estou de saco tão cheio de você tentando se provar para ele – digo, dando um empurrão furioso. – Agora entre e vá trabalhar, antes que nosso pai descubra sobre isso.

– Você não vai contar?

Eu travo meu maxilar e balanço a cabeça em um silêncio raivoso. Deus sabe que eu devia. Eu deveria contar. Mas assistir ao tipo de punição que meu pai executaria sobre ele não me daria prazer algum.

– Não conte ao Grande E. também, o desgraçado me odeia. Diabos, não sei por que, já que foi você que arrancou a porcaria do olho dele.

Nós o observamos partir, ainda furioso, e C.C. olha para mim.

– Sinto muito por ter telefonado. Achei que ele precisava ouvir esse ultimato de você ou do E. Mas o E. está com as mãos cheias com seu pai do jeito que está.

Eu guardo o dinheiro dos meus últimos dois alvos nos registros de contabilidade no cofre, pronto para sair dali e trabalhar em alguns dos meus últimos alvos.

Preciso acabar com o serviço, e para ontem.

Do lado de fora do longo saguão em que estamos, o guincho de andaimes sendo arrastados se mistura com o barulho de homens trabalhando para preparar o espaço. A temporada de lutas do Underground começou. Duas ou três lutas por semana, cada semana um lugar diferente. Antes de meu voo para Portland, lar do último de meus alvos, eu checo a equipe.

Wyatt está supervisionando as câmeras enquanto meia dúzia de homens monta o ringue de luta.

Através dos monitores, vejo que Leon está ajudando a garantir que as bilheterias estejam preparadas.

Também posso ver Zedd no exterior, junto à entrada, garantindo que as portas de saída funcionem.

Harley está comendo pizza.

A voz de Thomas é audível na outra ponta do saguão, junto com algumas vozes femininas de algumas groupies, suponho.

Em uma das maiores salas, meu pai se senta em silêncio, todos os equipamentos médicos o cercando. Pauso quando passo ali. Uma enfermeira o alimenta, e ele parece mais magro. Uma pontada de remorso me atinge quando me pergunto se esse homem – um sujeito que já vi torturar e matar, mas que também me protege – está mesmo morrendo. Fico perto da porta e Eric se levanta. Ele tem estado ao lado de meu pai há dias, e parece abatido.

– Não esperava você por aqui.

– Como ele está?

Por que eu pergunto, porra?

Por que eu me importo, porra?

– Fraco. Mas ainda resistindo. Ele realmente quer ver você bem-sucedido – diz Eric.

Eu sinto os músculos de meu maxilar se apertarem com aquilo, porque não quero o Underground, quero a localização da minha mãe. Mas caminho até ele e digo, surpreso pela porcaria da compaixão em minha voz, compaixão que ele certamente não me ensinou:

– Estou quase terminando, Pai. Só mais quatro e você vai ter todos os nomes e o que te devem. E estou esperando ouvir notícias da minha mãe, principalmente.

Ele sorri debilmente.

– Esse lugar era o seu lar. Nós vivemos como ciganos, mas era o seu lar. Meu sonho é que você me mostre... que é homem o bastante para torná-lo seu. Bem ou mal. Você me mostrou que é meu filho... mas também é o filho da sua mãe, não é? O que explica por que Wyatt não consegue. Só você.

Mais uma vez, eu vejo o respeito nos olhos dele, e aperto meus molares.

– Bem ou mal, você vai ter cada nome nessa lista riscado – juro.

* * *

Brigas de galo, andar com um de nossos lutadores mais infames e sujos, um que convence Wyatt a bater no filho de um chefe de polícia? Eu não gosto desse lado de Wyatt.

Meu irmão ainda está me olhando de cara feia. Acho que nunca vamos nos dar bem. Quando eu embarquei nessa, ele era mais novo e tinha sido o brinquedinho do meu pai até ele decidir que era mais divertido brincar comigo. Se eu permitisse a ele me quebrar, talvez ele tivesse me deixado em paz. Quando eu não permiti, porém, ele ficou obcecado. Wyatt não sabe a sorte que tem – ele não entende.

– Tina passou por aqui – ele resmunga. – Ela tem algo para você, mas se recusou a deixar comigo.

– Eu entrarei em contato, mas não posso fazer isso agora. Faça-me um favor e seja útil. – Eu quero ele lá fora, fazendo alguma coisa, não aqui dentro remoendo, guardando rancor. – Agende para mim uma reunião com ela neste fim de semana para que ela possa entregar o que eu preciso.

Ele me encara, expressão fechada, e assente.

Eu roubo um pedaço de pizza fria de Harley e o devoro enquanto me certifico de que Wyatt anote o que eu pedi.

– Certo, obrigado – digo, dando um tapinha em suas costas. – Coloque um pouco de gelo aí. – Indico seu nariz.

– Vai se foder.

– Tudo bem, Wyatt, faça como quiser.

Eu calço minhas luvas e me dirijo ao aeroporto.

Um voo depois, exatamente quando o sol está prestes a começar a se pôr, eu entro em um táxi enquanto olho para a rua sem reparar em nada, imaginando como vai minha princesa. De súbito, vejo uma imagem de minha mãe sendo levada, o rosto de Melanie no lugar do dela, e um novo tipo de fúria ferve em mim. Preciso voltar. Preciso terminar meus alvos e voltar, e logo. Derek é bom – ele pode proteger Melanie. Mas ele não é *eu*. Agora Wyatt está perguntando por que diabos estou tão agitado – e qual é o nome dela. Em breve, ele vai descobrir. Todos eles vão descobrir.

Eu retiro dois de meus fones, acrescento o número dela ao aparelho pré-pago mais recente e, antes de desabilitar o antigo, envio uma mensagem para ela.

`Peguei um número novo. Te ligo às 9 horas.`

Desabilitando o celular antigo, envio uma mensagem para Derek com um código numérico do novo para que ele saiba que sou eu. Ele responde com outro número. Outro código que diz que está tudo bem e Melanie está no trabalho.

Quando o táxi me deixa em meu ponto, eu desço, puxo o capuz preto sobre a cabeça, mantenho os óculos aviador presos ao meu colarinho e entro no prédio de escritórios. Harley e Wyatt são hackers de mão cheia. Eles me colocaram na lista de compromissos do meu alvo sob o nome de um de seus conhecidos. Os alvos? Eles odeiam quando você está em casas e escritórios deles. Sentem-se vulneráveis e ameaçados quando um homem como você invade o espaço deles.

E é isso o que você precisa fazer: deixá-los sentindo-se inseguros. Como se não houvesse lugar nenhum para se esconder de você. Nenhuma forma de fugir de você, por causa da porra do dinheiro que eles devem.

Eu murmuro meu nome falso para a recepcionista, recebo um crachá e coloco meus óculos enquanto subo. Estou ciente das câmeras de segurança em todo o lugar. Estou de luvas, calçando tênis novos, roupas limpas, meu corpo esfregado até secar, meu cabelo protegido sob o capuz; nenhum traço, sou como um fantasma. A chave é manter minha cabeça baixa para que nenhuma câmera possa ver meu rosto.

Saindo do elevador, repito o nome para a secretária do décimo andar. Quando entro no suntuoso escritório de meu alvo, ele está sorrindo atrás do computador, pensando que sou um jovem colega de faculdade de seu filho que veio discutir um estágio.

Ele ergue a cabeça e fica de pé.

– Daniel – explode de alegria, estendendo os braços.

Minha mão se curva ao redor da minha SIG.

– Desculpe, Daniel não pôde vir. Nem tente. – Estou com minha arma apontada diretamente para seu crânio. – Confie em mim, velho. Você não quer morrer por causa disso.

O rosto empalidecendo de leve, ele lentamente move a mão que tinha começado a descer sob a mesa de volta para a lateral.

– Quem diabos é você?

– Sente-se, relaxe – digo ao sujeito.

Ele se senta atrás da mesa, as costas rígidas como uma tábua, e eu me espalho confortavelmente diante dele em uma das cadeiras de frente para a mesa, minha arma apoiada no joelho e mirando diretamente seu coração.

– Quem é *você*? – pergunta ele, com uma combinação de horror e medo.

– Ninguém com quem deva se preocupar. Mas isso aqui? – Eu puxo uma cópia de um papel com a assinatura dele e deslizo-a pela superfície da mesa. – Isso é o motivo de eu estar aqui. É um papel que meus contratantes possuem. Um papel em que você promete a eles, e a mim, um monte de dinheiro. Duzentos mil, para ser exato. Hoje, estou cobrando. Você teve dois meses de avisos, então espero que esteja finalmente preparado para pagar.

O cara fica mudo.

Ele também não faz nenhum movimento rápido para pagar.

Suspirando, mostro uma de minhas câmeras de vídeo.

– *Ou*, caso prefira, eu também poderia tornar público esse videozinho. – Retiro o chip de uma câmera escondida em uma caneta e reproduzo para ele um vídeo dele sendo inequivocamente chupado por alguém que eu sei, com certeza, não ser sua jovem esposa. – Você está no terceiro casamento, correto? Acredito que sua terceira esposa tenha ficado esperta e feito um acordo pré-nupcial, não foi?

As imagens continuam rodando, para completo e total horror do homem.

Ele coloca as mãos na cabeça, gemendo.

Eu removo o cartão de memória e o jogo sobre o tampo da mesa.

– Aqui. Pode ficar com isso. Eu tenho minha própria cópia.

Ele puxa seu talão de cheques, escreve a soma e o entrega com uma mão trêmula.

– Se você permitir que mais alguém veja isso, estou arruinado. Está me ouvindo? Arruinado – sussurra ele, o suor brotando em sua testa.

Eu pego o cheque.

– Meu interesse não é arruiná-lo. Nós gostamos de fazer negócios com você. Mas se alguém me seguir, se alguma palavra vazar sobre mim e você... Esse vídeo vai ao ar, com ou sem cheque.

Um silêncio sombrio me segue até o lado de fora e o elevador. Eles não entendem. Esses caras ricos não entendem. Eles acham que são intocáveis, que serão poupados por causa de seus nomes. De quem eles conhecem.

Eles não entendem que o Underground vence. O Underground sempre vence.

* * *

Dou entrada em um motel barato sob outro nome falso. Amanhã eu pego outro voo, outro alvo, e então quase terminei.

Merda, estou exausto. Meus músculos estão cansados, meu pescoço, duro. Eu largo minha mochila junto à cama, enfio minha arma debaixo do travesseiro, empurro as facas debaixo do colchão, e então deito de costas e expiro enquanto encaro o teto.

Penso em como ela cozinhou para mim.

Como ela se entregou para mim.

Como meu corpo se avolumou dentro do dela e ela instintivamente empurrou de volta, buscando mais de mim.

E então – a porra do jeito como eu tive que *partir*, como se eu tivesse levado um soco e minha garota suportasse o pior dele.

Minha vida tem sido o Underground. O Underground como vida e também como um meio de encontrar minha mãe. Eu me misturei a ela como aquilo que é escuro se mistura às sombras. Ninguém precisa me dizer – a *mim*, o rei da porra do Underground – que o *Underground* não foi feito para princesinhas animadas. Eu. SEI. Cacete.

Cristo, mas eu a quero comigo.

Tenho cobiçado essa garota por meses, mas não é a cobiça que me faz continuar voltando para ela. Em algum lugar das minhas entranhas, eu sempre soube que ela tinha nascido para mim. Em algum lugar, talvez muito tempo antes de eu nascer e antes mesmo de eu matar, antes de a minha alma estar suja e quebrada, eu recebi esse anjo e apostaria tudo o que sou no fato de que ela me foi dada para que eu possa protegê-la. Ela foi feita para mim, e eu, para ela. Não tive namoradas em minha vida, nem mesmo interesse em arranjar uma. Só trepadas. Só putas. Só casos de bar. Nada que durasse mais do que as poucas horas que eu levava para acabar com elas. Como se uma parte de mim soubesse e eu estivesse apenas matando o tempo na espera de essa única garota olhar para mim sob a chuva com aqueles olhos – e que, naquele momento, nada mais importaria sequer uma fração do que ela importa.

Faltam dois minutos para as nove e, apesar de eu gostar de ser exato, antes que me dê conta estou pegando meu novo telefone e teclando seu número. Um toque, dois, e ela atende, sem fôlego. Meu estômago se rasga quando ouço sua voz.

– Alô? – ela diz.

– Nunca atenda um telefonema de um número desconhecido, a menos que eu te avise antes.

Posso ouvir o riso na voz dela, debaixo da censura, é claro.

– Então não me ligue de um número desconhecido, seu panaca.

Eu rio.

– Estava na hora de uma troca de aparelho.

– Por quê? Você não tem o suficiente?

Eu fecho os olhos, relaxando os músculos pela primeira vez em dias. Deus, ela é especial. Feita especificamente para mim.

Nós fomos criados de maneiras diferentes, mas não importa. Ela foi ensinada a participar de brincadeiras, enquanto eu fui ensinado a brincar com coisas.

E, ainda assim, aqui estamos nós. Estou obcecado por ela, e ela com certeza não está muito distante disso. Agora está por minha conta levar esse relacionamento a um degrau acima. Está por minha conta confiar o bastante nela e respeitá-la o bastante para permitir que saiba que não sou um homem normal. Mas. Que. Merda.

Você não quer fazer isso de verdade, King. Conte-lhe a verdade a seu respeito e vai estar ACABADO permanentemente.

Não. Inferno, não vou permitir que acabe.

– Então. Você me ligou só para me ouvir respirando? – cutuca ela.

– Não, não é só isso. – Da última vez que ouvi sua voz, ela cozinhou para mim, depois se entregou a mim de uma forma que nunca havia feito com outro cara. Ela me deu as boas-vindas em casa, bagunçou meu cabelo, sorriu para mim, me quis, me deu coisas que nunca sonhei que queria e agora estou faminto como um cão raivoso por elas. – Está com raiva porque eu não liguei? – pergunto, rouco, abaixando a minha voz caso tenha que dar algumas explicações.

– Eu mal notei!

– Então você *está* com raiva. Princesa, eu não queria te deixar, não daquele jeito. – Falo ainda mais baixo enquanto uma tonelada de remorso aperta meu peito. Olho pela janela do motel encardido e penso no meu novo apartamento em Seattle. Desejo-o demais. Quero minha cama com os lençóis de mil dólares e a garota de um milhão aninhada junto a mim. – Querida, *fale* – ouço-me pedindo.

– Para quê?

– Só fale. – Expirando, pressiono o receptor mais para perto e me agarro à sua voz. Toda a luz do sol nela. O modo como aperta meu coração, minhas entranhas e minhas bolas, tudo de um golpe só. O jeito como preciso dela para me lembrar que o que fiz hoje era só um serviço. Um papel. Um ato. Não tudo de mim. Ela é a única que pode ver tudo de mim.

– Eu não sei o que dizer – ela finalmente murmura. – Quero saber por que você saiu, como você está.

O tom dela fica mais gentil de uma maneira que faz todo o anseio em mim espiralar para fora como um furacão. Eu exalo pelas narinas, tentando manter o sangue em meu corpo longe do meu pau já endurecendo.

– Eu tinha um trabalho a fazer, mas agora estou bem – explico. – Vamos lá, princesa, *fale comigo.*

– Tudo bem, então. Estou deitada na cama de calcinha e sutiã.

Meu cérebro quase explode. Assim ela me fode. Meu coração martela contra minhas costelas e meu pau lateja nos jeans. Instantaneamente, eu a visualizo: deitada na cama, seus quadris abraçados por aquela calcinha, os olhos semicerrados; de repente, estou naquela cama, junto com ela, e estou segurando sua trança para mantê-la imóvel enquanto fodo sua boca doce e quente com a minha.

– Não é por isso que você me ligou? Não está com tesão? – pergunta ela, quando eu não respondo.

Jogo a cabeça para trás e gargalho com vontade. Eu rio mais com ela em meses do que nos anos em que estive sozinho.

– Princesa, estou com tesão com qualquer coisa que tenha a ver com você, mas não foi por isso que eu liguei.

– Ah. Então por quê?

Eu continuo imaginando-a naquela cama. É. Comigo bem ali, juntinho dela.

– Já está de trança? – Eu preciso saber. Ainda não consigo saber como ela pode segurar tantos fios de cabelo e torcê-los perfeitamente juntos, sedosos, dourados e lindos, quando eles caem naquela trança contra seu pescoço esguio e branco.

– Estou, sim.

– Está mordendo seu lábio?

Ela ri suavemente.

– Sim.

Eu sorrio em uma delícia lupina.

– Eu quero sugar esse lábio, querida, mas o que mais quero nesse momento é estar aí, te beijando para cacete, e te foder sem camisinha. Você gostaria disso?

– Sim, por favor. Um Greyson sem borracha, e pode fazer para viagem?

Meu peito se inunda de ternura com o jeito bem-humorado dela.

– Sim, querida, eu vou, mas não liguei para me ouvir falando. Eu quero te escutar. Então fale comigo, princesa.

– Sobre o quê?

– O que mais? Sobre você, querida.

– Certo, sabe aquela garota que queria meu Mustang? Ela subiu a oferta em mais mil dólares e eu aceitei.

Eu gemo e bato a mão na testa, depois arrasto pelo rosto com rudeza.

– Princesa, estou te dizendo... venda alguma outra coisa. Não seu carro. Você precisa do seu carro.

– É tudo o que eu tenho para vender, Greyson.

– Tem certeza disso?

– Tenho, sim. Meu carro é tudo o que eu tenho para vender.

– O colar que eu te dei não pode ser vendido? – disparo, com franqueza.

– Não.

– Não? Por que *não?*

– Por que ele é tudo o que eu tenho de você, porra!

Meu coração bate mais forte com essa admissão, e segue nesse ritmo pelo impulso frustrante de assegurar a ela, pessoalmente, que esse não é o caso.

– Nah, isso não é verdade.

– É tudo o que eu tenho, Greyson. Eu passo dias sozinha e tudo o que tenho para saber que você existe e me lembrar de que você vai me ligar são essas pedras. Elas são tudo o que eu tenho de você.

– Você tem a mim, princesa. Não vê o que está fazendo comigo? Você me tem por completo, Melanie. Estou a estados de distância e me sinto metade de um homem, como se fosse rasgar algo em pedaços se não a vir logo com meus próprios olhos...

Eu me calo.

O que diabos estou fazendo? Isso aqui é a porra do programa da *Oprah*? Pressiono a palma da mão na minha testa e respiro fundo. *Cala a boca, seu viadinho!*

Ela suaviza a voz como se compreendesse.

– Greyson, quando você vem para casa?

Casa.

Deus, eu adoro que ela chame qualquer lugar onde estejamos juntos "casa".

– Ainda não. Tenho trabalho a fazer – sussurro, esfregando a dor que ela acaba de causar no meu peito.

– Mas quando você vai voltar para mim?

Deus do céu, ela vai ser o meu fim.

– Logo, querida – cedo. *No seu aniversário. Quando eu não quiser mais nenhuma bobagem entre a gente, nada entre a gente.* – Estou voltando para casa em breve e, da próxima vez que eu partir, quero trazer você comigo – sussurro, áspero. – Só me responda uma coisa: você é a minha garota?

– Primeiro me diga que você é o meu homem.

Ela sente saudades de mim.

Está na voz dela, no modo como ela fala comigo.

– Sou, sim, o que a torna oficialmente a minha garota. E, Melanie?

Ela está quieta do outro lado da linha, respirando forte.

Eu acrescento, minha voz baixa, mas inflexível.

– Eu vou TE DEVORAR quando chegar. Enquanto eu estiver respirando, você vai ser a minha princesa.

– Certo, Grey. Então você vai ser o meu rei – murmura ela.

Ah, sim, ela definitivamente vai ser o meu fim.

– Pensei que havíamos combinado que não haveria piadas de majestade.

– Não foi piada – ela retruca. E acrescenta: – Grey?

– Sim?

– Eu sabia que você ia ligar. É por isso que nunca vou vender o colar.

– Eu sempre vou ligar, com ou sem o colar. Abra mão dele, querida, e eu vou te dar algo melhor.

Eu desligo e tento me conter, mas meu sangue está correndo quente por ter falado com ela. Eu me lembro do primeiro dia, quando a vi gritando pelo Arrebentador no Underground. Ela estava pulando para cima e para baixo, clamando por outro homem, e eu apenas fiquei ali, sentindo-me estranhamente seguro, com uma vozinha na minha cabeça dizendo: *Essa aqui é minha.* Eu sabia que tinha sido fisgado, do mesmo jeito que sei quando tenho meus alvos no bolso e uma dívida riscada – *eu tinha sido fisgado.*

Tudo de mim, parte de mim, qualquer pedaço de mim que ela queira, ela pode ter.

Eu tenho tudo perfeitamente planejado.

Mais dois alvos... além da princesa. Vou recolher a evidência daquele penúltimo em Denver, e cuidarei das coisas nessa mesma noite, enquanto a equipe garante que as lutas do Underground corram tranquilamente. Depois, voo para Seattle bem a tempo do aniversário dela. Vou surpreendê-la. Poderei dizer a ela: *Não, querida, não fui gerado pelo demônio, e em breve você vai poder conhecer minha mãe...*

Eu gemo enquanto a primeira centelha de esperança que sinto em anos cria raízes em minhas entranhas, e me reviro na cama, tentando dormir um pouco apesar de já saber que não vou conseguir. Não até que minhas duas garotas estejam sãs e salvas e comigo.

DEZOITO

UNDERGROUND

MELANIE

O Underground está exatamente como eu lembro.

Lotado.

Barulhento.

Fedido.

Nervosa pela possibilidade de encontrar homens maus, mas feliz por Brooke estar nos esperando, eu puxo Pandora para nossos assentos junto ao ringue, e é quando a vejo.

Minha melhor amiga. Cabelo escuro amarrado em um rabo de cavalo, jeans skinny e uma blusa de alcinha fina. Ela está olhando para o ringue enquanto os dois lutadores batem um no outro ao ponto de desabar.

– BROOKE! – chamo, enquanto começo a correr para lá, e ela salta da cadeira.

Ela é minha amiga desde que tínhamos idade para usar metades de um broche que dizia "Melhores Amigas", que se quebrou bem no meio. Naturalmente, eu ainda tenho a minha parte em uma caixinha debaixo da cama, mas a parte de Brooke caiu durante uma corrida e nunca conseguimos recuperá-la. Mas tudo bem, porque a nossa amizade em si nunca se quebrou. Eu nunca briguei, amei ou me diverti tanto com uma garota quanto com a minha melhor amiga, então naturalmente há gritinhos envolvidos quando nos abraçamos hoje, após meses de separação.

Depois de um abraço apertado, nós duas nos afastamos para fazer uma inspeção completa. Eu quero me certificar de que o sr. Arrebentador está tomando conta da minha garota, mas, puta merda, Brooke parece... não há palavras para o brilho em seus olhos e seu cabelo e seu sorriso.

– Olhe só para você! – grito. Merda, é claro que ele está cuidando dela, ele adora o chão onde ela pisa.

– Não, olha só *você*! – ela retruca, abraçando Pandora, apesar de Pandora não gostar tanto de abraços quanto eu.

Pete, o assistente, vem e nos cumprimenta enquanto nos ajeitamos em nossos lugares. Ele começa a conversar com Pandora sobre seu romance com a irmã de Brooke, Nora. Eu odeio Nora, portanto fico feliz que a vaca esteja na faculdade e longe daqui. Pete é bom demais para ela, e eu secretamente torço para que ele se apaixone por alguém mais legal, doce e esperta e termine com ela de vez. Nora era namorada de um dos lutadores mais nojentos do Underground, um com um escorpião tatuado em sua cabeçorra gorda – e isso diz tudo.

Eu aperto a mão de Brooke para que ela me atualize em tudo que for possível.

– Como está o Racer? Eu vou vê-lo essa noite ou vai ficar muito tarde? – exijo.

– Você pode vir até a nossa suíte, claro! Ele está tão grande, Mel. Mas me diga... – Ela para de falar e seus olhos se arregalam quando ouvimos a palavra "ARREBENTADOOOOOOR" disparar dos alto-falantes.

E a arena sabe que chegou a hora. Arrebentador. Remington Tate. O marido de Brooke. Deus do sexo – caso eu não o tenha mencionado um pouco, deixe-me dizer apenas que sei com certeza que todas as garotas nessa arena têm uma quedinha por ele.

As lutas no Underground nunca são tão vivas e intensas como quando *ele* aparece – ele simplesmente tem algo diferente. Ele coloca isso no ar, a empolgação, a intensidade, a força pura e um bom humor juvenil.

– Meus ovários acabam de explodir – Pandora resmunga à minha esquerda.

Brooke fica de pé num salto enquanto ele, Remington "Arrebentador" Tate, pula para dentro do ringue, envolto em um robe de cetim de um vermelho mais intenso do que já vi – e eu estou tão empolgada por estar aqui, por ver isso, por tirar minha mente das minhas próprias inseguranças e daquela dívida estúpida, que não posso evitar, meu corpo não pode evitar, e minhas cordas vocais não podem evitar. Então, eu *grito*:

– Remyyyyy!! – Estou de pé com Brooke, e não resisto a dar-lhe um abraço e um tapa ao mesmo tempo. – Deus, sua puta, eu não posso acreditar que você tem aquilo toda noite! – digo, dando-lhe um empurrão.

Ela me empurra de volta, gritando:

– *Várias* vezes por noite!

E é nesse momento que ele pisca para ela do ringue.

Ela para de brincar comigo e sorri de volta para ele – toda sua atenção voltada apenas para ele. Seu marido agora. E, enquanto ele espera por seu oponente, mantém seu sorriso e seus olhos azuis cintilantes sobre ela. E aquele olhar? É um olhar claro de Você É Minha, mas é tão carinhoso que eu me sinto derreter com ele. *Greyson... Greyson... Greyson...* De repente, ele está na minha cabeça, sua própria versão desse olhar flutuando dentro de mim. A versão dele é um pouco menos carinhosa, um pouco mais reservada, muito mais cruz, muito mais sombria, como se houvesse algo doloroso lá dentro que o machuque mais quando seus olhos encontram os meus. Parece que um vazio imenso acaba de se abrir dentro do meu corpo com a mera memória dele. De nós.

– Aaah, Deus, vocês vão me matar – digo a Brooke, assistindo quando um homem gigantesco sobe ao palco.

Fico preocupada por Remy por um momento quando a luta começa, mas, então: PÁ! Ele toma controle de maneira tão absoluta que eu não estou mais preocupada.

– VOCÊ É O CARA, REMINGTON! – grito, puxando o rosto de Brooke para o meu. – Olha só você. Esposa e mãe, cara. Ele está tão apaixonado por você que eu nem suporto olhar!

– Ah, Mel. – Ela suspira e se desmancha contra mim, como se não aguentasse amar esse homem mais do que já ama.

Eles trazem outro cara para o Arrebentador, e eu juro, esses oponentes ficam cada vez maiores com o passar das temporadas.

– Remy! – grito outra vez quando os homens começam a lutar no ringue.

Brooke aperta minha mão e eu aperto de volta e ergo sua mão na minha, bem alto no ar, enquanto assistimos à luta.

– Remy! Sua mulher está com tesão em você, Remy! – grito.

Brooke sempre foi a mais reservada de nós duas, um pouco tímida, para falar com convicção, mas sei que ela adora quando eu dou os gritos aqui.

– Remington, você é gostoso pra caralho! – grito, no lugar dela.

E então Brooke me espanta quando fica de pé de repente e encaixa as mãos em volta da boca para levar a voz mais longe, e começa a gritar comigo:

– VOCÊ É GOSTOSO PRA CARALHO, REMY, ACABA COM ELE, MEU BEM!

E ele instantaneamente acaba com a luta.

O público vai à loucura quando seu desafiante cai com um estrondo, e eu estupidamente pisco para minha melhor amiga.

– Ah-meu-Deus, então você grita agora? E o quanto o sr. Arrebentador foi bem treinado para imediatamente agradar sua doce esposinha?

Eu continuaria, mas Brooke está ocupada demais sorrindo para Remy porque ele está sorrindo para ela lá embaixo também, todo suado e delicioso. Eu fico quieta enquanto algo aperta meu coração.

Eu nunca serei a primeira pessoa para quem Brooke se volta agora quando quiser chorar, conversar sobre algo, ou desabafar, ou sair para uma corrida. Minha melhor amiga está profundamente, enlouquecidamente apaixonada por esse homem que eu sei estar disposto a ir e voltar do inferno por ela – porque ele já fez isso.

Então, de certo modo, minha melhor amiga tem um novo melhor amigo agora. E ele também é um marido, um pai para o filho dela, um amante para ela.

Eu? Meu homem gosta de me foder. Ele diz que é ruim para mim, mas eu sinto que ele precisa de mim. Sinto que ele sente minha falta. São meus instintos falando comigo ou as minhas tolas esperanças? Tudo o que eu tenho certeza é de que estou me apaixonando e estou tão enfiada nisso que a pura gravidade da coisa torna impossível para mim me impedir de continuar, cada vez mais profunda e intensamente, nesse mergulho para o desconhecido, sombrio e assustador.

Deus, estou tão fodida.

Brooke parece reparar que fiquei quieta, e eu não havia percebido que ela estava me observando atentamente.

– Quer falar sobre ele? – ela me pergunta com suavidade, analisando-me com a percepção aguda que só uma melhor amiga pode ter.

Eu concordo e tenho que me inclinar para junto dela a fim de conseguir ser ouvida acima da multidão.

– Quando eu não precisar gritar por cima desses cretinos!

Quando as lutas terminam pela noite, Pandora e eu pegamos um táxi para o nosso hotel, que, infelizmente, não é onde os Tates estão, já que aquele era caro demais. Pandora não queria aceitar a "caridade" de ninguém e eu estou muito para lá de quebrada, então estamos em um pequeno hotel três estrelas a dois quarteirões de distância.

Pandora, contudo, resolve não acompanhar a visita a Brooke essa noite.

– Por quê? – pergunto, cutucando-a no banco traseiro do táxi. – Vamos, vai ser divertido. Eu preciso ver o Racer! Da última vez que o vi, ele estava começando a ficar com uma nuvenzinha de cabelo e cheirava a talco, e sorriu para mim com uma covinha solitária que vai matar muitas meninas algum dia. Vamos lá!

– Nah, eu estou cansada. Vocês duas podiam trocar novidades. Eu vou encomendar um filme em pay-per-view e esperar por você mais tarde.

– Tem certeza de que não quer vir comigo? – O taxista parece estar ficando impaciente, então abro a porta e espero mais um segundo.

– Tenho, tenho sim. Você sabe que eu preferiria fazer carinho em um cachorro do que em um bebê.

Assinto lentamente porque acho que entendo. Eu a compreendo mais do que ela imagina. Ela pensa que, porque eu tento me divertir, não fico magoada nem sinto falta de nada, nem levo nada a sério. Eu dou risada para esquecer minhas mágoas, enquanto ela usa a raiva dela como barreira. E eu sei que ela às vezes fica magoada ao ver Brooke, porque Pandora já esteve apaixonada.

Tudo o que posso adivinhar é que ela o amou muito.

– Pan – digo, suavemente –, o cara que te machucou tanto... ele não era o único cara que você vai amar na vida.

Não sei mais o que dizer, porque não sou especialista em me sentir assim – eu mal suporto o modo como me sinto por Greyson, e tenho medo de chamar isso de amor. Eu me sinto ainda mais desajeitada quando paramos no hotel de Brooke e o taxista reclama:

– Madame, a senhora vai entrar ou vai sair?

Assim, saio rapidamente e grito para ela:

– Te vejo mais tarde. Assista a uma comédia!

Ela me mostra o dedo médio enquanto o táxi a leva para longe, e eu sorrio e aceno. No entanto, quando subo no elevador, eu simplesmente não sei. Já não sei de mais nada, exceto que, dois meses atrás, eu não conhecia Greyson King. Como posso sentir tanta saudade dele agora?

Você está nas minhas veias, porra.

Você está em mim em um momento, e desaparecido no seguinte. Você me possui, me deixa, e eu ainda espero, tremendo, que você volte e me possua de novo.

Argh. *Quando você vai voltar?*

Brooke escancara a porta de sua suíte e dispara:

– Quero detalhes, e quero agora! – Puxando-me para dentro do primeiro quarto, distante do grupo de caras na sala de estar.

Ela me faz sentar na beira de uma cama e então planta as mãos nos quadris como um anjo-megera exigente, seus olhos alegres e empolgados.

– Conte-me. Conte-me tudo sobre ele!

Eu rio, excitada, mas então gemo e espeto um dedo no peito dela.

– Estou vivendo um *déjà vu*, exceto que a pobre coitada pensando que havia se apaixonado por um cara que talvez fosse errado para ela era *você*.

– Ah-meu-Deus, você o ama, Mel?

Não posso acreditar como é difícil falar sobre ele, mesmo com minha melhor amiga. Suspirando, desabo na cama e dou um tapinha no lugar ao meu lado para ela se aconchegar ali.

O amor não era assim quando imaginei que me apaixonaria. O amor era excitante e precioso em minha mente, não assustador e inesperado.

Brooke e eu nos deitamos de lado, de frente uma para a outra, sorrindo como fizemos nas milhares de vezes que despejamos nossos segredos e fantasias e mais.

– Brookey, eu posso ser amada nesse sentido? No sentido de para sempre? Sou boa para diversão, mas você acha... Às vezes eu penso que Greyson simplesmente não quer me envolver nas outras partes da vida dele. Me pergunto se sou apenas um brinquedo sexual para ele, como fui para todos os outros caras, mas daí ele me liga, ou então me dá isso... – Eu toco o colar de diamantes escondido sob minha camisa de seda. – Ele apenas olha para mim de um jeito... Eu não sei, nem existe uma palavra para aquele olhar. Mas Remy também te olha assim. É o MELHOR olhar. Ele me deixa quente e com palpitações no coração e borboletas no estômago. E se você o visse com meus pais, como ele ria enquanto fazíamos nossos jogos estúpidos de domingo. Simplesmente me recuso a acreditar que eu não signifique algo para ele, sabe? Ele diz que eu sou sua garota.

Brooke ri e se senta, abraçando-me rapidamente.

– Mel, você é divertida e meiga, leal e honesta. Tem tanto amor para dar. Você ama todo mundo, até desconhecidos. Você é minha joaninha. Ele tem sorte de que você não apenas o ame, mas esteja *apaixonada* por ele. – Os olhos dela brilham de empolgação enquanto ela aperta meus ombros. – Melanie, você encontrou o seu príncipe. Ele não é nem um príncipe, acabou sendo um *rei*. Você percebe que fala desse cara sem rosto e sem nome desde que tinha sete anos?

– Cara, eu esperei minha vida toda para me sentir assim e, agora que sinto, não quero mais. Eu me sinto instável, insegura, vulnerável, feliz, e ao mesmo tempo preocupada de que não vá durar.

– Não! Não, não, não! Não se contenha. A Pandora está envenenando a sua mente? Mel, ASSUMA ISSO. Assuma como se sente. Diga a ele. Vá atrás dele. Vá atrás do que você quer. Você sempre fez isso, não vá recuar agora que encontrou o que deseja!

– Você diz isso agora que não é mais uma *covarde*! Você sabe que Remington te ama. Sabe que ele te ama tanto que nunca vai abrir mão de você. Se algo acontecer, vocês vão resolver e ambos sabem disso. Ele vai lutar por você e você, por ele. Mas eu? Eu não sei o que Greyson sente. Ele quer estar comigo e depois some por dias. Seja lá o que a gente tem, pode ser real, mas também pode ser algo passageiro como...

– Luxúria – diz uma voz baixa junto à porta.

Eu ergo a cabeça e vejo Riley Cole no batente, o tenente do treinador de Remington, parecendo tão fofo quanto sempre. Riley e eu somos bons amigos. Já aprontamos muito nas poucas vezes que nos encontramos depois de uma luta do Arrebentador, e não apenas sexualmente.

Ele é um cara acostumado a guardar segredos. Eu sei, porque quando tentei desenterrar todos os segredos de Remington Tate enquanto ele perseguia Brooke como um aríete, tudo o que Riley me disse foi que nunca tinha visto Remington ir atrás de uma mulher como fez com Brooke.

Assim, Riley definitivamente é um homem que sabe como manter segredos. Inclusive, graças a Deus, os *meus*.

Brooke sempre disse que ele parece com um surfista triste, e ela tem razão, ele lembra mesmo. O que lhe cai bem. Essa noite, no entanto, ele parece mais com um irmão gêmeo e loiro de Pandora, olhando-me com a mesma expressão fechada que exibia no dia em que me conheceu.

– O que acontece com você? – pergunto-lhe, devolvendo sua expressão com uma parecida.

– Se esse namorado seu algum dia te machucar, nós vamos cuidar disso. – Ele estala os dedos e, em vez de me deixar assustada por Greyson, o som só me faz rir.

– Você quer dizer que *você* vai cuidar disso, ou Remy? – digo, enquanto me levanto, ouvindo seu riso baixo e familiar.

– Certo, você me pegou. Talvez eu leve Remy comigo só para propósitos de intimidação – diz ele, bem-humorado. Seu sorriso, porém, desaparece em uma linha apertada de desprazer. – Ninguém te machuca, Melanie. Ou eu vou socá-lo. Eu não me importo quantas vezes precise socar para fazê-lo sangrar, mas eu o farei sangrar.

Eu rio enquanto Brooke me puxa até a sala de estar para que eu possa ver seu precioso bebê.

– Barbies não se machucam, lembra? Não se preocupe – eu lanço por sobre o ombro para Riley, chutando-o de brincadeira quando passamos.

Ele me chamou de Barbie quando nos conhecemos, e não foi de um jeito simpático, então jogar isso de volta na sua cara o deixa remoendo um pouco.

Nesse momento, ouço um ruído de bebê e sou preenchida de alegria. Diviso Racer orgulhosamente sentado no braço dobrado da guarda-costas/ babá, Josephine. No entanto, ele não quer ficar ali. Racer se joga para seu pai, que está engolindo uma bebida esportiva azul, mas, quando vê seu filho vindo, Remington o apanha em um braço e faz uma cesta com a garrafa vazia na pia da cozinha.

Erguendo Racer bem no alto, ele solta um rosnado e o carrega como uma bola de futebol americano, o que faz Brooke grunhir do meu lado.

– Remington, ele vai vomitar todo o jantar – censura ela.

– Ah – diz ele, o som incrivelmente presunçoso, enquanto contorce seu filho em uma posição sentada e evita a catástrofe. Olhando para Brooke, seu sorriso exibe duas covinhas sexy para ela, fazendo-a perdoar a transgressão, e eu juro que estou quase morta.

E então Racer sorri e também exibe uma covinha para a mãe.

– Argh! Vocês dois estão me matando aqui! – digo a eles. – Remington, eu preciso tocar esse bebê, senão...! – Eu agarro Racer e, enquanto o seguro junto de mim, faço arrulhos infantis mordiscando sua barriguinha.

Ele protesta com se não estivesse gostando muito disso, aí olha para a mãe, depois para o pai, para Pete, com uma nova covinha, essa triste, em seu queixo.

– O quê? Ele não gosta de mim? – Racer olha para sua mãe e seu pai outra vez e faz uma carinha que deixa a covinha em seu queixo ainda mais funda. – Ah, meu Deus, eu o estou fazendo chorar!

Passo o menino para Brooke.

– Mas que fracasso! – rio.

– Você foi bem – diz Remington, sentando-se em uma cadeira e puxando Brooke para seu colo com um dos braços, enquanto passa um brinquedo com apito dentro para Racer com o outro.

Racer olha para o brinquedo e seu choro induzido por mim se transforma em um grito de felicidade. Remy sorri para ele e então seus olhos deslizam para Brooke, e o que eu vejo ali me mata de verdade, profundamente, enquanto ele beija o topo da cabeça dela.

É com esse amor verdadeiro, *real*, eu-morreria-por-você que eu sempre sonhei.

– Mel – ouço vindo de trás de mim. Viro-me para a fonte do som e percebo que Riley havia me observado esse tempo todo. Ele se aproxima de mim e sussurra, agourento: – Posso falar com você?

Concordo com um gesto de cabeça. Não há como confundir a expressão de "luxúria" nos olhos dele. Sinto que ele me quer, além do fato de também querer falar comigo. A antiga Melanie adoraria outra noite com um pau amigo. Eu raramente consigo dizer não a um cara atraente que me queira, mas cada poro em meu corpo quer apenas um homem agora.

Contudo, assinto para Riley mesmo assim, pois ele é o único com quem posso conversar sobre a coisa que vem infestando meus pensamentos além de Greyson King.

* * *

– Aqui. – Riley coloca um cheque sobre a toalha branca de uma mesinha redonda junto ao bar de um restaurantezinho chique a quarteirões do hotel. – Eu venho economizando – explica ele.

– Não! – ofego. – Riley, não seja ridículo! Eu não poderia! – empurro o cheque de volta, aturdida, enquanto a garçonete serve nossas bebidas. Eu espero que ela saia antes de sussurrar: – Foi uma decisão minha. Eu escolhi fazer isso, ok?

– Mas *eu* sou o idiota que sugeriu isso, em primeiro lugar – retruca ele em outro sibilo, e parece tão genuinamente mortificado que não para de balançar a cabeça. – Remington nunca perde, Melanie. Nunca. Se eu soubesse que ele ia perder a luta de propósito por...

– Argh, para salvar a estúpida da Nora porque ele simplesmente ama a Brooke demais para não fazer nada. Mas, ainda que você tivesse me dito que ele perderia, eu jamais colocaria meu dinheiro no Scorpion. JAMAIS.

– Então deixe-me ajudá-la a pagar essa dívida. – Eu ignoro sua expressão de súplica e empurro o cheque de volta para ele, balançando a cabeça também. – Pelo menos conte a Rem – ele insta. – Ele pagaria em seu nome, se soubesse. Se eu não tivesse dado a minha palavra de que não contaria a ninguém...

– Riley, eu te mato se você contar para alguém. Nós estávamos *bêbados*, passeando, você foi fazer uma aposta, eu fui enxerida e perguntei a respeito, pensei que fosse uma ótima ideia fazer uma aposta também, especialmente quando parecia algo tão certo! Depois fomos para o seu quarto e celebramos, achando legal ir para a cama juntos. Eu já me sinto bastante estúpida. Não sei o que estava pensando! – Uma imagem perpassa minha mente de um lindo apartamento, o apartamento dos meus sonhos, e a dívida do meu carro paga, e acrescento: – Bem, eu *sei, sim*. Poderia ter dado uma bela entrada em meu próprio apartamento e talvez até a coragem de começar minha própria empresa de design.

– Deixe-me ajudar, Mel.

Eu olho para o cheque e uma parte de mim grita *Aceite! Aceite o cheque, Melanie! Por favor, salve-se daqueles monstros!*

Mas o que Riley vai esperar de mim em troca? Como eu posso aceitar dinheiro de um homem quando estou apaixonada por outro?

– Isso é muito meigo de sua parte, mas não. De verdade.

Ele arqueia uma sobrancelha loira.

– E que tal o seu novo namorado? Você vai pelo menos deixar que ele te ajude?

Meu peito dói quando penso nele e em todas as razões pelas quais não posso suportar que Greyson saiba. Engulo o resto de minha bebida e admito:

– Acho que... se eu fosse pedir a ajuda de alguém... ele seria o último.

– Por quê?

– Porque eu não quero que ele saiba que eu sou *tão* estúpida! Ele já sabe que eu sou uma bagunça. Riley, ele me conheceu em uma noite, com meu conversível estacionado na chuva com o teto abaixado. Não preciso dizer mais nada. É um milagre que ele tenha ficado comigo por tempo suficiente para me conhecer. Eu não quero que ele... perca o respeito por mim. Pense menos de mim.

A expressão de Riley ficava mais fechada a cada segundo.

– Posso ver que ele já está jogando diamantes para cima de você. – Ele indica com a cabeça o colar meio escondido em minha blusa. – Você sabe que os homens fazem isso para *comprar* as mulheres com quem dormem? Não tem nada a ver com gostar de você.

– Tem, sim – retruco. – Isso significa que ele separou algum tempo para procurar por algo bonito que acha que vai me fazer feliz.

– Você pode usar esse colar para pagar, Melanie. É só dizer a ele que você o perdeu ou algo assim e se livrar da dívida. Esses caras matam por cinco paus. Eles são mafiosos, porra! Até o cara com quem Pete lida, Eric, parece afiado e cortês naquele terno, mas eles não confiam naquele cara por nada. Ele só puxa o saco de Rem porque ele é o principal chamariz financeiro deles, mas todos sabem que o chefe dele, o Chacina, faz o Scorpion parecer um ursinho de pelúcia. Eles dizem que ele arranjou um cobrador que é como um demônio saído diretamente do inferno, e ele vai vir cobrar, queira você ou não!

Ele olha ao redor com cuidado, depois se inclina mais para perto, sobre a mesa, e abaixa a voz.

– Pete ouviu rumores de que o único cara com um fiapo de bom senso era o filho mais velho do Chacina, mas ele não quis ter merda nenhuma a ver com o pai e aparentemente largou o Underground anos atrás. Nem mesmo o *filho* dele quer ter algo a ver com um homem como o Chacina. Eu juro que não consigo dormir sabendo que você ainda está devendo para eles.

Meu coração bate em estampido no peito com um medo renovado, e eu estendo as mãos, a palma para fora, tentando acalmá-lo.

– Riley, eu pedi mais um tempo, está bem? Nós só precisamos... respirar aqui.

– O quê? Mas *que porra*?? Quando você pediu mais tempo?

– Da última vez que vim ver Brooke. Está tudo certo. De verdade! Eu acabei de vender meu carro e posso conseguir mais tempo se, talvez, der a eles metade do valor.

– Não, você não pode, porra. Eles vão pegar isso como juros e exigir que você pague o valor total antes mesmo de sair pela porta! Nunca, nunca se aproxime de caras como esses sozinha. Jesus, apenas confie em mim e saia dessa, Mel. Eu paguei minha dívida e quero pagar a sua, e se você não permitir, então pelo menos prometa que vai deixar seu novo namorado ajudar. Se você é orgulhosa demais para pedir, apenas finja que perdeu esses diamantes no seu pescoço e se livre dessa dívida; *confie em mim*.

Acho que minha aparência é tão sem esperança quanto eu me sinto, porque ele acrescenta, ainda mais sério:

– Eu juro, Melanie, se essa dívida não tiver sumido antes de você ir embora, vou contar ao Tate e vamos cuidar disso para você, ele e eu.

Ofego, ultrajada.

– Eu não vou permitir que você ou o *marido* da minha melhor amiga se intrometam nisso, está me ouvindo? E também não vou envolver meu namorado. Esse colar tem um significado para mim. – Toco meus diamantes com uma horrível sensação retorcendo meu peito enquanto me pergunto: *Será esse o único jeito de me livrar, abrindo mão da única coisa que o homem que desejo de todo o coração me deu?*

– Riley – sussurro, quase implorante –, eu simplesmente não sou essa garota que arranca coisas caras de seus namorados para transformar em dinheiro.

Ele olha feio para meu precioso colar, e meu estômago começa a doer só de pensar em me separar de qualquer coisa que tenha a ver com Greyson.

– Para ele, esse presente não tem o mesmo significado que tem para você, posso te garantir – diz Riley, com autoconfiança irritante. – Nunca vi um cara mais apaixonado do que Remington, e ele não precisa jogar dinheiro na Brooke para demonstrar isso.

– Bem, Grey tem um estilo diferente, e daí? O resultado é o mesmo. Eu me sinto mimada e bem cuidada e ele fica com uma expressão nos olhos quando me vê usando o colar que eu simplesmente *adoro*.

Não aguento mais uma pessoa na minha vida criticando Greyson para mim! Por isso, fito-o com os olhos estreitados e acrescento, para que ele ao menos entenda a extensão verdadeira de meus sentimentos pelo meu homem:

– Quando ele olha para mim daquele jeito, eu juro, é tudo tão perfeito que às vezes eu tenho pesadelos em que sonhei tudo, que ele é bom demais para ser verdade.

– Talvez ele seja, Melanie. Talvez ele esteja te traindo agora mesmo, encontrando-se com alguma garota em segredo enquanto conversamos.

– Há! – Eu ergo meu copo e tomo minha bebida. – Ele é maníaco por trabalho. Se eu tenho algo com que me preocupar, é com aquela amante dele chamada Trabalhando Pracacete.

Riley sorri para mim, um sorriso gelado, muito inamistoso, e faz um cumprimento com a cabeça para alguém na porta do restaurante.

Eu me viro noventa graus para dar uma olhada... e é quando *o vejo* entrando no restaurante.

Ele.

Greyson.

Todo o meu reconhecimento se abre em descrença, excitação e então raiva, combinada com um raio concupiscente quase cegante.

É como se uma fonte de energia se agarrasse à pele dele, porque o ar todo se move no momento em que ele se materializa no local. Mais de 1,80 metro de pura perfeição masculina. Greyson. Desgraçado. King. Meus hormônios acordam em uma explosão quando ele começa a andar adiante, seguindo o *maître*, os olhos diretamente em uma mesa na ponta mais distante.

Não posso acreditar. Meus olhos sobem e descem sua silhueta. Não existe palavra para o modo como Greyson caminha, com uma das mãos no bolso, o rosto sombrio, as maçãs do rosto esculpidas, o maxilar liso e bronzeado, a boca perfeita, seu cabelo escuro descuidadamente bagunçado. Eu juro, aquele cabelo impressionante é a única coisa descuidada e brincalhona nele. O resto dele é de uma perfeição de James Bond, aqueles olhos estreitados, amendoados com verde, que parecem lindamente contidos e remotos. Mesmo agora, dois meses depois de sair com Greyson, ainda posso sentir que ele está escondendo a parte mais crucial de si mesmo, *mas* posso visualizar um "nós" e o que podemos ser tão perfeitamente, e estou determinada a fazer isso acontecer. Greyson e Melanie, vivendo Felizes para Sempre.

E então vejo a mulher na mesa. Esperando. Uma ruiva.

Meu sangue cai até o pé quando Greyson se abaixa para beijar-lhe o rosto.

Riley e eu apenas olhamos.

E eu tenho certeza de que não é ele. Ele está trabalhando... em algum lugar. Não pode ser ele.

Mas certamente se parece com ele.

Ele está todo vestido de preto, seu cabelo brilhando sob a luz, e ele se ajeita em sua cadeira, reclina-se daquele jeito autoconfiante dele e começa a conversar numa mesa à luz de velas com uma ruiva. Uma ruiva falsa. Uma que parece mais velha e sem expressão.

Sra. Botox.

Ah-meu-Deus!

Não pode ser o Greyson!

Eu nunca sou traída, eu sou aquela *com quem* eles traem.

Os músculos da minha barriga estão rígidos de raiva enquanto eu tento respirar e forço meus pulmões a se expandirem. Vasculho o restaurante ao meu redor procurando por algo para jogar, mas a melhor coisa que posso pensar é em me jogar em cima da puta sem vergonha.

Meus olhos ficam borrados e ardidos com a súbita vontade de chorar. É quase meia-noite. Em quinze minutos, estarei com 25 anos e meu namorado está sentado em outra mesa com outra mulher. Eu realmente, realmente quero chorar agora.

Não. E deixá-lo me ver chorando e soluçando como uma menininha magoada outra vez? Minha mente roda com modos para fazer essa dor ir embora. Como isso é possível, quando ele está nas suas veias? Como?!! Eu rio alto, com certa dureza, e agarro a mão de Riley, mas Greyson sequer está olhando na minha direção; ele não consegue ouvir de onde está. Ele e sua puta velha estão mergulhados em sua conversa, em seu mundinho particular. Seu próprio mundo sem a Melanie. Uma parte de mim ainda se recusa a acreditar que ele faria isso comigo.

Uma ideia me ocorre. Então, pego meu telefone e envio a ele uma mensagem de texto com um emoticon bravo.

E digo a Riley:

– Se for ele, vai ao menos olhar para a mensagem. Ele é um escravo de seus telefones.

Como se ouvisse sua deixa, o homem na mesa recua um pouco e enfia sua mão enluvada no bolso, olha para seu telefone e encara-o por um longo, longo instante. Depois, volta a guardá-lo, continuando a conversar com a ruiva.

Meu coração acaba de ser esquartejado.

Não sei por quanto tempo sentamos ali, Riley fumegando em sua cadeira, agarrando-a ferozmente. Eles se conheceram brevemente no casamento da Brooke, e eu percebi que nenhum dos dois gostou muito do outro. Agora há veias saltando no pescoço de Riley.

– Eu vou até lá e...

– E *o quê?* – Impedindo-o, eu o puxo de volta pelas mangas de seu terno. – Ela pode ser uma cliente. Ele nunca me contou de fato onde estaria esta semana...

Eu fico em silêncio quando ela lhe dá a mão por cima da mesa, e ele a apanha e ao que quer que estivesse ali. Depois ele lhe entrega uma caixa com um laço e tudo mais. Uma caixa azul. Ela dá uma espiada, parece muito contente; ele sorri de volta para ela; eles tomam um pouco de vinho.

– Garçom! – grito. – Outra rodada, por favor!

* * *

Eu já tomei muitos outros coquetéis quando Greyson cuida da conta e eles se levantam para sair. Riley também fica de pé. Eu tolamente me viro em minha cadeira, meu coração martelando enquanto Greyson e a mulher se dirigem para a porta.

E é nesse momento que ele me vê.

Uma corrente elétrica me percorre com a maneira com que ele olha para Riley, depois para mim, e eu vejo uma dúzia de expressões em seus olhos até que ele as esconde, volta-se para a mulher, sussurra algo e a puxa na direção da saída como se não tivesse acabado de me ver.

Todo esse tempo, mentindo como ele só.

Todo esse tempo, provavelmente rindo do quanto eu sou estúpida.

Enquanto sai com ela, eu o vejo virar a cabeça uma ínfima fração. Diretamente para mim, e nossos olhos se encontram de novo. Ele vasculha minha expressão por um momento, a distância em seu olhar cintilando pelo momento mais breve instante com... *ciúmes?* A antecipação me percorre como um choque ao modo como seus olhos se escurecem... de fúria? Ele faz minhas extremidades formigarem, e é só isso, um olhar roubado. Então acabou e ele se foi, levando ELA – outra mulher – consigo, exatamente quando soa a meia-noite.

Feliz aniversário, Melanie...

Riley continua de pé, mas agora olhando para mim com uma expressão de mas-que-diabos.

– Seu namorado...

– *Ex.* – Um luto súbito, puro e primitivo me domina. – Ex-namorado. Deus, não foi preciso nem sequer uma mensagem de texto. Nem um... Riley, por favor, vamos embora. Por favor, por favor, vamos sair daqui.

As lágrimas vão chegar, queira eu ou não, e não quero que seja aqui. Eu agarro Riley antes que ele torne a se sentar.

– Por favor, só me tire daqui. Me leve para o seu quarto, por favor. Vamos só caminhar de volta para o seu hotel, por favor – sussurro.

Ele paga nossa conta e me leva para fora do restaurante, me guiando junto a si enquanto andamos os dois quarteirões até nosso hotel. Estou com frio, um frio que chega aos meus ossos. Entramos no elevador e fico agradecida que mais ninguém esteja ali com a gente. Minha garganta está pegando fogo enquanto a sensação de ter feito papel de boba gira dentro de mim, e o colar – o colar dele – parece um peso de chumbo ao meu redor, sufocando-me com as mentiras dele. Eu o arranco e coloco na mão de Riley.

– Não posso mais olhar para isso. Vamos fazer. Venda, consiga o que puder, leve-o, por favor.

Minha garganta dói em derrota enquanto revejo Grey olhando para mim, indo embora...

Olhando para mim... indo embora... como se eu não fosse nada.

Como se não significássemos *nada*.

– Você acha que ele tem uma esposa? Uma família? – Minha voz se parte e eu não posso perguntar mais nada enquanto seguimos para o quarto dele.

– Cara, eu nem mesmo sei o que pensar. Ele não parecia feliz em te ver, isso eu posso dizer.

Eu continuo lutando contra minhas lágrimas, fechando as mãos com força ao lado do corpo enquanto todo o meu corpo começa a tremer.

– Ele pode ir se foder, ele *e* aquela puta. Aquele desgraçado mentiroso, aquele... Espero que ela lhe passe chatos. Na verdade, espero que os dois tenham filhos alienígenas juntos.

Riley me leva para dentro do seu quarto e fecha a porta, e uma sensação de intensa desolação e traição se aloja em minhas entranhas. Nunca na minha vida estive tão machucada. Nunca. Eu quero que a dor vá embora. Quero que a imagem de Greyson indo embora com outra mulher desapareça.

Piscando para segurar as lágrimas, agarro a camisa de Riley e o puxo contra mim.

– Riley – imploro. Os olhos dele se arregalam quando pressiono meus lábios contra os seus.

– Mel – ele protesta, mas não suporto ouvir isso, então pressiono os lábios com mais força.

– Por favor, não diga não – imploro. – Por favor, não diga não. Eu juro que todo mulherengo no mundo deveria ser castrado. Você disse que daria um soco nele se ele me machucasse. Isso está machucando, Riley. Isso dói de verdade, e para mim chega. Para mim, acabou tudo com ele.

Eu o beijo. Ele corresponde, beijando-me apenas com os lábios, descendo as mãos pelos meus braços para me acalmar. Elas são quentes, familiares. Ele me segura junto ao corpo e a sensação é boa. Segura. Eu o beijo e imagino se talvez seja por isso que eu sou digna apenas de casos de uma noite. Porque não consigo lidar. Machuca demais. E sempre aparece alguma outra pessoa, e, por algum motivo, meu cara deixa de enxergar algo de interesse em mim. Por algum motivo, Greyson perdeu seu interesse em mim. Eu o perdi.

Não. Eu nunca o tive.

A compreensão me devasta, então tento beijar um pouco mais a boca de Riley e ele permite. Os braços dele não são tão grossos, seus lábios não são tão ferozes, mas eu preciso tanto deles. Qualquer coisa para tentar parar de pensar em... *Grey puxando meus mamilos com os dentes... beliscando... sugando...*

Há uma batida na porta e eu gemo em protesto quando Riley me coloca de lado.

– Pete pode precisar de mim – explica ele, e eu observo em silêncio enquanto ele vai até a porta, sua imagem borrada pelas minhas lágrimas.

Solto um de meus sapatos e enxugo os olhos. Uma noite com Riley e, quando for de manhã, as coisas não vão parecer tão terríveis. Vou perceber que Greyson King não é o único homem no mundo. Meu coração ainda vai estar partido, mas vou colar os pedacinhos do único jeito que conheço, e serei feliz de novo.

Eu *vou* ser feliz de novo.

Com o nariz escorrendo, rapidamente começo a desabotoar minha camisa quando ouço uma voz baixa e conhecida falar.

– Onde ela está?

Eu nunca, jamais, ouvi alguém falar tão baixo e ao mesmo tempo soar tão puto.

Minha pele se arrepia e meu olhar vai para a porta.

A silhueta alta, esguia e vestida de preto de Greyson cobre o batente da porta, e eu odeio como meus sistemas entram em curto com a imagem dele.

Estou parcialmente despida no meio do quarto. Bêbada. Meu cabelo, uma bagunça. Meu rosto, uma bagunça. Raiva e mágoa se enovelam em meu estômago enquanto ele se aproxima com um olhar distintamente territorial.

Eu agarro o sapato que estava tirando e jogo nele.

– Fica longe de mim! – grito.

Ele se esquiva, e o sapato atinge a parede e cai com um ruído surdo no tapete. Depois, lentamente, ele se endireita e completa o resto do caminho, me agarra pelos braços e me traz para junto de si. Cada milímetro do meu corpo sente o dele. Ele olha para mim com uma fúria que nunca vi antes enquanto começa a fechar os botões, o tempo todo aqueles olhos me encarando até que meu estômago esteja tão pesado quanto uma rocha. Ele arranca seu casaco e o coloca sobre meus ombros, forçando meus braços para dentro e então o abotoando também. Depois, pega minha *ankle boot* de tirinhas que jazia do outro lado do tapete, volta e a calça em mim. Antes que eu possa protestar pela intimidade de ele estar colocando o sapato em mim, ele o calça, eficientemente prende as tiras e fala comigo em uma voz baixa e fria:

– Coloque seus braços em volta de mim.

– Onde está a porra da sua ruiva? – exijo.

– Eu disse coloque os braços em volta de mim.

Eu não obedeço.

Ele não se importa.

Ele me levanta em seus braços, seu casaco imenso em mim, e não tenho escolha a não ser me segurar em sua nuca. De súbito, eu sinto seu cheiro. Sinto seu cheiro no casaco que pôs em mim, e no cheiro de seu cabelo, e na sua pele. Floresta e couro e menta. A dor em meu coração se torna uma mordida violenta e ardente enquanto a ardência em meus olhos retorna.

Quando passamos por Riley na porta, ele diz, inexpressivo:

– Fique longe dela.

– Se você a machucar... – começa Riley, mas Greyson o interrompe.

– Não. Se *você* tocá-la de novo, eu vou te matar!

As palavras de Greyson – *Se você tocá-la de novo, eu vou te matar!* – enviam um frêmito pelo meu corpo.

Riley dá um passo adiante, mas eu ergo minha mão para impedi-lo e balanço a cabeça em um não frenético. Não suporto arriscar Riley e eu nunca, jamais vi Greyson desse jeito. Seu corpo todo estala com a energia contida enquanto ele me carrega para os elevadores de serviço, segurando-me em um dos braços enquanto murmura ao telefone:

– Entrada de serviço dos fundos.

Então, ele guarda o telefone na calça e me aperta ainda mais junto de seu peito.

Mais apertado do que nunca.

Estamos sozinhos no elevador, e, apesar de quieto, ele está com uma expressão que eu nunca havia visto.

Acho que vou vomitar.

Saímos para o estacionamento subterrâneo, o ar frio mordendo minhas pernas e bochechas, e fecho meus olhos e me encolho contra o frio, sentindo-me totalmente horrível quando o calor do corpo dele se eleva para me aquecer. Me pergunto se ela lambeu a pele dele. Se enfiou os dedos em seu cabelo. Se ele a chama de princesa também.

Ouço brevemente um motor de carro ser ligado nas proximidades, e quando levanto os olhos Greyson está olhando para mim. Quando nossos olhos se encontram, meus nervos fritam da cabeça aos pés. Meu corpo está gritando possessivamente comigo para tomar posse desse homem, reclamá-lo de qualquer outra mulher. Mas não. Greyson pode enlouquecer meu corpo, mas eu acabo de perceber que ele nunca, jamais, vai ser o cara para mim.

Ele é um traidor.

Um mentiroso.

E está muito, muito bravo agora.

Um carro encosta diante de nós e ele abre a porta de trás. Enquanto me guia para o banco traseiro, toda essa confusão me atinge, e todo o álcool no meu organismo não está ajudando.

Ele embarca atrás de mim, ajeita-se à minha direita e bate a porta. Então, uma mão enluvada se encaixa em meu rosto e me força a voltar-me para ele, que me olha com frustração esculpida em seu maxilar rígido.

– Às vezes eu não vou poder te contar tudo sobre o meu trabalho. Eu faço isso para te proteger.

– Vá se foder! Eu te vi segurando a mão dela. Eu vi você...

– Você me viu *trabalhando*, Melanie. Foi tudo o que você viu.

– Eu te vi dar um presente para ela, seu filho da puta! Como diabos um serviço de segurança envolve algo assim, hein? – Eu o empurro para longe e ele pragueja em voz baixa. – Você se sente um grande homem, tendo uma penca de mulheres correndo atrás de você? Todas iludidas? Achando que são *especiais* para você?

– Jesus, ouça o que está dizendo!

– É isso mesmo, e ouça bem, Greyson, porque essa é a última vez que eu sou enganada! Você está me escutando? – Eu bato no teto da limusine, torcendo para Derek ouvir, mas ele não para o carro.

Greyson ri, incrédulo, passa os dedos por seu cabelo e olha para fora, as mãos fechadas em punhos, enquanto eu olho sem ver para as vitrines de passagem, teimosamente me agarrando à minha raiva e às minhas inseguranças.

– Eu já te saquei, Greyson. O que é que você tem no seu quarto secreto de aço? Pornô? É lá que você conversa pelo Skype com... *quem diabos ela seja?*

Até ele interromper, suavemente:

– Eu vi o seu batom na boca de outro homem e ainda posso voltar e arrebentá-lo até ele não conseguir encontrar os próprios dentes. Diabos, eu quero que você *assista* eu fazer isso, no mínimo pra que saiba, de uma vez por todas, que você é a *minha* garota e o único desgraçado sortudo que vai te pegar sou *eu*.

– *Era!* – corrijo, bêbada. – Era a sua garota.

Ele ri, ainda mais sombrio.

– Você é tão minha que nem sabe o quanto – diz ele em uma voz suave e ameaçadora.

No meu cérebro bêbado, subitamente percebo que ele está tremendo de fúria. Ele não está preocupado com o fato de que eu acabo de flagrá-lo me traindo. Parece que todos os seus pensamentos estão voltados para o seu ciúme egoísta. Mas eu nem consigo me recordar do que aconteceu no quarto de Riley; tudo que fico me lembrando é de Greyson e daquela vadia.

– Você passou por mim como se nunca tivesse me visto! – grito, batendo em seu peito.

Ele segura meu pulso e aperta.

– Porque não quero que uma mulher como ela use você contra mim. Que ninguém te use contra mim. Você me entende? Entende, querida? – ele pergunta, abaixando o tom da voz, terno, quase suplicando.

– Eu entendo que você é um mentiroso e um traidor, e não quis que ELA soubesse que você também tinha a MIM esperando à parte!

– Porra! É sério? Você estava *na porra do quarto de outro cara, tirando a roupa para ele*! Estava tentando me deixar louco? – Subitamente, a dor vívida nos olhos dele é real. A dor em sua voz é real, tão real que meu peito se parte como vidro. – Você realmente pretendia ir até o fim? Ia honestamente deixar aquele filho da puta entrar em você? – pergunta ele, cada palavra como um caco afiado dentro de mim.

– SIM! – grito.

Ele estremece como se estivesse se quebrando, e eu começo a soluçar de verdade.

Ele me solta como se precisasse de alguma distância, a voz entrecortada com algo além de raiva. É dor, e isso acaba comigo.

– Você acha que pode trepar com alguém para me substituir? Acha que ele vai te fazer sentir como eu faço? Eu não fui nada especial para você, Melanie? Você se apaixona por todo cuzão com quem sai?

Uma lágrima escorre pela minha bochecha.

Ele esmurra uma janela e pragueja.

– Que se foda.

– Dói – soluço, falando comigo mesma quando abaixo as mãos. – Você me magoa como ninguém nunca conseguiu, Greyson! Não consigo parar de pensar nisso. Você a chama de princesa? Você passa seus dias úteis com ela e os fins de semana comigo?

Ele fica em silêncio, olhando pela janela, os ombros tensos.

– Eu não chamo mais ninguém de princesa. Não passo tempo com nenhuma mulher além de você. Diabos, eu trabalho dias e noites para poder voltar para *casa* com você.

– Então por que está aqui com ela? Eu não sou muito boa com segundas chances, sabe? Mas eu te dei todas as chances que você quis! – grito.

– Ela não é nada. – Ele agarra meu rosto com a mão livre, sibilando entredentes. – Ela não é nada além de um contato de trabalho. Você é *tudo*, e tem sido tudo desde o momento em que te vi, gritando pelo Arrebentador. Você não me viu, não me viu, Melanie, mas eu tenho observado você desde então. Você é tudo. Pode dizer o mesmo sobre mim? Pode dizer o mesmo sobre ele, que ele não é nada?

Eu o encaro sem expressão por um momento.

– Ele não é nada, é só um amigo, eu juro. Ele era um pau amigo quando eu vinha visitar Brooke às vezes, mas não significou nada.

Ele olha para as próprias mãos.

– Mas ele te tocou.

Subitamente, não posso me conter e toco meus próprios seios, tão menores do que os da ruiva.

– Quem era ela? Qual o nome dela? Como você a conhece?

Ele esfrega o rosto com as duas mãos.

– Só um contato de trabalho. Ela desencava as sujeiras dos homens com quem preciso negociar. Nunca tive um relacionamento com ela. Tive milhares de fodas, mas ela não foi uma delas. Há semanas, todas as minhas trepadas são com você. – Ele olha para fora e xinga, e eu enxugo minhas lágrimas.

Eu vejo o rosto de Greyson e me lembro do modo como ele sorriu para ela, e meu estômago se embrulha de novo por ciúme.

– Eu queria arrancar aquela porcaria de cabelo dela.

– E eu queria arrancar as vísceras dele! – Ele me segura pelos ombros. – Que parte de ser a minha garota você não compreendeu?

– Eu me recuso a ser sua se você não vai ser meu. Se você sair trepando por aí, eu vou sair trepando por aí. Olho por olho!

– Pare de ser uma tonta bêbada e teimosa e me escute. Eu não estava te traindo, mas *você*, sim, estava.

Eu fico em silêncio.

– Não estava?

– Estava tudo acabado entre nós no momento em que você passou por mim e eu percebi que, esse tempo todo, você havia mentido para mim – choro, soluçando.

– Venha aqui – ele sussurra.

– Por quê?

Quando eu me aproximo um pouco, ele abre os braços e meus olhos ficam ainda mais borrados quando penso em explicar para ele o que Riley sabe sobre o meu segredo.

– Merda, me desculpe, Melanie – diz ele.

Ele me puxa para seu peito e a familiaridade de seu abraço e o conforto que sinto em seus braços inesperadamente abrem minhas comportas.

– Eu também preciso me desculpar, Grey – ofego.

Quando começo a soluçar mais intensamente, ele pressiona um beijo duro, quase desesperado, ao topo da minha cabeça e me aperta quase com força o bastante para me quebrar. Então diz:

– Vai ficar tudo bem. Você nunca, jamais, vai ter que correr para outro homem de novo, porque eu vou estar bem aqui. Bem aqui para você, se ainda me quiser depois que eu te contar o que preciso contar.

Eu tento enxugar meu rosto e olho nos olhos dele.

– Você me fez sentir indigna, Grey. Como se estivesse me escondendo. Não sei quem é você, seus pais, sua família, não sei nada sobre você. Por favor, eu quero te conhecer. Não vê que eu quero *conhecer você* – soluço.

Seus olhos parecem atormentados quando ele me encara.

– Eu te escondo para te proteger, porque você é a minha princesa. – Ele acaricia meu nariz. – Vou lhe contar tudo a meu respeito. Deixe-me apenas apreciar um pouco mais o modo como esses olhos me veem.

Ele beija minhas pálpebras quase desesperadamente, como se o que fosse me dizer fosse ruim, muito ruim, e como se achasse que eu não seria capaz de ficar com ele depois de ouvir.

Eu choro mais intensamente. Estou habituada a seu toque. Seu toque é único, delicioso, e eu o senti durante oito semanas, mas sabia que um dia ele iria me quebrar.

DEZENOVE

PERDIDO

GREYSON

Melanie desliza as mãos ao redor da minha cintura e enterra o rosto na minha camisa, e eu retiro minhas luvas e as guardo nos bolsos a fim de poder correr meus dedos por seu rosto para rastrear suas lágrimas.

Paz.

Ela é a mulher mais inquieta que eu conheço, mas ela me dá paz. As coisas estavam planejadas com perfeição.

Melanie estava em Seattle. Eu estava aqui em Denver reunindo a evidência para meu penúltimo alvo. Eu iria invadir a casa dele à meia-noite, chantageá-lo e assediá-lo em busca do pagamento, de modo que amanhã eu pudesse voar de volta para ela.

Entretanto, horas atrás Derek me enviou uma mensagem de que ela estava no aeroporto. Até o incompetente estacionar, ela já havia feito o check-in e ele a perdeu na fila da segurança. Eu mandei, aos gritos, que ele comprasse uma passagem, qualquer uma, passasse pela segurança e a encontrasse. Ele arranjou uma passagem, mas não conseguiu encontrá-la. Assim, pedi a C.C. que vasculhasse os registros de voo enquanto eu terminava a porcaria da reunião com Tina e cuidasse pessoalmente das coisas.

Mas não. Melanie acabou aqui, na mesma merda de restaurante, ao mesmo tempo que Tina Glass e eu estávamos aqui, e me viu. Eu não podia permitir que uma criminosa como Tina Glass soubesse algo sobre nós, senão Melanie estaria exposta ao mundo de Zero e ficaria vulnerável.

Deus, mas a dor nos olhos dela? Se aquilo não fosse o bastante para me deixar de joelhos, isso teria acontecido quando eu a vi no quarto de hotel daquele desgraçado.

Você não pode magoar uma mulher como Melanie e esperar que ela não reaja. Não pode esperar que ela não tente arrancar a dor para ser de novo a garota feliz que todos conhecem.

Eu temi tê-la perdido.

Temi a determinação nos olhos dela quando a porta daquele quarto de hotel se abriu e eu a vi.

E vi a dor em seus olhos.

E eu estava bravo, bravo pra caralho, mas a emoção mais intensa, surpreendente e enfurecedora em mim era o medo.

Medo de nunca mais provar aqueles lábios, nunca sentir aqueles olhos em mim, nunca participar de suas brincadeiras estúpidas... As únicas vezes que eu já me senti bom foram com ela. Bom não apenas em matar, chantagear, e fazer o que fui ensinado a fazer. Apenas bom.

Ela se move agora, e o fogo em minhas veias chia e se atiça quando seu cabelo roça meu pescoço. As curvas de seu corpo se encaixam perfeitamente contra o meu. Ela está sentada sobre a minha coxa, e seu quadril está contra o meu pau. Quando ela se mexe, eu gemo baixinho no topo de sua cabeça, meus músculos dando nós. Lava corre por mim à mera sensação de sua proximidade.

Quero fodê-la com tanta força, puni-la por pensar que qualquer outro desgraçado serviria.

Seu cabelo está desarrumado como se ela tivesse saído da cama daquele cretino, mas ela nunca vai estar satisfeita até sair da minha.

Seus olhos estão nublados de lágrimas por mim.

Cada músculo em meu corpo retesado, eu afasto seu cabelo de lado e beijo atrás de sua orelha.

– Quero sentir o gosto da sua pele nua muito, muito desesperadamente – murmuro.

Ela arranca minha camisa de dentro da calça e coloca a mão por baixo do tecido, sobre meu coração, tocando a argola em meu mamilo. Ficamos assim, os olhos dela fechados, seu rosto no meu peito, sua proximidade me virando do avesso.

Abaixo minha cabeça e ela prende o fôlego como se estivesse rezando para eu fazer isso, e inclina a cabeça para trás para podermos nos beijar. Nossos lábios se encontram com suavidade. Ali está o meu pau pulsando, a rápida batida de meu pulso, o sabor dela em minha língua. Minha fome escapa de controle quando eu abro-a um pouco mais e a beijo lenta, mas profundamente.

Cada passagem repetitiva de sua língua libera uma selvageria em mim, aquela atração elementar entre nós se estendendo e fortalecendo.

Ela recua e eu olho para ela, absorvendo a sensação enquanto ela lentamente ergue os olhos até os meus, um verde puro, e eu sinto como se meu peito tivesse sido aberto e ela estivesse apertando meu coração com aquelas mãozinhas brancas e delicadas. Sinto mais por ela do que já senti por qualquer um em minha vida. Nunca pensei que seria capaz. Perdi algo que amava jovem demais. Construí uma fortaleza ao meu redor, e ela está sempre ali, impedindo qualquer um de receber uma fração de emoção pura e real de mim.

Mas o que sinto por ela...

Ninguém jamais teve o poder de me machucar como ela tem agora. Desde que minha mãe partiu, nada foi realmente importante para mim. Eu nunca me permiti me importar com algo ou alguém. Não com meu pai, ou meu tio, ou meu irmão.

Agora, uma garotinha cujo pai a chama de gafanhota tem o poder de me partir em dois – eu, a porra de um criminoso, sozinho pela maior parte da minha vida. E se algum de meus inimigos soubesse, eles a usariam para derrotar Zero em um instante.

E agora estamos envolvidos demais para ela permanecer por mais tempo no escuro. Eu preciso saber se sou eu quem ela ama, ou algum ideal meu.

Ela vai te deixar. Te desprezar. Te rejeitar.

Já estou lamentando sua perda enquanto sua mão vaga até o zíper da minha calça, e o mero roçar de seus dedos me deixa duro, enquanto meu peito lateja com a perda.

Ela já está perdida para mim, droga.

Eu arfo e fecho os olhos enquanto combato meu próprio impulso de tomá-la, aqui e agora; em vez disso, seguro sua mão nômade e a beijo. Quero enfiar minha mão debaixo de sua saia, afastar a calcinha de lado e colocar ali um dedo. Ela já está ofegante e agarrada ao meu pescoço, a cabeça tombando para trás de prazer contra o meu ombro. Mas ela está bêbada e eu, nervoso; e estou com ciúme e quero mais do que seu corpo. Quero a porra da alma dela, e quero que ela me entregue isso sabendo quem eu sou.

Idiota desgraçado, ela não vai entregar.

Gemendo de dor, eu me inclino até sua boca e ela me beija com força.

Ela resmunga meu nome e eu me escuto sussurrando que ela era um anjo na chuva... a única mulher com quem eu já passei a noite, para quem comprei uma casa, segui por aí só por uma olhada...

Uma nova lágrima escorre por seu rosto, mas sou quem está desmoronando. O que me balança é a ternura na maneira como ela se aninha a mim, mesmo enquanto chora.

Eu deposito um beijo no topo da cabeça dela e não consigo parar de pressionar beijos em seu cabelo, meu autodesprezo crescendo a cada segundo.

Só mais um alvo agora. Eu tenho a evidência para pegá-lo. E daí, só preciso sussurrar no ouvido dela para me dar aquela porcaria de colar, porque vou lhe dar outro, muito melhor, e que aquele vai dar conta de tudo.

Vou assumir o controle do Underground. Vou ser mais esperto, mais bem organizado; vou garantir que minha mãe esteja a salvo, e quando a Melanie...

Eu bato no teto do carro e baixo a divisória que nos separa de Derek.

– Dirija para buscar a amiga dela, a feliz – digo, sarcástico.

Resmungando um protesto inaudível, ela balança a cabeça.

– Não vá. Eu ando sonhando com você.

– E chame um dos caras – digo a Derek. – Preciso que você fique com a princesa enquanto alguém me leva ao aeroporto.

Subo de novo a divisória entre Derek e nós e gemo.

– Não diga isso agora – sussurro.

Ela agarra minha mão e a leva até seus seios.

– Quando eu te vejo, meus peitos doem.

Deus. Ela está tão bêbada.

– Quando estiver sóbria, vou te contar algumas merdas de que você não vai gostar – murmuro, em um aviso áspero. – Não diga nada agora.

– Greyson...

– Eu vou te contar algo sobre mim, mas não quero que você tente me consertar. Eu não posso ser consertado. Você vai precisar me aceitar pelo que sou ou me dizer que quer partir, e eu te dou minha palavra que vou deixá-la ir se for o que você pedir.

Ela para e pisca, depois diz, a voz cheia de emoção:

– Você parece pensar que é ruim para mim.

– Eu sou. – Eu olho pela janela e aperto meus molares, abraçando-a mais apertado porque essa pode ser a última vez que a tenho assim.

– Você não é. O que você fez por mim na chuva é uma das coisas mais gentis que já me fizeram.

– Porra. Pare de dizer isso, você já me falou antes e me deixa puto.

– Por quê?

– Porque você devia estar cheia de gente fazendo coisas legais para você. Com você.

Ela sorri.

– Eu não gosto que façam coisas gentis comigo, prefiro quando são um pouco más. Como você.

Eu rio.

– É, você está bem bêbada. Você queria me matar agora mesmo. Depois trepar comigo. Agora quer me canonizar?

– Porque você é um bad boy, mas é um homem bom, e eu estou apaixo...

Eu a silencio com minha boca porque não posso suportar. Não posso suportar sua sinceridade, a ideia de que ela pode ter me perdoado por enquanto, mas não vai perdoar quando eu lhe contar o que faço, e isso é algo que eu não aguento. O que sinto por ela cresceu demais, a maneira como eu a respeito, gosto dela, a admiro, o modo como quero que ela seja feliz e o tormento de saber que, a cada momento que estou com ela, poderia estar colocando-a em risco. Não posso colocá-la em risco. Ela precisa saber.

E Greyson King vai ter zero futuro com ela.

* * *

Ela está adormecida quando Derek traz sua amiga raivosa, que está soltando fumaça quando ele carrega suas malas com a de Melanie no porta-malas.

Ela entra no carro.

– Que diabos você fez com ela? – Imediatamente, ela indica o pescoço de Melanie. – Ela nunca tira seu precioso colar. Está sempre debaixo da camisa dela, e hoje estava por cima. E, então, o que você fez com ela?

Pela primeira vez, eu reparo.

Melanie tirou mesmo o meu colar.

Há um nó em minhas entranhas, uma sensação de que estou afundando enquanto roço os dedos, cheio de remorso, sobre sua garganta nua. Eu queria que ela o usasse, não queria? Queria que ela o vendesse.

Não deveria *doer* desse jeito, não deveria importar merda nenhuma.

– Vou levar vocês duas para uma suíte em um hotel maior e mais seguro – digo, em uma voz fria e sem emoção, baixinho, e mantendo meus olhos em Melanie. – Eu apreciaria se você fizesse companhia a ela até eu poder voltar.

– Vou fazer isso por ela, porque é aniversário dela, não porque você me pediu, cuzão.

VINTE

CONFUSA

MELANIE

Eu acordo desorientada, e então, como uma tijolada na cabeça, sou atingida.

Ainda estou bêbada.

Mais para uma ressaca.

Um latejar violento em minhas têmporas me faz espremer os olhos enquanto tento me localizar. Eu gemo, me viro na cama e percebo que estou de trança e não me lembro de fazer uma. Pensar que Greyson pode ter colocado suas mãos em meu cabelo faz meu estômago doer.

Fico de pé e olho para o quarto ao meu redor. São três da manhã.

Eu peguei no sono no carro?

Há um banheiro enorme e eu me sinto tão imunda, que vou pelo quarto procurando minhas coisas – e vejo minha mala. Rapidamente, arranco minhas roupas e coloco uma camiseta e um shorts de algodão; depois, dou uma volta por ali, morrendo de sede. Tomo uma garrafa de água e olho ao redor. Nunca estive em um quarto tão grande. É decorado com extravagância e bastante aconchegante. Há fotos da vida selvagem na parede, perto de bumerangues de madeira.

Livros vão de um lado ao outro em uma das paredes de uma sala de estar, e há outra sala fechada. Vejo os sapatos de Pandora junto ao bar e enrugo a testa, confusa.

Ouço um ruído de um terceiro quarto e espio lá dentro, e o vejo.

Minhas entranhas se contraem quando ele não me vê.

Ele tem coisas prateadas espalhadas sobre a cama. Parece ter acabado de se banhar e está vestindo uma camisa, uma calça social preta ajustada repousando bem baixo em seu quadril.

Os abajures de ambos os lados da cama são feitos de ônix, cada um com uma lâmpada reluzindo calidamente no centro, filtrando pelo ônix de modo incrivelmente elegante. Essa luz beija sua pele dourada, corre por seu cabelo, toca-o de uma forma que me faz apertar as mãos na lateral do corpo.

A imagem dele me lembra tanto de outras manhãs. Em seu apartamento enorme e vazio. Quando ficávamos brincando juntos, às vezes tomando um banho de banheira. Parecia que ele era meu.

Mas não é.

Uma emoção instantânea se avoluma dentro de mim quando penso nele e naquela mulher.

E então me lembro de Riley.

Nossa briga.

O que mais aconteceu?

Enquanto eu tento decifrar o que está sobre a cama, noto que ele começou a me observar com um olhar estreitado e quieto, e algo atravessa seu rosto, um anseio melancólico que faz meu próprio desejo me cortar em quatro.

– Onde estamos? – grasno.

– Em um hotel.

– Não o meu hotel.

– Agora é.

A visão da argola em seu mamilo à luz do abajur enquanto ele começa a abotoar sua camisa zomba de mim. Eu quero sugá-lo enquanto o cavalgo. Puxá-lo e brincar com ele enquanto Grey me fode, me ama. Não, ele nunca vai me amar.

– Zero... – sussurro. – Quando eu estava pegando no sono, ouvi alguém dizendo esse número várias vezes. O que é? Você dizia a Derek para chamar alguém para vir te buscar no aeroporto, e várias vezes ele disse Zero... O que é isso?

Ele suspira e se volta, depois abre os braços e me observa cautelosamente.

– Eu.

– Zero? – Eu quase sufoco com a palavra. – Greyson nem é o seu nome?

Greyson espera.

O que só me deixa mais confusa e mais frustrada.

– Zero? – repito. – O que diabos isso significa? Com certeza, não é o número de mulheres que você já comeu. Inferno, eu pensei que te *conhecia!*

– *Você* achou que *me* conhecia? – O ultraje dele é como uma coisa tangível no quarto. – *Eu* pensei que *te* conhecia! Mas que porra, Melanie! Seu colar desapareceu! Eu te encontro em um quarto com outro cara! *Você* me conta que *porra* está acontecendo. Você tem todo um submundo em você, princesa, eu não sou o único mentiroso aqui!

Ouve-se uma batida e um cara com uma cabeça esguia dá uma olhada lá dentro.

– Estou pronto quando você quiser. Derek vai manter o posto dele aqui. Sua reserva...

– Leon, eu preciso da porra de um momento aqui – Greyson interrompe enquanto atravessa o quarto em alguns passos largos, batendo a porta na cara do outro, mas não rápido o bastante. Não antes que eu veja o homem. Eu o reconheço, aquele homem alto e magro.

Da vez que visitei Brooke em um fim de semana e fugi para o Underground, implorando por uma extensão.

Extensão? Nós podemos te dar uma extensão dos nossos paus, que tal isso, madame?

Eu olho para Greyson e uma percepção ainda mais apavorante me invade, e com uma torção horrorosa por dentro eu finalmente, finalmente entendo.

Greyson, o magrelo que ele chamou de Leon, e o outro grupo de caras que riu de mim quando eu pedi por mais tempo; eles são os deuses e senhores do Underground.

O magrelo feio olhou para Greyson como se ele fosse um deus, e ele é o cara que queria me foder como pagamento. Pagamento pela minha dívida. Ofego com a compreensão e agarro meu estômago enquanto uma onda de náusea estonteante rola sobre mim.

– Ah-meu-Deus, você é um deles.

Os olhos dele vão até a porta fechada, depois para mim, e ele diz:

– Se ele colocar um dedo em você, eu vou cortá-lo fora. Que Deus me ajude, vou cortar fora cada um deles...

– *Ah-meu-Deus!*

Tampando a boca com a mão, sento-me na beira da cama quando minhas pernas falham. Eu me balanço para a frente e para trás, porque ele não é apenas um mentiroso, ele é...

Ele é...

Eu nem sei o que ele é.

De repente, eu penso em como ele me encontrou... Deus, será que ele estava me seguindo?

Os homens? Será que foi ele o cara... o cara que me levou para casa e depois me deixou, ensopada em seu sangue?

Eu não consigo. Não consigo. *Não consigo.*

Dobro-me adiante e seguro meu estômago, tentando não vomitar.

– Ah, Deus.

– Princesa. – Ele murmura a palavra quase com reverência enquanto vem na minha direção.

Filho da puta!

Eu fico de pé num salto e estendo uma das mãos para mantê-lo a distância.

– Não! Fique. Fique aí, não me toque. Só me diga uma coisa...

Sou atacada por minha dor enquanto outras lembranças continuam se amontoando em meu cérebro.

Mentiras... mentiras... mentiras...

Eu mal consigo me forçar a falar.

– Você estava cobrando? – Meus olhos borram com lágrimas quando eu olho para ele, como se o desgraçado já não me tivesse feito chorar o bastante hoje. – Você estava cobrando de mim?

– É isso o que você acha? – ele pergunta suavemente, de pé, a alguns metros de distância, com um furacão de energia fervilhando ao seu redor.

Uma fúria como nada que eu tivesse conhecido borbulha dentro de mim quando coloco as mãos na barra da minha camiseta.

– Vamos lá, então! – Eu a arranco por cima da cabeça, tiro meus shorts, chutando-os no ar, na direção dele. – Vamos pagar. Vamos acabar com essa aposta. Certamente você recebeu pagamento parcial por todas as outras vezes que eu trepei com você, não? – Começo a tirar meu fio dental. – E então, quantas vezes ainda faltam? Quantas? Hein? – Eu chuto minha calcinha de lado e fico de pé, nua, na sua frente. – Hein, Greyson?

Ele está congelado como uma estátua, seus olhos brilhando enquanto eu pego minha camiseta no punho e jogo-a em sua direção.

– Vamos lá, vamos acabar com isso. Só me diga quantas trepadas serão necessárias.

Ele agarra a camiseta e, em um segundo, cobre a distância entre nós, pressionando-a contra meu peito e murmurando calmamente:

– Vista-se. Conversaremos mais tarde, ainda hoje. Eu tenho só mais *um* homem para ver, e não tenho muito tempo, Melanie. Meu pai está muito doente...

– Não há nada sobre o que conversar.

– Só vista isso, *por favor*! – ruge ele.

Com raiva, mas subitamente assustada, eu começo a vestir minha camiseta enquanto ele vai ficar junto à janela, olhando para fora, para uma montanha verde a distância, em um silêncio amargo.

O silêncio é ensurdecedor.

E, de repente, eu estou... de coração partido.

Nem mesmo brava. Sinto como se ele tivesse juntado todos os meus sonhos, todas as minhas esperanças e todas as minhas emoções, e jogado tudo num liquidificador, e agora eles se transformaram em um purê, em nada. Eles nunca, nunca mais vão ser refeitos. Jamais.

– Quem é você? – pergunto, derrotada. Uma bola de fogo está se juntando em minha garganta. – Ao menos me diga isso. Diga-me ao menos isso, Greyson.

– Zero é um codinome. Porque eu sou... – Ele se vira, abre os braços que sempre me fizeram sentir protegida para indicar o quarto. – Impossível de rastrear, supostamente.

Um silêncio tenso cai sobre nós.

O olhar dele se torna resguardado enquanto ele murmura, quase como se não quisesse dizer, mas uma parte decente dele o forçasse a isso:

– Eu estava aposentado, mas agora parece que ajudo a cobrar dívidas de jogo devidas ao meu pai. Quarenta e oito cobranças. Isso é tudo o que eu preciso fazer para poder me aposentar de novo. Tenho mais uma... e você... e então isso acabou para mim. E ele vai me dizer onde está minha mãe.

E você, eu repito em silêncio, o liquidificador tornando a sacudir minhas emoções.

– Qual o seu nome verdadeiro? – pergunto, a voz espessa.

– Você já conhece meu nome – diz ele, a voz baixa e áspera enquanto uma centelha de ternura penetra em seus olhos. – Você já o gemeu. Gritou. Sussurrou. É Greyson, Melanie.

Ele vem na minha direção como se de repente precisasse fazer algum tipo de contato, mas eu não vou suportar se ele me tocar. Recuo, balançando a cabeça de um lado para o outro.

– Então você é um dos líderes deles. Líder desses caras da máfia Underground – digo.

Os olhos dele ardem com alguma emoção indizível.

– Se é assim que você quer me chamar, sim.

– Meu colar. Você nem mesmo o comprou. Comprou? – eu mal consigo falar, minha voz está tão crua e cheia de dor.

– Alguns pagamentos são feitos em objetos. E nós mantemos isso à mão para propinas. Então, sim, princesa, eu não comprei sua bugiganga. Não exatamente.

– Uau. Meus amigos tinham razão, eu não significava nada para você.

– Que amigo? Aquele que você estava beijando na noite passada? Onde está aquele colar, Melanie? – Ele caminha até mim mais rapidamente e eu recuo até que minha coluna esteja reta contra a parede. Ele se pressiona contra mim, um grande predador com olhos que de alguma forma me possuem enquanto me observam.

Ele curva uma das mãos ao redor do meu pescoço, e sua sofreguidão me alcança, me enfraquece. Sinto meus joelhos tremerem com sua proximidade. Seu cheiro. Deus, eu senti sua falta, e odeio ter sentido. Odeio que ainda sinta.

Ele está bem aqui e eu ainda sinto.

Ainda sinto saudade.

Ainda sinto desejo.

– Você mata gente – ofego.

A mão dele circunda minha garganta e seu dedo, lenta e sinuosamente, começa a acariciar o ponto onde minha pulsação salta, enquanto seus olhos caem até meus lábios.

– Às vezes. – A voz dele é uma lixa, áspera e baixa.

– Você os tortura?

Estou sem fôlego.

Estou sem fôlego e magoada. E por que não consigo deixar de amá-lo? Por que não consigo *deixar de amá-lo?*

– Faço o que preciso fazer – murmura ele, afagando meu pescoço e ainda me encarando, mostrando abertamente sua fome por minha boca, seu olhar tão poderoso que eu umedeço os lábios nervosamente, e isso só faz seus olhos escurecerem ainda mais. Ele está ainda mais faminto.

Meu fôlego já não é mais meu. Mas continuo tentando colocar ar nos meu pulmões, porque todas as emoções no meu peito são dolorosas demais para conter.

– Uma bonequinha estúpida, foi por isso que você me escolheu? – pergunto, a voz espessa.

– Te escolher? Se eu fosse escolher uma mulher, jamais teria escolhido *você*. – Ele esfrega o nó de um dedo sobre meus lábios enquanto continua fodendo meus lábios com os olhos. – Você é uma bagunça, Melanie – diz ele. – Você é uma bagunça inocente e gostosa, e eu jamais me prenderia pelas bolas voluntariamente a uma mulher tão divertida, alegre, inocente e que segue a maré como você. Eu não escolhi você, mas pode ter certeza de que não consigo me libertar de você. Você está na minha cabeça, como se fosse um demônio no meu coração desgraçado.

– Vá se foder! – Eu o empurro, mas ele agarra meus pulsos para me parar e puxa meus braços acima da cabeça, fazendo meu corpo se arquear instintivamente e as pontas de meus mamilos roçarem contra seu peito duro. O raio instantâneo de excitação que sinto disparar minha raiva contra mim mesma.

– Me usar e depois descartar – grito, retorcendo-me em suas mãos. – Era esse o plano, certo? Foda ela e depois foda a vida dela. Arrume uma loira que não pensa muito e não vai fazer muitas perguntas! Uma de quem você pode se livrar com facilidade!

– Eu pareço alguém que está tentando se livrar de você? – diz ele entredentes, apertando meus pulsos em suas mãos, pressionando sua ereção contra mim. – Eu te quero do mesmo jeito que quero uma nova *vida*, Melanie. Tenho relatórios imensos sobre você e outros homens, e sei sobre a sua dívida. Eu sabia sobre a sua gêmea antes de você me contar, Melanie.

Eu sufoco quando ele menciona Lauren. Meus olhos marejam enquanto ele prossegue, diminuindo o aperto em meus pulsos e lentamente, carinhosamente, arrastando sua mão sobre a pele delicada do interior de meus braços nus. – Eu sei que seus pais a perderam, e você se culpa por ter sobrevivido. Não é?

Acho que a bola de fogo que estava em minha garganta está agora também nos olhos e no coração.

– Por isso, toda a sua doce vida você tentou compensar pelo que sentia haver tirado de seus pais. Você tentou fazê-los felizes, tentou fazer todo mundo ao seu redor feliz porque talvez, lá no fundo, não queria que ninguém acreditasse que você não merecia a chance que sua irmã nunca teve.

– Pare com isso – digo, baixinho, mas uma torrente de lágrimas escorre pelo meu rosto porque ninguém jamais enxergou tão claramente dentro de mim, e eu estou com medo, e magoada, e seus olhos amendoados simplesmente não me largam.

Ele aperta meus ombros agora, o olhar ferozmente terno e ainda faminto por mim enquanto acrescenta:

– Eu sei que você usou sexo para deixar de se sentir solitária por tempo demais, Melanie, e sei que você é a coisa mais adorável que eu já vi, sempre tentando tirar o melhor de tudo. Dando uma chance a todos os sapos, porque você recebeu aquela chance, certo? Então, por que negá-la a alguém? A qualquer um? Até mesmo a um cuzão como eu?

Ele desliza a mão pelo meu rosto e acaricia minha bochecha, o tipo de carícia que só ele me dá. Do tipo que eu sinto sob minha pele, até os nervos, os ossos.

– Eu sei que você trancou um semestre na faculdade para acompanhar sua melhor amiga quando ela se machucou – continua ele –, e nunca contou a ela que você trancou porque queria lhe fazer companhia. Eu sei que você é o tipo de garota que compraria um Mustang em uma cidade onde chova quase todo dia do ano porque vale a pena para poder andar com o teto recolhido quando há sol. Eu te conheço, Melanie. Porra, eu sei mais sobre você do que eu gostaria, porque não mudaria uma coisa... nada... nem *uma palavra*... da pasta com 25 centímetros de espessura que tenho a seu respeito... na porra da minha mesa.

Eu baixo o olhar do seu com um soluço silencioso. Ele inclina minha cabeça para trás e me força a fitar seu rosto, que está feroz e cheio de convicção, tão feroz quanto seu olhar quente e penetrante.

– Essa sua personagem "eu resolvo"? Eu *gosto* dela. Eu a conheço, mas pego vislumbres de você, Melanie. Da Melanie *real*. A que está assustada. A que não gosta de ficar sozinha. A que é vulnerável. E me dá vontade de dizer que eu cuido de você. Venha aqui, eu cuido de você, princesa.

– Você sabe tudo isso sobre mim e eu nem mesmo *te conheço*! – choro.

– Conhece, sim – contrapõe ele, encaixando minha cabeça em suas mãos e esmagando minha boca com a sua. A fome presente no beijo queima os meus nervos, me deixa em chamas.

Lábios quentes. O sabor. Ele não é o único louco para sentir esse sabor. Eu também quero, e muito.

Por favor, por favor, seja esperta, Melanie!

Saia, Melanie!

– Deus – rosna ele, quando minha boca parece se separar por conta própria e eu de algum modo encontro meus dedos se afundando nos bíceps dele. – Eu fui ensinado a enganar e chantagear, mentir, trair, qualquer coisa necessária para conseguir o que quero.

A sucção deliciosa de sua boca faz meus dedos dos pés se curvarem, meu corpo arder e arquear-se mais para perto dele, enquanto ele envolve minha cintura com os braços.

– E eu te quero. Esses seios, pequenos e meigos. Quero minha boca neles outra vez. – Ele apalpa minha bunda com uma das mãos, a outra em um seio. – Adoro quando seus mamilos se arrepiam para mim. Eles se arrepiam com a minha voz. Com um olhar meu. Adoro sua bunda. Porra, eu adoro a sua boca.

Ele parece ficar meio doido, fazendo tudo de uma vez. Massageando minha bunda. Meu peito. Devorando minha boca. E então ele beija meu pescoço, colocando a língua para fora para sentir meu gosto. Um frêmito me percorre. *Deus.* É um êxtase. Uma agonia. Ambos.

– "Zero", você sabe o que ele faz, princesa? – ele me desafia, dando uma mordida quente e sensual no meu lábio inferior antes de recuar para me fitar com olhos semicerrados. – Ele procura por uma fraqueza e a ataca, devasta sua presa e a faz pagar.

Eu estremeço com o tom sensual de sua voz e sussurro:

– Sinto muito por eles.

– Humm. E deve sentir mesmo. – Ele vai até meu ouvido, seu hálito quente enquanto esfrega sua ereção contra mim. – Eu acho que conheço sua fraqueza, Melanie. Eu conheço sua fraqueza. Sua fraqueza... sou eu.

– *Pare.*

– Eu pararia se você estivesse falando sério. Fale sério – ordena, depois prende meu rosto nas mãos e me olha, esperando que eu fale o que estou dizendo a sério, seus olhos elétricos. – Agora mesmo. Fale sério – ele sussurra, sedutor, seu hálito quente no meu rosto. – Lágrimas? – Ele recua, seus olhos sóbrios, mas implacáveis. – Lágrimas... Por quê? Eu ainda não te fiz gozar.

Eu quero me libertar.

Mas estou tremendo e ansiando e desejando. É verdade que eu quero o seu corpo, cada centímetro delicioso dele, mas, mais do que qualquer coisa, quero conhecer quem ele é – quem é o homem que tem esse efeito sobre mim.

Ele. Não. É. Real, MELANIE!

É um mentiroso, um mulherengo, uma porra de um canalha e um trapaceiro. Você não precisa dele! Você não o quer!

– Diga-me quem é você! – Subitamente, minha voz se ergue com minha confusão.

Ele olha para mim, sombras escuras atravessando seus olhos, e então me surpreende quando me deixa e senta-se na cama. Pousando os cotovelos sobre os joelhos, ele se inclina, olhando para mim, cada milímetro seu atormentado. Ele passa as mãos pelo cabelo e, lentamente, eu observo enquanto cada mecha com reflexos acobreados cai em seu lugar, uma por uma. O silêncio se arrasta, a tensão palpável, até que ele o quebra com uma amargura dura e baixa em sua voz.

– Eu fui criado pela minha mãe, Lana King. Para me proteger, ela deixou meu pai quando engravidou. Um dia, quando eu tinha 13 anos, voltei para casa e ela estava amarrada a uma cadeira, amordaçada, no meio de um grupo de homens – entre eles, meu pai. Ele ofereceu... – Ele fica quieto, depois sorri com frieza. – Ele me disse que, se eu matasse um de seus homens, ela seria desamarrada e libertada. Eu não sabia que ele tinha um trato com ela, que ela havia dito que eu não era um matador como ele. Que ele prometera abrir mão de mim se aquilo fosse verdade. Eu não sabia sobre essa porra de trato quando peguei a arma que ele ofereceu, mirei, atirei e matei o cara. E eu nunca mais a vi.

A voz dele se torna vazia e fria, como um eco em um túmulo antigo.

Não sei se é o tom que ele usa, as palavras que ele me diz, ou a falta de centelhas em seus olhos normalmente brilhantes e lindos.

– Meu tio Eric me disse que meu pai havia feito um trato com a minha mãe. Ele me levaria se eu provasse ser seu filho. Minha mãe jurou que eu não tinha nada a ver com ele. E daí eu atirei em um homem. Eu não hesitei. Atirei.

Uma guerra de emoções é travada dentro de mim, meus sentimentos por ele se tornando confusos e dolorosos como nada antes em minha vida.

– Eu me condenei a uma vida disso. – Ele gesticula para a área ao seu redor. – Talvez eu devesse ter atirado no meu pai. Poderia estar tudo acabado, bem ali, naquele momento. Mas o sangue é uma coisa curiosa. – Ele olha para mim, uma leve confusão em seus olhos de águia. – Ele te amarra. Mesmo quando você odeia sua família, algo aqui... – ele leva a mão ao peito. – Em algum lugar aqui dentro, você ainda é leal. Eu passei oito anos com ele, acreditando que ele me deixaria vê-la. Até perceber que ele nunca me deixaria vê-la enquanto soubesse que eu não estava nem aí para ele. Por isso, me tornei um renegado, o abandonei e tentei encontrá-la, fazendo alguns trabalhinhos nesse meio-tempo. Eu segui cada pista que pude encontrar. Nada. Ela desapareceu sem nenhum rastro.

Seu porte era rígido e orgulhoso, mas eu finalmente pude ver o caos em seus olhos. Eu o imagino, um adolescente, partido em dois. Usando sua esperteza para sobreviver, enquanto ainda tentava encontrar e proteger sua mãe.

Suas palavras, tão inquietantes, correm por minha mente, uma infância tão diferente da minha que quase não consigo compreender.

– Ele me convocou de volta agora que está morrendo. Ele tem leucemia e quer que eu assuma as rédeas do Underground. – Ele ri tristemente. – Um homem como ele, eu nem consigo imaginá-lo doente. Mas ele precisa passar seu bastão adiante. Wyatt, eu sei que ele foi muito mais que um filho para ele do que eu fui. Mas ele quer o alfa. – Ele puxa um pedaço de papel. – Quando eu te vi na minha lista, você era algo que eu queria eliminar do meu sistema. A loira dos meus sonhos. E, então, ali estava você. Ali estava você, naquela merda de van com aquele idiota desgraçado tentando te levar para casa. E ali estava você, um diabo de um anjo na chuva.

– Nem me fale daquela chuva!

– Você queria conversar, então agora estou conversando com você. – Ele se adianta, parando à minha frente, o leve sorriso que curva seus lábios para cima contendo uma quantidade infinita de tristeza. – Não era assim que eu queria passar o seu aniversário, Melanie.

A voz dele é um murmúrio terno, espremendo meu coração.

Eu não vou chorar. Eu não vou chorar, porra. Pisco e engulo seco.

– Tudo o que eu peço é que você me permita celebrá-la quando eu voltar. Se eu posso passar apenas um dia com você, quero passar *esse* dia. Com você.

Não suporto o jeito como ele me conhece. O modo como ele me compreende. A maneira como ele torna todos os meus sonhos realidade e quebra todas as minhas fantasias. Se existe um dia no ano em que eu preciso dele, esse seria o meu aniversário. Mas, de súbito, eu preciso desesperadamente ir para casa.

– Você está partindo agora? – murmuro.

As sobrancelhas dele se erguem inquisitivamente.

– Preciso ir. Só mais um alvo. Eu devo isso à minha mãe.

Ele vem até mim e me envolve em seus braços. Eu fecho os olhos enquanto seu calor me cerca, seu cheiro, ele todo. Quando ele tenta se afastar, eu puxo seus braços mais para perto, subitamente precisando disso por mais um minuto.

– Por que você quer os meus braços? – ele murmura em meu ouvido. – Eu acabo de lhe dizer que eles já fizeram mais mal do que bem.

– Não para mim.

– Porque você se apaixonou por mim, você se apaixonou por mim e por todas as minhas merdas, e mesmo com tudo que eu acabo de dizer você ainda está apaixonada, não está? – ele diz, baixinho, e beija a parte de trás da minha orelha. – Estou bem aqui para te pegar quando você cair. – Ele me beija no mesmo lugar com mais força. – Deixe que eu te pegue.

Eu abaixo a cabeça para me recompor.

Ele também abaixa a cabeça escura e olha para meus dedos dos pés. Em cada pé, minhas unhas soletram, em azul perfeito e rosa-choque: GREY♥.

– Belas unhas.

Eu curvo meus dedos e escondo-os no tapete.

– Eu fui a uma pedicure. No melhor lugar de Seattle.

Tudo para você... penso, triste.

O sorriso dele me dá borboletas no estômago e eu queria ter um machado para poder literalmente matá-las.

– Que alguém consiga fazer sua bundinha inquieta sossegar o suficiente para isso é um belo testemunho de suas habilidades. – Ele me olha com aqueles olhos que alcançam lugares estranhos dentro de mim, e meu estômago começa a pesar pela sobrecarga de emoções. – Ou um testemunho da sua convicção em usar meu nome nos seus pés.

Ele se ajoelha, e eu seguro o fôlego enquanto ele pega meu pé e o beija.

– Grey, você está beijando meu dedão – digo, a voz espessa e longínqua.

– Ele está com o meu nome.

Quando eu liberto meus pés, ele expira longamente e se levanta, esticando todos os seus mais de 1,80 metro de lindo mentiroso, e então começa a colocar silenciosamente algumas das coisas sobre a cama em seu casaco preto. Eu olho para as sombras, observando-o calçar suas luvas, sentindo que a inocência que eu acabo de perder nunca mais será recuperada.

– Sinto como se meu namorado tivesse acabado de morrer. Eu jamais terei o Greyson de novo.

Se eu soo triste, ele parece *devastado.*

– Sinto como se meu codinome tivesse acabado de matar minha namorada. E ela nunca, jamais vai voltar a olhar para mim como antes.

Nós nos olhamos como sempre fazemos, exceto que normalmente sorrimos aqui.

Dessa vez, não sorrimos.

Vá para casa, Melanie, penso, abatida.

Ele se adianta cautelosamente, e eu me lembro de como ele é obcecado com meus olhos. Sinto uma estranha tristeza por ele quando Grey encaixa as mãos em meu rosto, pensa em beijá-lo e acaba abaixando as mãos, em vez disso.

– Eu voltarei. Fique aqui, com sua amiga, durante o dia amanhã. E *pense*, Melanie. Quando eu voltar, eu desafio você a olhar nos meus olhos e me dizer que não me quer.

Não sei o que Greyson vai fazer, mas terror, lascívia, amor, todas as emoções rodopiam dentro de mim enquanto ele atravessa o quarto para partir.

– Greyson, jure para mim que você não vai matar ninguém! – grito. – Prometa, ou não teremos nada sobre o que conversar. Nada.

Meu coração martela em minhas têmporas, meu peito, as pontas de meus dedos, enquanto espero pela sua resposta ao meu ultimato impulsivo. Ele fica junto à porta e ri suavemente, depois retira algo de seu casaco, tira o cartucho de sua arma, deixa-o ali e abre a porta. Ele não me deu sua palavra, mas eu acredito nele.

Não sei por que, mas acredito nele.

Espero até que ele feche a porta após sair para ter a maior de todas as crises nervosas.

VINTE E UM

A LISTA

GREYSON

Era um alvo fácil.

Eu entro na casa escura, acordo-o com a ponta da minha SIG bem em sua têmpora enquanto ele leva um susto na cama. Ele tremeu como uma bandeira ao vento enquanto abria o cofre e me dava o dinheiro.

Ele provavelmente nunca mais vai dormir.

Bem-vindo ao clube, velho...

Mas não estou mais pensando nisso. O nome dele foi riscado; as lutas foram boas essa noite. O Arrebentador dominou o ringue – e, por mim, isso está ótimo. O Arrebentador é dinheiro, e o Underground só pensa no dinheiro.

Mas também não estou pensando nisso.

Estou pensando nela. E me perguntando se ela está dormindo. Ou tão torturada quanto eu estou. São seis da manhã no hospital, e eu estou sentado aqui, odiando aquilo que já sei.

Odiando já saber o que ela vai me dizer mais tarde quando eu for vê-la.

Que eu não a mereço, que sou um mentiroso, um enganador, e não o homem que ela deseja, e essa porra. Está. Me. Matando.

Não consigo parar quieto. Não consigo parar de pensar em toda essa merda na minha cabeça.

Eu estive sentado no hospital a noite toda assistindo ao meu pai lutar para respirar.

Também me senti sufocado, o ar engasgado em meus pulmões. Eu sabia o que era a minha vida, o que eu queria. Tudo estava claro.

Agora, nada mais está claro, exceto que eu não consigo imaginar continuar um dia sem ela. Se ela não me quiser, eu já sei que ficarei obcecado, que vou persegui-la. Não vou ser capaz de abrir mão dela. Vou precisar garantir que ela esteja a salvo, que ainda é ela mesma, que está rindo. Terei que ver outra pessoa tocá-la. O homem que ela queria, o homem que eu não pude ser. Meu coração se revolta no peito. Uma tempestade de fogo varre meu corpo ao pensar em qualquer um que não seja eu tocando seu corpo.

Mas eu não serei o Hades que vai arrastar sua Perséfone para o inferno com ele.

Ela não é Perséfone. Ela é Melanie Meyers Dean, e eu a amo.

Eu expiro e coloco o rosto nas mãos, estremecendo enquanto tento me dominar.

Estou doente, e ela é a única cura.

Estou doente por ela, tão doente quanto meu pai.

Eu levanto o olhar e ele mal está se movendo na cama, o som de sua respiração baixo e estável. É, dói. Eu o odiei minha vida toda. Ele me tirou tudo de bom. E ainda dói que ele seja fraco e mortal, e, ainda assim, o filho da puta se agarra firmemente ao segredo do local onde está minha mãe.

Fúria, impotência, tudo incha em meu peito. Eu acabo de resolver meu último alvo com a ajuda da informação de Tina. Cautelosamente, trabalhei em meus números para restar apenas um único alvo... o número cinco.

– A lista? – Eric me pergunta, ansioso, depois de conferenciar com os doutores e perceber que meu pai tem apenas mais algumas horas. *Horas.*

– Vou conseguir o pagamento – minto, empurrando a cadeira para trás e me levantando.

Mas não vou. Eu vou buscar minha garota, e depois vou voltar aqui e dizer a meu pai que ele fracassou. Que ele fracassou em me tornar igual a ele. Em me deixar completamente egoísta e mau.

Vou conseguir minha garota de volta, buscar um pouco do meu dinheiro e comprar de volta o papel da minha garota. Ele pode colocar o preço que quiser nele. Pode colocar minha própria vida nele. Ou o preço do Underground. Mas ele vai me dizer onde está minha mãe, e vai me ver riscando o nome de Melanie enquanto eu lhe entrego o dinheiro que ela deve.

Ele vai me julgar fraco. Ele vai morrer me julgando fraco.

Eu não estou mais nem aí pra essa merda.

Estou lutando pelo que me importo e vou lutar por isso, ainda que passe o resto da vida nas sombras, garantindo que minha garota esteja bem.

VINTE E DOIS

DECISÃO

MELANIE

– Eu quero ir para casa.

Essas são as primeiras palavras que saem da minha boca no dia seguinte, quando Greyson chega à porta do meu quarto no hotel, todo de roupas escuras, cabelo recém-lavado. Não o meu príncipe. Não o meu cavaleiro de armadura brilhante. Mais para o meu vilão de preto.

– Eu realmente quero ir para casa – repito em uma voz rouca, entrecortada. – Pensei sobre... nossa conversa, e só quero ir para casa hoje.

É tudo o que eu digo.

Não *oi*. Não *bom dia*. Eu nem comento sobre a caixa que ele segura, ou a gérbera que ele segura, frouxa, em sua mão, como aquela que ele prendeu à parede na casa de meus pais. A emoção me invade quando me lembro daquele dia, como ele foi real, como foi divertido.

Quem brinca junto, permanece junto...

Não é verdade, Vovó. Às vezes, os homens simplesmente brincam com você e te quebram.

Não posso nem dizer que Greyson não me avisou.

Sinto como se um vampiro tivesse acabado de sugar todo o sangue de meu coração quando abro a porta um pouco mais para deixar que ele entre. O quarto se encolhe conforme ele entra, seu olhar nunca deixando o meu enquanto coloca tudo na mesinha de centro, como se provavelmente tivesse percebido neste momento que eu não quero nenhum presente. Não quero nem mesmo fazer aniversário.

– Oi – Pandora o cumprimenta de onde está tomando café, na pequena mesa de jantar. É a primeira vez que ela não soa tão hostil com ele. Talvez porque tenhamos conversado a manhã inteira a respeito, e ela finalmente me convenceu, e eu me convenci, de que ele É TODO ERRADO PARA MIM.

Mas, agora que ele está tão próximo, é tão difícil acreditar nisso...

Posso sentir o sofrimento dele enquanto ele me segue para meu quarto.

Meus instintos gritam para que eu me jogue nos braços dele e resolva tudo. Como é que podemos não resolver? Ele foi meu dono. Por mais de quatro meses, ele, e tudo o que ele é, me possuiu. No entanto, eu preciso que ele me deixe partir, ou ele vai me quebrar.

Sou romântica demais; ele é endurecido demais, frio demais com tudo o que fez durante a vida.

Quando eu fecho a porta do meu quarto, viro-me de súbito, e ele me puxa para junto de si e me beija. Nós nos beijamos, sem lutar contra, derretendo na boca um do outro em vez disso, enquanto nos beijamos por mais tempo do que jamais o fizemos. Minutos e mais minutos. Meu corpo carente afundando no seu corpo rijo, suas mãos me segurando pela nuca, presa a ele, apertado. Nossas línguas se movendo mais rápido do que nunca, esfaimadas, ao mesmo tempo em que memorizamos o gosto um do outro, a maciez do nosso beijo. Até que ele geme e se liberta com um puxão, indo até a janela.

Eu o vejo lutando para erguer de novo os seus muros. Muros que eu demoli, porque queria que ele me amasse. Ele ama. Eu sei que ele ama. Estava em seu toque e no desespero em seus olhos agora mesmo, como se quisesse abrir mão de mim, mas não conseguisse.

Ele fica de frente para a janela, as mãos nos bolsos naquela sua posição de vou-dominar-o-mundo que eu adoro. Cada milímetro meu sabe que ele está ciente de mim, mas ele não reconhece este fato até falar, sem se virar, a voz tão crua que raspa contra minhas entranhas como uma lixa.

– Tem certeza de que partir é o que você quer?

– Tenho certeza – digo, minha voz na mesma textura que a dele.

A voz dele se parte, rouca, quando acrescenta:

– Derek pode levá-la até o aeroporto, então.

– Eu posso pegar um táxi. – Dou um passo na direção dele e paro. O que eu vou fazer? Abraçá-lo? Não posso. Preciso acabar com isso.

Vejo as luvas que ele jogou na cama e amorosamente pego-as em uma das mãos, precisando senti-las mais uma vez. Ele se volta e olha para mim, e me despedaça olhar nos olhos dele. Os olhos orgulhosos de Greyson King. Eu baixo o olhar para o chão e começo a piscar.

– Seja lá com quem for que você termine, apenas saiba que foi minha primeiro. Uma parte sua vai ser sempre minha. Quando encontrar o seu príncipe encantado, aquele que tem tudo o que está procurando, perfeito, você ainda será a minha princesa, e de mais ninguém.

Meus olhos marejam porque as palavras dele machucam, a verdade nelas machuca enquanto eu pressiono as luvas em suas mãos.

– Por favor, abra mão até dessa parte.

– Eu poderia fazer você me amar, Melanie. Posso fazer você *me escolher.*

Eu começo a chorar e coloco minha cabeça em seu peito, e ele cheira meu cabelo.

– É isso o que você quer? Eu vou ser o seu brinquedo e você, o meu playboy, e toda noite você vai fazer coisas ruins e então voltar para fazer amor comigo? Eu estarei no paraíso quando estiver nos seus braços, e no inferno quando estiver fora deles e esses braços estiverem fazendo algo terrível?

– Eu sou o dono desse corpo, Mel – diz ele, esfregando minhas curvas. – Cada milímetro dele. Essas mãos sabem como te amar mais do que sabem como fazer o que elas fazem.

Eu enxugo minhas lágrimas.

– Eu gostei de quando você o possuiu. Cada milímetro. Mas o amor da minha vida não pode fazer o que você faz. Não pode.

Ele acaricia meu rosto.

– Ele faz – diz Greyson, ternamente.

Eu engulo, obrigada a reconhecer.

– Mas eu queria que ele não fizesse.

Balanço a cabeça, mas ele me fita com aqueles penetrantes olhos amendoados com manchinhas verdes que parecem cintilar agora.

– E, ainda assim, é uma parte de mim – diz, rouco, dando um passo à frente. – Eu não sou seu príncipe, sou tudo o que você não quer, e mesmo assim você ainda me deseja. Você precisa de mim, Melanie, você esteve *esperando* por mim. Abra mão da ideia de quem eu deveria ser e...

– Não! Não, eu não quero estar apaixonada por você! Não por você! – Eu o empurro.

– Querida, eu não vou permitir que isso a alcance, isso só precisa manchar a mim. Você não vai saber de nada do que precisa ser feito. Nada...

– Não! Eu não poderia suportar saber que você está fazendo algo assim, Grey!

Ele me solta e se afasta para olhar para a rua, a luz do sol atingindo seu rosto em cada lindo ângulo, e meu cérebro ainda parece ter células suficientes funcionando para eu registrar o que está acontecendo. Grey e eu estamos nos separando. Eu queria amor, e o encontrei, e vou abrir mão dele porque... não é como nos sonhos, nas histórias. Não é como eu imaginei.

Eu me sinto apunhalada no peito pelo que estou fazendo, mas cada instinto de autopreservação me diz que eu tenho que ir.

O que faz doer ainda mais por dentro quando Greyson se vira para mim, segura meu rosto e inclina minha cabeça para a dele, a voz resoluta:

– O Underground vai ser mais organizado do que era com o meu pai. Melanie, eu vou manter a cabeça fria...

– Você não pode me pedir para ficar ao seu lado enquanto chantageia e intimida as pessoas...

Ele grunhe e fecha os olhos.

– Serão *negócios*. Ninguém vai se machucar. Compreenda que eu não posso simplesmente largar isso. É o ganha-pão de muita gente... Lutadores vivem disso. Sua amiga... o marido dela, o Arrebentador... eles prosperam, eles respiram, eles adoram o Underground!

– Eu sei! Eu sei que é uma escuridão que precisa existir, eu apenas não posso estar nela. Eu *tenho medo*! – grito. A admissão obscurece os olhos dele com tormento, e eu não sei se ele percebe que talvez o que eu tenha mais medo seja o modo como me sinto a seu respeito, e o fato de que ele é tudo o que eu nunca quis, e de repente tudo o que eu desejo.

Meu peito dói quando toco seu rosto e fito seus olhos, e absorvo o modo como ele está me olhando.

– Você é tão absolutamente lindo e um homem tão bom, aqui dentro. Quando eu penso em você, quero pensar em quem você era quando estava comigo. Greyson.

– Você prefere amar a fantasia do que o homem real – diz ele, e isso claramente o magoa.

– Não, é por um homem real que estou sofrendo nesse momento. É por um homem real que eu me apaixonei. – Engulo seco. – Brooke disse que você era o meu Real. É assim que ela chama o amor da vida *dela* agora. Mas você não é o meu Real, Greyson. Você é o meu cavaleiro em luvas de couro que virou renegado.

– Deus, você está me rasgando ao meio, Melanie.

Eu engulo, pego sua mão e coloco as luvas ali, quietamente aceitando o fato de que eu sei quem ele precisa ser. Enquanto Greyson curva os dedos ao redor daquelas luvas, ele curva os dedos ao redor de mim. Seus olhos caem até meus lábios, e ele os beija, um roçar súbito, como se não pudesse se conter; depois, me puxa de volta.

– Você tem três segundos para sair – diz ele.

Dói, como se eu estivesse arrancando um pedacinho do meu coração, e não consigo pensar em mais ninguém, além da minha irmã, que pudesse me tirar de junto desse homem. O oposto de todos os meus sonhos e fantasias, e, de repente, tudo o que eu quero.

– Dois segundos, Mel.

– Grey, me impeça... – eu digo, de súbito. *Ah-meu-Deus, eu não posso acreditar que o estou deixando!*

– Um.

Deus, ele não vai me impedir.

Apesar de todos os seus crimes, ele não vai me sujeitar a essa vida. À sua vida.

Eu me viro e pego minha mala com tudo o que trouxe para cá e tranco a porta ao sair. E então fico ali de pé, chorando, em contraste com o silêncio total no quarto onde o deixei. Pandora se levanta e vai pegar sua mala em silêncio.

Eu dormi com toda Seattle, e nunca me senti como uma puta, até partir o coração desse homem.

Em um mundo ideal, você só ama o homem perfeito.

Mas não é um mundo ideal. Eu amo um homem imperfeito que peca, mente, rouba, chantageia, e como é estranho já saber – apesar de os anos ainda não terem passado – que nem mesmo meu sr. Perfeito ou o príncipe encantado nunca, jamais, vão chegar aos pés do homem que eu acabo de abandonar.

* * *

Pandora e eu não conversamos a caminho do aeroporto. Derek acabou insistindo para nos levar, e eu estou devastada demais para protestar. Encontrei o amor, e o deixei. Encontrei tudo o que eu queria, e era tudo errado, e eu o deixei de pé em um quarto de hotel pelo qual ele pagou, olhando pela janela como se fosse me acorrentar a ele caso chegasse a olhar para mim.

– Estou enviando uma mensagem de texto para Kyle organizar algo para essa noite – diz Pandora.

– Não – digo.

– Mel, é o seu aniversário.

– Não! – digo. – Por favor. Eu quero ficar sozinha.

Embarcamos. Eu chego a deslizar minha mala no compartimento superior. E me lembro dele na chuva. Eu me lembro de cada coisa que ele fez por mim.

Eu dou um jeito no seu carro.

Esteja em casa hoje à noite.

Minha vida também veio a um preço alto. Cada dia dela. Tantos dias tentando encontrar alguma porra de significado para ela.

Eu sou o primeiro homem para quem você cozinha?

Você tem a mim, princesa. Não vê o que está fazendo comigo? Você me tem por completo, Melanie. Estou a estados de distância e me sinto metade de um homem, como se fosse rasgar algo em pedaços se não a vir logo com meus próprios olhos...

Eu sei que você usou sexo para deixar de se sentir solitária por tempo demais, Melanie, e sei que você é a coisa mais adorável que eu já vi, sempre tentando tirar o melhor de tudo. Dando uma chance a todos os sapos, porque você recebeu aquela chance, certo? Então, por que negar uma chance a alguém? A qualquer um? Até mesmo a um cuzão como eu?

Ele me carregou... subitamente, lembro-me de como ele me carregou para casa, enquanto sangrava de um corte que eu havia feito nele, e me colocou na minha cama, encheu minha banheira e apertou minha mão. Ele me protegeu, me segurou. Tentou me alertar contra si mesmo porque não queria me machucar, mas de alguma forma, como eu, não conseguiu ficar longe. Eu vejo tão claramente. O OLHAR que ele me dá? É isso que é real. Aquele olhar é real. Nada daquela outra merda importa.

A gratidão e a ferocidade em seus olhos quando eu cozinhei para ele e ele se sentiu... aceito.

As vezes que ele se abriu sobre como se sentia a meu respeito. *Ele!* – um homem que provavelmente não está acostumado a sentir nada.

O modo como ele me conhece. O tempo todo, ele sabia cada coisa de bom e de ruim a meu respeito, e ainda me olha como se eu fosse o diamante mais precioso de todos.

De repente, eu me lembro de Brooke me dizendo: ASSUMA ISSO, MELANIE! Você esteve procurando sua vida toda, lute por isso!

– Pan – sussurro, meus sentimentos por ele se intensificando até eu ter vontade de gritar ou implodir, porque não vou, eu me recuso a viver com isso preso dentro de mim.

Viver sozinha, quando posso tê-lo. O medo vai me manter longe do meu namorado? Meu homem? Meu renegado? Minhas mãos tremem quando solto meu cinto de segurança e quase tropeço para fora do meu assento antes que eles fechem a porta. – Eu te vejo em Seattle.

– O que você está dizendo? Cara, eu tenho medo de voar e acabei de tomar uma porra de pílula para dormir, e você sabe disso!

– Não me impeça. Eu não quero que você me segure. Por favor. Por favor, Pan! Eu o quero. Eu o *amo*.

Eu não deixo que ela me convença de que estou sendo estúpida ou impulsiva. Sinto uma onda de empolgação dentro de mim ao mero pensamento de voltar correndo para os braços dele, e minhas entranhas estão em um nó, fora de controle, quando mal consigo sair do avião antes que eles fechem a porta. Corro pelo terminal do aeroporto, tentando encontrar Derek.

– Derek! – grito, apressando-me na esperança de alcançá-lo. Estou passando por portas deslizantes quando outro homem usando botas de caubói e uma camisa xadrez me faz parar.

– Puta merda, é você! – diz ele.

– O quê? – Eu pisco e olho para o jovem. Ele tem o tipo de rosto que eu me lembro de ter visto em vários outros homens, aberta e amigável, mas um par de óculos escuros esconde seus olhos e, por tudo que há de mais sagrado, eu simplesmente não consigo me lembrar de tê-lo encontrado antes.

– Melanie. Você é Melanie – repete ele, falando a palavra como se tivesse acabado de encontrar ouro.

– Eu te conheço? – pergunto, olhando por cima do ombro dele enquanto rezo para ter um vislumbre das costas largas e grandes de Derek. De súbito, eu não consigo suportar; quero voltar e ficar diante de Grey e dizer: *Eu te amo. Eu te amo e eu confio em você e vamos fazer funcionar. De algum jeito. Seu cuzão desgraçado, você é o meu príncipe, quer você queira ser ou não!*

– Não, você ainda não me conhece. – O jovem sorri e estende a mão. – Sou o irmão de Greyson, Wyatt. Eu ouvi que você estava partindo. Até pensei que havia perdido o seu voo, mas aqui estava eu, torcendo para convencê-la a ficar. – Os olhos dele brilham com se ele soubesse sobre Greyson e eu, sobre o que existe entre nós. O que acabamos de perder porque eu sou uma covarde e ele estava sendo... nobre.

Nobre.

E me deixando ir embora.

A ansiedade em vê-lo aumenta a cada segundo.

– Você vai vê-lo agora? Para onde está indo? Eu estava torcendo por uma carona.

– Na verdade, primeiro eu estava passando para ver a mãe de Greyson.

– *O quê?* – A alegria que sinto quase me derruba. – Você sabe onde ela está?

– Eu acabo de descobrir, mas shh. Não diga a Greyson ainda, é uma surpresa. Meu pai não está muito bem... ele está no hospital há dias e não tem muito tempo mais.

Estou perplexa com a notícia. Estupefata de felicidade, esperança, antecipação.

– Ah-meu-Deus. – Meus olhos ficam borrados enquanto penso no que isso vai significar para Greyson. Depois de quantos anos ele vai finalmente ver sua própria mãe?

– Quer vir e levá-la até Greyson? – Wyatt subitamente oferece.

– SIM!

VINTE E TRÊS

NOVIDADES

GREYSON

A mensagem de texto vem do telefone de Melanie, mas imediatamente sinto um gelo na barriga ao perceber que, seja lá quem esteja escrevendo, não é ela.

`Parabéns. Você venceu.`

Eu escrevo de volta:

`E você é...?`

`A Melanie esqueceu o telefone no avião. Aqui é Pandora. Você venceu, espero que esteja feliz. Ela está voltando para você. Está cegamente, desesperadamente apaixonada por você, seu merda.`

As palavras me envolvem como um tipo de cobertor, aquecendo-me. Ao mesmo tempo, um alerta estranhamente primitivo soa em meu cérebro. Aperto o número de Derek.

– Onde você está, porra?

– Voltando de ter levado a sua rainha. Por quê?

– Volte já para o aeroporto e traga ela para mim. Traga-a para mim AGORA MESMO, CACETE!

Todos os meus instintos de proteção dispararam em nível máximo, misturados com a empolgação selvagem e primitiva do que acabo de ler em meu telefone.

Ela está vindo para mim.

Ela está voltando para mim.

Vinte minutos de andar de um lado para o outro, recebo a ligação de Derek.

– Ela se foi. O controlador dos táxis a viu indo embora com um cara de camisa xadrez e botas.

Meu estômago se revira e de repente tudo se encaixa, e meu sangue vira gelo nas veias.

Wyatt.

A conhecida voz de Eric soa atrás de mim.

– Filho, seu pai quer que você...

Eu estive esperando do lado de fora do seu quarto no hospital, esperando para falar com ele, meu talão de cheques na mão, pronto para acertar as coisas por Melanie. Agora olho para Eric e ranjo os molares de fúria.

– Diga a ele que eu fui embora. Diga que voltarei! – Eu corro pelo saguão e pego as chaves do meu carro alugado, ligando para C.C.

– Wyatt a pegou. Vá para o sul da cidade, eu vou para o norte. Mande Derek para o leste. Coloque o resto da equipe trabalhando nisso. ENCONTRE WYATT, AJUDE-ME A ENCONTRÁ-LA, PORRA!

Durante treze anos eu procurei por minha mãe.

Treze.

Se a Melanie desaparecer por mais do que um dia, eu vou virar um monstro, um monstro total numa fúria destrutiva, com uma missão, e apenas uma missão.

Encontrá-la, protegê-la, ficar com ela, acasalar com ela. NUNCA DEIXÁ-LA PARTIR DE NOVO.

Eu nunca rezei, mas me jogo para um deus em que nunca acreditei e grito para que ele leve qualquer coisa, qualquer coisa que ele queira de mim, menos ela.

VINTE E QUATRO

REVELAÇÃO

MELANIE

– Então, onde ela está? Onde esteve esse tempo todo? – pergunto, curiosa, do banco de trás.

O irmão de Greyson apenas sorri e continua dirigindo, entrando cada vez mais fundo na vizinhança ruim da periferia de Denver. Ele é um cara mais baixo, com um jeito de se vestir que diz eu-queria-ser-um-caubói.

Não sei se é o sexto sentido que dizem que as mulheres têm, ou a expressão assustadora nos olhos dele, ou o modo como meu coração dispara no peito, mas algo está muito, muito errado aqui.

E de repente eu sei – eu sei – que Wyatt não está me levando até a mãe de Greyson, como disse que faria.

– Leve-me de volta – digo, suavemente.

Ele ri.

– É sério? Está dando ordens agora? – Ele estala a língua e encontra meu olhar. – Vamos apenas fazê-lo vir até você, hum? Não é do que todas as garotas gostam? Serem resgatadas? Meu irmão definitivamente vai querer resgatar sua "princesa".

– Escute, ele não se importa comigo agora. Ele e eu terminamos...

Quando eu estendo a mão para abrir a porta, ele saca uma arma.

– Sente-se e cale a boca.

O choque de ter uma arma apontada para mim me faz desabar de volta no banco, instantaneamente quieta. Meu coração está martelando agora, a respiração entrecortada. Não quero que ele saiba que estou com medo, mas sinto um tremor me percorrer quando me lembro de mãos me puxando... me levando embora...

Era *ele*.

– Ah, confie em mim, ele se importa. Diabos, eu fiz do ato de estudá-lo uma religião. A porra do meu pai queria que eu fosse exatamente igual a ele. – Ele faz um ruído de desprezo. – Ele está apaixonado por você. Ele está com seu nome naquela lista há séculos e fez o caminho do número 48 para baixo, em vez de seguir a ordem natural, tudo para adiar o momento em que teria de cobrar de você. No meio-tempo, ele desaparecia e eu o via observando você pelas câmeras do Underground. Todas aquelas lutas às quais você compareceu? Greyson vem te assistindo. Ele pausa, volta, passa de novo. Ah, ele se importa mais do que já se importou com qualquer coisa na vida – e eu quero *foder* com a cabeça dele! Eu queria fazê-lo pensar que havia perdido você também. Que ficasse tão fodido que não conseguisse terminar a lista, e então o Underground estaria onde deve ficar. Nas minhas mãos.

Ele ri para si mesmo, uma risada que transmite uma fúria inominável.

– Ele até fez meu pai prometer que ninguém tocaria nos alvos dele... tudo porque o desgraçado não queria ninguém se aproximando de você.

Ele me dá um olhar de relance e seu sorriso é a coisa mais falsa que já vi.

– Confie em mim, *princesa,* ele liga e *muito* para você, mais do que já ligou para qualquer coisa. Era impossível negociar com ele. A mãe havia desaparecido, sem nenhuma pista de paradeiro. Ele não está nem aí para o nosso pai. Ele não estava nem aí sequer para estar vivo. Até você...

Aquela risada de novo, fazendo cada alarme em meu organismo soar, mesmo sem eu ter nenhum lugar para ir – e estou presa, presa, em plena luz do dia, ao banco traseiro deste carro.

– Greyson é esperto, metódico – diz seu meio-irmão, os olhos se estreitando no meu rosto. – Mas ele *não tem o que é preciso.* Ele quer manter tudo limpo demais, legal demais, como cavalheiros fazendo negócios. Este é o *meu* mundo. Ele nem mesmo o quer. Só está fazendo tudo isso para descobrir onde está a mãe dele.

Ele volta a sorrir, volta a rir.

Eu odeio aquele sorriso.

Odeio aquela risada.

– É, o bonitinho do Grey pensa que Papai é um vilão. Sempre salvando as pessoas. Mata pelos motivos errados. É um mundo sujo, o Underground. Quando meu pai se for, Zero vai transformá-la em um empreendimento legítimo? E fazer o quê? Vamos nos sentar em uma mesa de diretoria e negociar, porra? – Ele ri. – Não é assim que o Underground funciona. E, enquanto eu viver, não é assim que vai funcionar. Agora eu tenho você, então o peguei. Agora sou eu levando embora a mulher da vida dele.

– Você pode negociar sem mim. Ele não me quer mais – garanto. – Por que não vamos até a mãe dele...? – sugiro.

– Vaca, ninguém sabe onde está essa piranha a não ser o Chacina, e ele não fala MERDA NENHUMA! – Ele puxa o volante, de modo que costuramos para a lateral, depois me olha feio enquanto endireita o carro. – Deus! É para lá de interessante que meu irmão brilhante e talentoso se apaixone por uma Barbie como você. Mas tenho certeza de que você faz um boquete bom.

Fico em silêncio, assustada demais para falar agora.

Greyson pensa que eu parti. Ele me deixou IR.

Ele não vai vir atrás de mim.

Eu sei o tom exato dos olhos de Grey quando ele olha para mim.

Como ele dorme com um braço sob o travesseiro, o rosto para baixo, a cabeça voltada para mim.

Sei que ele cheira como uma floresta na qual eu quero me perder para sempre e jamais ser encontrada.

E não sei merda nenhuma sobre seus estúpidos atos criminosos.

Exceto que ele os escondia de mim.

E agora nem sei o quanto o irmão dele é perigoso. Se ele é um estuprador e assassino, além de sequestrador. Se ele só está me mantendo por resgate ou se planeja me torturar simplesmente porque pode...

Eu não sei *que porra fazer*!

– Vá em frente. Me julgue. Eu não estou nem aí – ele cospe.

Ele estaciona o carro em uma garagem subterrânea e fecha um portão deslizante após nossa passagem, puxando-me para fora do carro, pressionando a arma em minha têmpora. Aço. Duro. Frio.

Meu estômago se revira enquanto ele agarra meu braço e me arrasta para o elevador.

– Diga-me – diz ele enquanto subimos, e eu mal consigo escutá-lo sobre a batida do meu coração. – Quem estava fazendo o serviço sujo do Chacina quando seu precioso Greyson foi embora? Eu tinha certeza de que ele nunca voltaria, mas, ah, não. Julian estava disposto a praticamente implorar. Ele estava apavorado demais em perder seu filho de ouro. Quando Julian descobriu que estava doente, não conseguia dormir pensando que nunca mais veria seu precioso Zero, que seu Underground – todas as lutas, todas as apostas, o negócio lucrativo, o prestígio entre as ligas de luta – e tudo iria por água abaixo se o Zero não estivesse comandando as rédeas.

Eu ouço suas palavras, mas, acima de tudo, *sinto* o ressentimento doentio que ele está desabafando comigo.

Chute os bagos dele, Melanie! Mas eu estou congelada.

– Você vê, eu não estou com ciúmes.

Melanie, se contorça, fuja!

Parece tão fácil na televisão, mas meus joelhos estúpidos... meus joelhos estúpidos parecem gelatina e, pelo jeito, eu não consigo correr para me salvar.

– Quando o Chacina morrer, Greyson não vai ficar com nada, não enquanto eu tiver você – continua Wyatt, abrindo a porta do elevador e me empurrando para um *loft* abandonado, cheio de tábuas velhas e latas de tinta seca. – Sente-se naquela merda de cadeira ou eu atiro nas suas pernas.

Eu desmonto na cadeira sem questionar, cerrando o maxilar para impedir que meus dentes batam.

– Ele está morrendo agora. E eu te peguei. Greyson perde. A lista está incompleta e ele perde. Ainda que ele fosse brigar comigo por isso, se ele te quer de volta, vai precisar desistir de tudo em troca de você, e eu vou precisar matá-lo. E você... se você quer viver, então me dê uma trepada suculenta e eu vou pensar. – Ele olha para mim. – Isso mesmo, Melanie. Sabe, eu também estive te observando ultimamente. Todos aqueles vídeos aos quais ele assiste.

Estive assistindo. Suas tetas balançando. Você gritando "Arrebentadooooor!". É, meu irmão não é o único de pau duro por sua causa.

Wyatt começa a amarrar meus braços atrás das costas com uma corda grossa de cânhamo.

Medo. Está me devorando viva agora. Posso ouvir o estalar dos meus dentes se chocando.

O vento soprando lá fora.

Ele me prende e eu pisco porque não, não quero que esse desgraçado me veja chorando.

– Ele vai te matar quando te encontrar – digo baixinho, odiando o medo em minha voz.

Ele ri.

– Queridinha, eu já estou morto. – Ele se inclina. – E ele não vai. Me matar. Sabe, esse é o negócio com ele. Ele não gosta de matar. Ele só faz isso quando é necessário. Mas eu sou a única família que lhe resta. Ele ainda se sente responsável por mim. Ainda me salvando das minhas merdas. Ele vai sentir, naquela parte dele que odeia ser um Slater, que é culpa do meu pai eu ser assim também. Ele vai me deixar viver.

Ele amarra algo em volta da minha boca e sai por um instante. Subitamente, tudo está tão quieto, e o silêncio é o que mais me assusta.

Meus olhos ardem com a necessidade de chorar.

Minha garganta está dolorida, minha língua está seca e grudenta sob o pano com que ele me amordaçou.

Eu posso morrer hoje.

Eu fracassei comigo mesma, com minha irmã, com meus pais. E não me dá prazer nenhum saber que, da última vez que vi o único homem que já amei, eu joguei nosso amor fora. *Ah, Deus.*

Eu disse a Greyson como ele era errado para mim, mas nunca falei o quanto era certo. Ele nunca soube que eu estava feliz, abençoadamente feliz – apesar de temerosa – por estar apaixonada por ele. Eu não falei que achava ter me apaixonado desde o momento em que ele saiu na chuva para evitar que eu me molhasse. Eu nunca contei que, lá no fundo, eu achava sexy que ele fosse mau, e mais sexy ainda que fosse tão bom nisso. Nunca lhe contei que, mesmo depois de ele ter mentido, eu confiava que ele nunca, jamais me magoaria. Eu nunca disse a ele nada disso, só falei que eu tinha medo. Uma porra de uma covarde.

Ele nunca vai saber que eu acredito, sem sombra de dúvida, que, seja por um capricho cruel do destino ou uma bênção do céu, ele é meu. E que eu era dele antes mesmo que ele me tocasse.

Ele é o que eu nunca soube que queria, e agora tudo de que eu preciso.

Eu acreditei nisso o bastante para voltar para ele. O suficiente para deixar minha terra dos contos de fadas e segui-lo diretamente para dentro da sua excitante e apavorante Underground.

Ele talvez não saiba disso nunca, jamais.

Ruídos de arrasto soam de um quarto próximo e meu estômago se revira e contorce em nós quando ele se aproxima de novo.

Tremores incontroláveis se apropriam de mim enquanto tento enfiar as unhas no nó de cordas afundando em meus pulsos. Meu cabelo cobre meu rosto. Eu odeio isso. *Odeio. Isso.* Todos os meus músculos estão travando em câimbras enquanto meu sangue me percorre em um esforço para me fazer me mexer, me ajudar a fugir. A cadeira guincha debaixo de mim e eu me encolho com o som.

Wyatt marcha até uma janela pequena e quebrada e olha para fora, depois inclina a cabeça em minha direção e me encara, os olhos me devorando na cadeira.

A luxúria em seu olhar é inconfundível, e faz meu medo espiralar, descontrolado. *Ah, Deus, isso não pode estar acontecendo!*

Um disparo de adrenalina se espalha por mim. Prendendo o fôlego, eu pressiono as partes internas de meus pulsos juntas e enfio meu polegar entre o nó, usando minha unha para tentar pegar uma abertura minúscula e fazer o nó se abrir. A corda se afrouxa quando eu enfio o dedo ali, seguido pelo outro, puxando-os pelos dois lados opostos até abrir. Finjo me espreguiçar e arqueio minhas costas até finalmente soltar uma das mãos, depois a outra.

Em menos de três segundos, ele está de volta em cima de mim. Ele agarra meu cabelo com um punho e me puxa para fora da cadeira, depois me joga de barriga para baixo em um colchão improvisado e amassado.

– O que você está tentando fazer, hein? Escapar?

Estou me debatendo, lutando para me libertar, mas ele me vira e monta em mim com seus quadris enquanto agarra meus seios e aperta. Meu sangue martela, o rosto fica quente de humilhação enquanto eu luto com ele.

– Não me toque, cuzão! – grito, enquanto ergo os quadris e tento usar meus joelhos.

Ele prende meus braços acima de mim e eu viro a cabeça e mordo, cega, arrancando um pedaço de carne.

Ele berra e eu me solto, ofegando e me localizando enquanto meu coração bate freneticamente no meio da garganta.

Ele ruge e ataca, e eu o atinjo com meu salto, a arma caindo com um ruído no chão. Cuspindo o sangue da mordida, eu agarro a arma e rapidamente me viro quando ele a retira de mim em um chute.

– Vaca.

Ele me bate.

A dor me atravessa, e então ele me segura pelo pescoço e me levanta no ar. A dor e a urgência por oxigênio gritam a cada respiração sibilando para fora de minha garganta. Ele agarra a arma, mas eu chuto no ar e ergo o joelho, enfiando-o nos bagos dele.

– Uuuuf...

Ele me solta.

Começo a correr para o elevador, mas quando vejo as escadas de emergência a apenas três passos, corro até lá, agarro a maçaneta e puxo com força, tentando abri-la, gritando:

– Vamos, vamos!

Mas está presa, e eu estou prestes a chutá-la quando ouço a porta do elevador se abrir e gritos raivosos atrás de mim.

– Venha aqui, sua puta de merda!

E é nesse momento que a porta com que estou lutando finalmente se solta. Ela abre para fora, e eu estou tão agarrada à maçaneta que a sigo, dando um passo gigante para a frente – só para descobrir que não existe escada, apenas uma queda de cinco andares, meu corpo mergulhando no nada enquanto eu ouço o grito mais desesperado e de gelar o sangue que já escutei na vida:

– NÃO! PRINCESA!

E desabo na escuridão.

VINTE E CINCO

CAÍDA

GREYSON

Meu mundo perde o eixo.

Eu vejo Melanie desaparecer pelo buraco escancarado daquela porta aberta. Algo toma conta de mim. Eu me ouço gritando mais uma vez: "PRINCESA!" enquanto corro até o espaço aberto. Meu irmão me ataca, pegando-me pela cintura e me jogando contra a parede, agarrando o braço com que seguro minha arma. Eu o domino com facilidade, deslizo minha SIG entre nós e miro diretamente no meio de suas costelas.

BUM!

Ele uiva e eu largo seu corpo se retorcendo no chão. Então, solto a arma enquanto corro para a passagem vazia. Meu peito está confrangido. Não consigo respirar. Cinco andares abaixo, vejo uma piscina de cabelos dourados.

– MELANIE!

Sem resposta.

Derek sai do elevador e no mesmo instante está ao meu lado, desenrolando um pedaço de corda enquanto eu ordeno:

– Abaixe-me, eu não quero esmagá-la.

Seguro uma ponta da corda enquanto ele lentamente me abaixa um andar, depois dois, até não haver mais corda, e ainda restarem dois andares. Eu salto dali mesmo, atingindo o chão com uma praga.

– Chame uma ambulância! – grito para Derek.

– Princesa. – Eu rolo de lado e rastejo até ela. – *Princesa.*

Ela está pálida e sem vida. O sangue escorre, cobrindo suas bochechas, vindo de seus lábios e nariz. Ela resmunga algo ininteligível.

– Querida – digo, estendendo a mão até seu pescoço em busca do batimento cardíaco.

Eu o sinto, pulsando de leve sob meus dedos. Meu coração dói dentro do peito. Dói tanto. Pela primeira vez na minha vida, eu me sinto impotente.

– Melanie, fica comigo. – Eu soo como um maricas. Implorando. Mas, puta merda, ela não pode me deixar. Ela não pode me deixar, porra.

Eu checo sua nuca; o pescoço não está quebrado, mas não vou movê-la. Não ouso. Eu simplesmente aconchego sua cabeça em minhas mãos porque pensei que nunca mais ia ver esse rosto de novo, e agora o encaro. E encaro. Seus olhos fechados, seu sorriso ausente, o sangue escorrendo de seus lábios. Antes que eu perceba, abaixo a cabeça e pressiono meus lábios nos dela, beijando sua boca sangrenta, minha voz rouca e começando a ficar entrecortada:

– Querida, eu te disse para ficar longe de mim.

Ela não está se mexendo. Eu não consigo respirar.

O quarto se fecha ao nosso redor, sugando todo o oxigênio. Eu não consigo respirar, porra.

– Melanie, olha o que eu te fiz. – Empurro o cabelo dela para trás com minhas mãos enluvadas. Eu rosno de raiva e em seguida tiro minhas luvas, enfiando-as no bolso de trás de meu jeans. Então tomo seu cabelo, seda em minhas mãos, enquanto puxo as mechas em uma trança para que ela não precise se preocupar com ele em seu rosto.

Sinto que estou perdendo o controle, como se estivesse prestes a me romper e nada nunca mais fosse me colocar no lugar de novo.

– Fica comigo – ainda imploro, erguendo a mão dela para meus lábios e beijando-a, várias vezes. – Não me deixe de novo. Fica comigo.

Eu quero ver os olhos dela. Aqueles olhos verdes de salve-me. Puta merda. Eu preciso vê-la sorrir para mim. Rir de mim. Me chamar de cuzão. Dizer para mim que me ama.

Quando as portas do elevador do porão se abrem, estou tremendo de fúria enquanto ergo os olhos para ver Derek empurrar meu irmão na minha direção. Meu Deus, eu vou matar esse merda.

Eu disparo pelo quarto para onde Wyatt está de pé, os braços amarrados nas costas, o estômago sangrando. Ele está ferido, mas isso não faz nada para me acalmar. Eu quero agarrar todas as minhas facas e começar a cortar os membros dele, pedaço por pedaço. Quero ouvi-lo gritar, quero derramar seu sangue, quero VINGANÇA PELO QUE ACONTECEU A ELA.

Descontrolado de dor, esmago meus punhos no rosto dele.

– Por que você a pegou? Por quê? Seu filho da puta, POR QUE ELA?!

– Para foder com VOCÊ! – ele grita de volta, cuspindo sangue.

– O que ela disse? – Eu o chacoalho com força antes de esmurrar seu queixo de novo. – As últimas palavras dela antes de cair, o que foi que ela disse?

Ele abre um sorriso sangrento e eu o atinjo com o punho, o sangue jorrando de sua boca.

– O que foi que ela disse, cuzão? – exijo, a dor tão profunda que eu me sinto um animal. Sem alma. Sem vida. Uma máquina assassina, nada mais. Uma fúria brutal pulsa em mim.

Sou um maníaco descontrolado, fervilhando por dentro, machucado.

Sou inadequado para ela, mas isso não pode me deter.

Ela é a alma que eu não tenho.

Eu pensei que estava morto antes.

Não.

Eu estava apenas dormente.

Ela me despertou, mas agora, se algo acontecer a ela, estou morto. Um cadáver ambulante. Ele geme de dor quando o atinjo de novo.

– Você a fez implorar? Você fez que ela lhe implorasse para soltá-la?

Wyatt suga ar pela boca.

– É, cuzão, eu a fiz implorar.

– Como ela te implorou? Por quanto tempo?

– Olha, eu estava com raiva.

– Por quanto tempo ela implorou pela vida? Ela disse por favor? Disse?

– Minutos. Foram só minutos!

– Ela te disse que eu ia te matar? Ela te disse que eu *iria arrancar a sua pele por mexer em um fio de cabelo dela que fosse?* – Eu o esmurro de novo e ele geme e rola de lado, desconfortável, levando a cadeira consigo.

– Z, ela caiu sozinha...! – ele implora. – Eu só iria mantê-la aqui para impedir que você terminasse com a lista!

– Você a tocou, seu merda, não tocou?

– SIM! Eu agarrei as tetas dela, eu queria te deixar puto!

Eu continuo dando-lhe socos, repetidamente, gritando:

– Parabéns, eu estou *puto*. E agora. Você. Está. MORTO!

Eu o surro, então curvo um braço ao redor de seu pescoço e começo a espremer, arrancando sua vida por ali.

Prometa que você não vai matar ninguém. As palavras voltam para me atormentar. Meus olhos começam a arder quando me lembro da esperança nos olhos dela naquela noite. *Prometa que você não vai matar ninguém.*

Rosnando, derrotado, eu o solto, ofegando e tentando recuperar meu fôlego. Arrasto meu braço sobre os olhos úmidos.

Prometa que você não vai matar ninguém...

– Zero – ouço alguém gritar. – A ambulância chegou.

Eu vou até minha garota, inconsciente, ainda caída no mesmo lugar, e caio de joelhos, tomando sua mão entre as minhas.

– Lembra-se de quando eu disse que eu não implorava? – sussurro. – Estou te implorando. Volte para mim.

* * *

Quando eu tinha 13 anos, perdi a coisa mais preciosa da minha vida.

Aí construí uma fortaleza ao meu redor para que nunca mais perdesse nada importante para mim. Nunca mais eu me sentiria perdido, traído, sozinho ou sequestrado.

Eu me tornei frio como o gelo e calculista como um robô.

Não deixei ninguém entrar.

Não amava ninguém, nem mesmo minha família.

E tudo funciona muito bem, até você abaixar sua guarda.

E finalmente deixar alguém entrar.

Uma loira de olhos verdes que apenas ri de tudo.

Que ama tudo e todos.

Que se conecta com as pessoas como se tivesse nascido para isso.

E você começa a desejar, na parte mais profunda de seu ser, que ela se conecte com *você*.

E não importa o quanto você seja demoníaco, o quanto seja cuzão, que minta para ela, que se recuse a compartilhar com ela a verdade a seu respeito. Ela se conecta com você.

Ela abre o portão e entra antes que você perceba, e você se sente tão cheio, tão abençoado, que bate as portas, fecha tudo e a tranca lá dentro, protegendo a si mesmo; protegendo-a.

Até perceber que você está acabado.

Até que não seja mais frio, nem um robô. Você carrega sua fraqueza no coração, e a dor dela é a sua dor.

Até que os sorrisos dela sejam tudo pelo que você vive.

Até você se sentar em uma cadeira de hospital e rezar, pela primeira vez na sua vida, para um Deus que nunca o ouviu quando você rezou para ele permitir que visse a sua mãe.

Você ainda reza porque Zero não tem nenhum poder aqui. Seu dinheiro não tem influência. Nada conta, exceto a sua vontade, e você não pode fazer nada, exceto rezar, por favor, ela não.

Mas é ela.

Os médicos saíram para falar comigo. Para me dar as notícias.

Ela está em coma.

Ela mal está respirando por conta própria.

Ela está em algum lugar distante onde eu não existo, onde eu não posso buscá-la, não posso protegê-la. E eu ainda posso vê-la, senti-la, ouvi-la. Preciso dela. EU A AMO DE TODO O CORAÇÃO.

Ela nunca soube disso.

Diabos, eu não sabia.

Nenhum de nós sabia.

Esfrego meu braço sobre os olhos quando eles continuam ardendo, depois olho para a mensagem de texto de C.C. que recebi vários minutos atrás, entorpecido para o que ela diz.

`Seu pai acaba de falecer.`

Sem uma palavra, eu me levanto e vou olhar para ela pelo vidro, minha primeira e única princesa. Depois, desço pelo corredor para planejar o funeral do meu pai.

* * *

– Parabéns, Z.

– Parabéns, Z!

– Zero, parabéns!

Eu fecho a cara quando chegamos ao complexo no dia posterior ao funeral de meu pai, observando Eric cautelosamente se aproximar com uma grande caixa de aço fechada.

– O que é isso? – pergunto. Não estou abalado apenas pela recepção da equipe, mas pelos itens que ele está oferecendo em suas mãos estendidas.

– Tudo, Greyson. A posse do Underground. Algo que pertencia à sua mãe. E isso.

Fico confuso quando ele me entrega um envelope, porém minha mente está uma merda nesse momento. *Eu* estou uma merda. Eu me sinto como um animal atropelado. Não como há 40 horas. Não dormi. Não tomei banho.

– Eu não terminei a lista, Eric – sinto-me obrigado a esclarecer.

– Terminou, sim. No momento em que seu pai morreu, cada nome naquela lista havia dado conta de seus débitos.

– Não a Melanie...

– O amigo dela trouxe o pagamento por ela.

Ele retira o colar de seu bolso, e eu quase desmonto ao ver a joia tão conhecida, cintilando loucamente.

Os diamantes reluzem, e eu toco o colar que ela costumava usar no pescoço.

Sou atacado pelas lembranças. Melanie me perguntando que lista era essa. Melanie querendo entrar no meu quarto de aço. Melanie cozinhando para mim. Melanie, Melanie, Melanie. Eu quero ver seus olhos cintilando. Quero ver seus olhos abertos e OLHANDO PARA MIM COMO ELA

SEMPRE FAZ, PORRA! Com vida. Como se eu fosse o seu deus. Como se eu fosse seu homem.

Princesa, você entende o que isso significa? Eu quero dizer a ela enquanto pego o colar em minhas mãos e olho para ele, sentindo-me cortado por dentro, uma serra elétrica em meu peito. *Você me salvou, querida. Você me salvou, cacete. Eu posso encontrar a minha mãe agora.*

Mas não há alegria em meu coração, nem mesmo com essa notícia. Nunca haverá alegria em meu coração se aqueles olhos verdes não se abrirem e me virem. Por favor, apenas me veja, mesmo que seja para me dizer que me acha um cuzão desgraçado. Para me dizer que eu sou a razão pela qual está daquele jeito agora.

– Então é isso? É aqui que ela está? – pergunto para Eric, olhando para o envelope selado, a voz áspera com as emoções que estou me esforçando para manter escondidas.

Ele assente e indica o envelope com a cabeça. O envelope contendo a informação pela qual esperei mais de uma década. Coisas me cortam enquanto eu agarro o papel e o rasgo. Esperei 13 anos por isso. Treze. Fiz coisas indizíveis por isso, por ela. Para encontrá-la. Para tentar protegê-la.

Retirando a folha de papel, leio o endereço escrito na letra de meu pai, e é então que sou atingido. Como um torpedo me derrubando, sou atingido.

Minha mãe está num cemitério.

Eu fico ali, absorvendo isso sem oscilar, sem contrair sequer um músculo. Estou imobilizado, enquanto, ao mesmo tempo, há uma destruição nuclear dentro de mim. Aqui está. A resposta para o *porquê* de eu nunca ter conseguido encontrá-la.

Minha mãe. Está morta.

A certidão de óbito está datada de vários anos atrás. Mais ou menos na época em que eu deixei o Underground para procurar por ela. Ela estava em uma ilha, uma ilha *particular.* Foi ali que ela morreu. Causas naturais, segundo a autópsia. Minha mãe morreu sozinha, em alguma ilha secreta que agora me pertencerá.

Minha mãe está *morta.*

Meu pai está morto.

E minha namorada está...

A ideia dela naquela cama de hospital me dá uma dor fulminante, insuportável. A maneira como a encontrei, inconsciente, o crânio batido, sangrando até a morte, seu corpo pequeno e pálido e sem vida.

MINHA. GAROTA. PORRA.

Quase nenhuma pulsação perceptível em sua garganta.

Pálida e imóvel no chão, quando tudo o que eu queria era levantá-la em meus braços.

Caminho rapidamente até o bar e grito enquanto esmurro a parede.

* * *

Acordo em um silêncio assustador, com dúzias de garrafas espalhadas pelo chão. Esse chiqueiro não pode ser meu quarto. Essa bagunça não pode ser onde eu dormi.

Gemo enquanto me sento e o martelar em minha cabeça rola, expandindo-se por todo o meu crânio. Eu pisco e absorvo meus arredores enquanto instintivamente retiro minha arma de debaixo do travesseiro. Engatilho enquanto fico de pé e chuto um travesseiro caído. O lugar parece destruído, como se algum filho da puta não tivesse a intenção de que nada aqui sobrevivesse.

– Está vivo, cara?

Eu gemo e torno a guardar a arma quando vejo C.C. Aparentemente, uma coisa sobreviveu, a única que o filho da puta não queria que sobrasse: eu.

– Você tem mais alguma coisa para quebrar aqui? – ele me pergunta.

– Então fui eu que fiz isso?

Então, fui eu que destruí o lugar. Ótimo.

Estou orgulhoso pra caralho de mim mesmo.

– Diabos, podia ser pior. Cara, você é uma porra de uma lenda, o rei do Underground, rico pra cacete...

– Minha mãe está morta. Minha mãe está morta e minha garota está...

Eu não consigo dizer. Meu coração se parte quando penso nela. Coloco a cabeça nas mãos.

– Sinto muito, Z. Sinto muito mesmo por não termos chegado a tempo.

– Ela estava voltando para mim, C.C. Ela estava voltando para mim mesmo com essa... – Eu abro meus braços e olho ao redor para a bagunça com que me pareço. Eu finalmente pareço o criminoso que nasci para ser.

– Eu posso ser reverenciado em nosso mundinho obscuro, mas lá fora sou um merda. Lá fora, há algo muito errado conosco, C.C. E uma garota como ela pode conseguir coisa muito, muito melhor do que eu. E ela. Estava. Voltando. Para *mim*.

Ele está silencioso.

Começo a apanhar minhas facas onde elas estão, espalhadas por todo canto.

– Se eu vou fazer isso, C.C., se o Underground é meu para comandar... as coisas vão mudar.

– O que eu faço com o Wyatt?

– Mande-o para a cadeia. Coloque nas costas dele tudo o que há de errado com o Underground e o meu pai. Nós começamos com uma tábula rasa. – Eu olho para ele. – C.C., eu quero ser o homem que ela deseja. O homem de que ela precisa. O homem que eu poderia ser.

– Z, ela pode não acordar nunca. Ela pode ficar assim por meses, até que a família dela decida que está na hora de desligar as...

Eu o agarro pela camisa e alerto:

– Não termine essa merda de frase!

C.C. fica quieto e eu começo a colocar todas as armas de lado.

– Grey, o Underground vai prosperar com você. Seu pai era um peso morto sobre ela. Você pode levá-la ao próximo nível. Pode dar mais aos nossos lutadores, aos nossos clientes.

– Eu vou cuidar das coisas. Vou cuidar das coisas como sempre fiz, mas não agora. Não agora. Agora, eu não posso.

Começo a colocar algumas coisas em uma mochila.

– Cara, aonde você vai dormir?

– Por enquanto, no hospital.

Ele indica a caixa, a caixa da minha mãe, na minha cama.

– Não vai abrir isso antes de ir?

É uma caixa de aço, e grande. Eu olho para ela por um longo tempo, atormentado pela visão. Esfrego a parte de cima e desejo poder falar com ela. *Sinto muito por ter fracassado com você. Sinto tanto, tanto, ter fracassado com você.*

Eu fracassei em provar para ela que podia ser bom e controlado quando atirei em um homem. Fracassei em encontrá-la a tempo. Eu me tornei a coisa de que ela estava fugindo por tanto tempo quanto consigo me lembrar. Ela morreu pensando que eu era um assassino e provavelmente nunca quis vê-la. Ela morreu pensando que eu era um criminoso, igual ao homem que ela odiava, meu pai. A razão pela qual perdi a minha mãe é a mesma pela qual perdi a mulher que eu amo. O Underground.

C.C. sai, e eu fecho a mão ao redor da chave e olho para a fechadura. A chave é velha, maior do que uma caixa de sapato, feita de aço.

– *Que se foda.* – Eu me forço a enfiar a chave no buraco e girá-la. Abro a tampa aos poucos, e é pesada e estala. Depois olho lá dentro. Há um pingente com um diamante que me lembro de ela usar. Tão simples. O cheiro dela de alguma forma perdura ali. Eu retiro um conjunto de fotografias minhas. Com quinze anos? Está ali. Com dezoito? Ali. Com vinte? Ali. Em todas elas, estou treinando com minhas facas ou em um estande de tiro – inconsciente da câmera. Porra. Mas que jeito de dar oi para a sua mãe.

Em seguida, encontro uma pilha de cartas amarrada com uma fita branca. Entregue à mão, talvez. Sem endereço. Só o nome dela. Eu abro todas as três e imediatamente reconheço a letra do meu pai.

Lana,

Me disseram que você não tem cooperado ultimamente. Deixe-me assegurá-la de que serei pessoalmente muito cooperativo se você parar de tentar deixar a ilha...

J

Lana,

Ele está bem. Como mais você esperava que um filho meu estivesse? Ele prospera sob pressão e está prosperando agora. Se você quer saber se ele pergunta de você... Sim, pergunta. E eu garanti a ele que você está bem. Não me faça passar por mentiroso.

Não posso assegurar que vou permitir que o veja e arriscar todo o trabalho que fiz até agora, mas é de seu melhor interesse, e do dele, que você fique nas minhas boas graças.

J

P.S.: Há um cozinheiro na ilha por um motivo. Coma.

Lana,

Como você requisitou, está à beira-mar. Esse era o trato pela sua cooperação; vai desaparecer em um instante se você desafiar a mim ou aos meus desejos de novo.

J

Filho da puta. Mesmo mantendo-a trancada, ele ainda queria que ela aceitasse seu destino sem revolta? Estou cerrando os dentes enquanto retiro o resto dos objetos de dentro da caixa.

E vejo um conjunto de chaves cair até o chão. Estou prestes a me abaixar para pegá-las quando noto, no fundo da caixa, outra carta.

E essa está endereçada a mim.

Ao meu filho Greyson

Eu me lembro de você. Todo dia eu me pergunto como você está e o quanto cresceu. Pedi fotos e, como você pode ver, consegui algumas. Você está tão bonito quanto imaginei que seria quando crescesse. Eu olho para essas fotos, desejando que sua força própria seja capaz de suportar viver com um homem tão duro quanto o seu pai. Mas eu tento fingir que você está bem. Tento me lembrar do quanto você é forte, como é resiliente, e digo a mim mesma que, um dia, vai superar seu pai e então será invencível. Você fará de si mesmo exatamente o que quer.

Eu te escrevi incontáveis cartas, nenhuma delas nunca chegou a você. Então, escondi essa para garantir que, de alguma forma, ela chegue.

Eu me recordo de nossos anos juntos, e me apego a eles. E de todos esses anos, o que mais me lembro é de nossa época em Seattle. Você gostava quando caminhávamos até a beira-mar.

Nós costumávamos olhar para os iates na água e nos perguntávamos como seria ter um lar que nos desse esse tipo de liberdade.

Nós dois queríamos parar de fugir, lembra? Estávamos cansados de correr de cidade em cidade, de casa para casa, e ainda assim, toda vez que eu te falava para fazer as malas, você fazia isso em silêncio, sem reclamar.

Eu nunca esqueci que filho nobre você era, e nunca me esqueci daqueles dias. Nem de quando nos mudamos para Dallas, Ohio, Pensilvânia ou Boston.

Estou cercada de água agora.

Desde que cheguei aqui, eu vejo aqueles lindos iates navegarem por aqui, e fiquei obcecada em encontrar um jeito de garantir que um dia você tenha o seu próprio barco, onde poderá navegar para longe de qualquer problema, longe de todos esses bandidos ao seu redor.

No final, eu não pude ver outro jeito de fazer isso, a não ser cooperando com o seu pai.

Fugir tem sido inútil. E, ainda que eu fosse bem-sucedida, quem pode me garantir que ele não descontaria a raiva em você antes que eu o alcançasse?

Eu tenho ficado quieta e tentado fazer o melhor com o que eu tenho.

O melhor do que eu tenho é você, Greyson.

Nessa caixa, você vai encontrar o pouco que teve valor para mim, mais especialmente as chaves para o barco que eu queria que você tivesse. Não é muito, e nem de longe é tudo o que eu queria te dar, mas espero que o oceano possa te dar o tipo de conforto que me deu todo esse tempo.

Sua mãe que te ama,

Lana

VINTE E SEIS

NA ESCURIDÃO

MELANIE

Escuridão. Frio. Bipes. Sinto-me só. Sinto-me vazia. Quero me mexer, abrir os olhos, e ouço vozes ao meu redor. Por que não consigo me mexer? Não lembro. Vejo rostos. Uma mulher. Um homem. Conhecidos. Vozes conhecidas.

– Melanie? – ela pergunta.

– Docinho, lembra-se de nós?

Eu pisco e as luzes queimam minhas retinas.

Quem…

ONDE…

O pânico começa a surgir, e é nesse ponto que vejo a figura do outro lado do quarto. Meu corpo estremece em reação, não de medo, mas com alguma emoção inata, e meu coração começa a bater com força. Seu rosto está tenso, há remorso ali, e angústia. Ver a dor ali me machuca. Eu começo a sentir dor em outros pontos, além do meu corpo. Lá dentro. Não entendo como uma dor pode ir tão fundo assim.

Meus lábios se abrem, mas não consigo falar, e então a mulher pressiona um canudinho entre eles. Eu engulo algo frio, minha garganta dolorida. O homem – ele, ele é tudo o que eu quero ver – se afasta da parede e começa a se aproximar, seus olhos me analisando, a testa, as sobrancelhas, nariz, lábios, maçãs do rosto, pescoço.

Um calor me percorre rápido e forte quando ele está próximo o bastante para eu sentir outro cheiro além do desinfetante. Floresta. Floresta. Meu cérebro grita pensamentos para mim. Floresta. Beijos. Floresta. Amor. Floresta. Perigo. Uma lágrima escorre pelo meu rosto quando abro minha boca outra vez, e nada sai.

– Ah, eu acho... talvez você devesse sair – a mulher sussurra para ele. Não a mulher. Minha mãe. Minha *mãe*, abraçando-me quando eu tinha três anos, dez, quinze... o que aconteceu depois?

O homem hesita.

O HOMEM olha para mim como se tivesse se perdido e não achasse que o que ele perdeu possa ser recuperado, nunca, jamais.

– Não – grasno. – Não vá.

Os olhos dele saltam para os meus pais e voltam para mim, e por trás da profundidade daquelas piscinas amendoadas e verdes há um novelo de emoções. Frustração, arrependimentos, e outra emoção muito poderosa...

Esse homem me ama...

Seus olhos avermelhados, esse homem parece orgulhoso como um rochedo e nada vai me convencer de que ele não sentou naquela cadeira no cantinho e chorou por mim.

Ele aguarda e eles recuam para nos dar um momento. Depois começa a murmurar com uma suavidade dolorosa para mim, e o timbre grave de sua voz me atormenta e me cura, ambos ao mesmo tempo.

– Oi, princesa – diz ele, gentilmente passando uma das mãos pela extensão de minha trança.

Estou de trança. Alguém trançou meu cabelo.

Oi, princesa...

O jeito como ele OLHA para mim eu quase não consigo suportar. Ele fica ali, seu corpo vibrando de tensão enquanto tenta se segurar. Ele parece indefeso. Tão quebrado quanto eu me sinto. Todos os meus sentidos doem e machucam, e meu corpo coça e meus braços doem e minha alma arde para que eu passe meus braços em volta dele. Para que eu me aproxime dele, que o conforte, mas não consigo me mexer e a vontade de chegar perto está me sufocando, fazendo meu coração disparar.

– Você lembra? – ele pergunta, naquela voz dolorosamente suave que me faz fechar os olhos e recordar de tê-la ouvido. Amado.

– Os médicos disseram que você poderia lembrar... ou poderia esquecer algumas coisas.

Estou muda, desesperadamente prendendo sua voz em meus ouvidos, de tão linda que ela é.

– Você é Melanie Meyers Dean – ele diz, naquela voz baixa e profundamente carinhosa. – O casal que acaba de sair são seus pais. Você é uma decoradora adorável de 25 anos. Você adora usar três cores ao mesmo tempo. Você ama coisas que te fazem mal, ama rir, e você ama...

Você, grita minha mente.

Ele ficou em silêncio, como se não tivesse palavras para mim, passando os olhos sobre meu rosto como se não tivesse tomado uma gota há muito tempo e eu fosse um oásis em seu deserto.

– Melanie – diz ele, baixinho, analisando meu rosto por qualquer sinal de reconhecimento, estendendo a mão, mas depois pensando melhor e recolhendo-a. – Sou Greyson King, e sou o *seu homem*.

Ele espera em silêncio, flexionando aquela mão em um punho na lateral do corpo como se isso bastasse para impedi-lo de me tocar. Um nó imenso de emoção se junta em minha garganta, e enquanto continuamos nos fitando ele parece cada vez mais desesperado. Ele puxa a camisa para fora da calça e desliza a minha mão por baixo, sobre seu peito liso e quente, por cima de sua cicatriz, até a argola em seu mamilo. Eu sinto sua pele, seu calor, penetrando-me, a batida do seu coração contra minha palma. Está batendo tão rápido quanto o meu, e fios de lágrimas escorrem pelas minhas bochechas.

Lágrimas de alegria.

Por me sentir a salvo, por não me sentir sozinha, enquanto todo o amor que sinto por ele me invade.

– Greyson – soluço.

Um suspiro lhe escapa, trêmulo, como se estivesse contendo-o esse tempo todo, e então ele roça os lábios em minhas pálpebras.

– Você se lembra de mim? Lembra, princesa? Você sabe o que eu faço? Quem eu sou? O que você significa para mim?

Os pensamentos se misturam na minha cabeça, um depois do outro. Eu, fugindo dele. Eu, correndo para ele. Eu e ele.

Eu e ELE.

Luvas pretas... colar de diamantes... beijos no escuro... um meio sorriso...

Sinto-me inesperadamente fraca, mas nem mesmo essa fraqueza pode me impedir de deslizar minhas mãos devagar por seu peito, seu pescoço grosso, seu maxilar sombrio, com a barba por fazer, enquanto olho em seus olhos, que me fitam do jeito que olharam para mim desde o começo.

Do jeito que Greyson King olha para Melanie.

– Se eu me lembro de você? – grasno. – Eu *voltei* por sua causa.

VINTE E SETE

PERFEITO

MELANIE

É a noite perfeita para uma festa.

A noite perfeita para um beijo.

A noite perfeita, a mais *perfeita* para estar apaixonada.

Estou sentada em um largo parapeito de pedra calcária, meu vestido erguido até a cintura para que Greyson possa encaixar seu corpo entre minhas coxas.

Ele afaga meu mamilo, e eu tento conter um gemido enquanto visualmente o devoro à minha frente: seu corpo vestido em um terno preto, o cabeço desarrumado por minhas mãos, seus lábios um pouco vermelhos do meu batom. Ele me observa de volta enquanto desliza a mão quente e grande por minha coxa e retira minha calcinha. Estou sem folego quando ele a enfia no bolso de seu casaco, a mão retornando para se encaixar em meu sexo, enquanto a outra brinca com meu mamilo dolorido.

É possível morrer de prazer?

É possível morrer por causa da aparência do seu namorado e do jeito como ele te olha?

Eu sou. *Louca.* Por esse homem.

Eu faria qualquer coisa por esse homem.

E venho aguardando e fantasiando com esse momento por meses.

Atrás dele, posso ver a festa prosseguindo – uma festa que ele organizou para celebrar meu vigésimo quinto aniversário, um evento com mais de três meses de atraso. No entanto, trivialidades como essa não importam para um homem como Greyson King.

O que importa é que ele consiga o que quer.

E desde o colar de diamantes Harry Winston novinho pendurado em meu pescoço, até a esplendorosa festa atrás de nós, passando pelo brilho em seus olhos, que me diz quase em detalhes o que ele planeja fazer comigo essa noite, não há dúvidas em minha mente de que meu namorado vai conseguir o que quer hoje à noite.

E tudo em que posso pensar é: *Já estava na hora, porra.*

Estou tão ansiosa que não tenho certeza se aguento esperar para encontrarmos o caminho até nossa cama.

Talvez se eu abrisse seu zíper e chegasse perto o bastante para cavalgá-lo...

Agora, porém, há centenas de nossos amigos se misturando dentro do Ceres Ballroom. Essas pessoas incluem minha chefe e colegas de trabalho, meus pais, meus amigos, e os parceiros de negócios de Greyson, os antigos e os novos. Os antigos são os perigosos, que trabalham para ele no circuito de lutas do Underground. Os mais recentes compreendem o novo comitê da King Yacht Corporation, que ele fundou em honra da mãe.

Qualquer um poderia sair e nos ver. Ele de frente para mim em seu terno elegante, e eu... meu cabelo secado e penteado agora em desarranjo enquanto voa com o vento. Meu corpo estremecendo sob suas mãos e seus lábios, e o modo como seus lindos olhos amendoados olham para mim.

– Greyson... – digo, implorante.

Ele usa seu corpo para me esconder das portas do salão de bailes, assomando sobre mim enquanto se abaixa para poder correr os lábios pelo meu maxilar.

– Você está deliciosa, Melanie. E seu sabor é delicioso. Por quem você está ofegando, hum?

Eu agarro seus ombros para me segurar contra a tontura maravilhosa que me domina.

– Quem você acha?

– Estive esperando por isso há meses, princesa. Meses. – Ele belisca meu mamilo e levanta meu seio até seus lábios, cobrindo a ponta com sua boca.

Sua língua roça contra a pontinha dura e eu morro. Eu morro enquanto ele suga, primeiro com gentileza, depois mais forte, causando um tremor de desejo pela minha coluna.

Eu sei que Greyson não é um homem habituado a amar. Não acho que ele já tenha amado outro ser humano desde que sua mãe foi tirada dele, há mais de uma década. Uma década de não sentir nada... até ele me conhecer.

Ele está faminto agora. Eu senti sua sofreguidão crescendo conforme nosso retorno a Seattle se aproximava e minha alta do hospital finalmente acontecia. Ele está esfaimado e é homem o bastante para não estar nem aí para nada além dessa sua fome esta noite; porque, sem pensar nem hesitar, ele puxa para baixo a manga do vestido para me desnudar e muda de posição, passando a sugar o outro seio. Tremendo em uma pilha de lascívia, eu agarro seu cabelo espesso, com lampejos de cobre, e puxo sua cabeça para cima a fim de que seus lábios encontrem os meus.

– Me beija – gemo.

Ele observa minha boca primeiro, já muito bem beijada por ele. Ele esfrega o indicador pelo meu batom, retirando o que restava dele.

Ele leva o tempo que quer – um momento longo e interminável – e eu choramingo. Então, suspiro quando ele abaixa sua boca para morder meu lábio inferior. Nós gememos e começamos a nos beijar, sua boca derretendo tudo ao nosso redor que não seja ele.

Ele pega minha mão e a coloca ao redor de seu pescoço, onde ele quer, forçando meus dedos a se curvarem em sua nuca.

– Alguém pode sair a qualquer momento... – sussurro.

A brisa me acaricia suavemente. O cheiro no ar, salgado pela chuva recente e pelo cimento úmido e grama, chega às minhas narinas. No entanto, acima de qualquer coisa, eu sinto o cheiro dele, floresta molhada. Metal e couro. Os odores dele.

– Eu coloquei Derek junto às portas. Ninguém vai se aventurar aqui fora.

O murmúrio dele é mais hálito do que voz, mais gemido. Ele recua apenas uma fração, só o suficiente para me observar com aqueles olhos amendoados que cintilam como todas as estrelas no céu lá em cima.

– E se meus amigos quiserem ar fresco? – retruco.

– Bem, minha garota está usando todo o frescor que há por aqui. – Ele sorri e nota o meu estado de total desarranjo. Meu cabelo está voando ao meu redor, posso sentir mechas nas minhas bochechas. Meu vestido está expondo tudo que é indecente. Meus saltos estão enfiados na parte de trás da cintura dele, minhas pernas enroscadas em torno dele.

– Olha só você, toda sexy e desfeita só para mim – ele murmura, rouco, devorando-me com os olhos.

Estremecendo, eu sussurro:

– E se eu esqueci como fazer isso?

– Daí eu só vou precisar te ensinar o que vai aonde. Minha língua... – Ele a esfrega sobre meu lábio superior. – Viu, minha língua vai aqui... – Ele a enfia, molhada e escaldante, dentro da minha boca. – Meus dedos gostam daqui, onde é quente e gostoso e apertado em volta de mim. Ansioso por mim.

– Ah, Grey... – Eu rebolo os quadris quando ele me penetra com um dedo longo e experiente.

– Não tenho problemas em te ensinar. Você tem essa boceta linda e perfeita que foi feita para o meu pau. Você não está mais de cama, Melanie – murmura ele, entre beijos, esfregando aquele dedo bem fundo dentro de mim. – Você está bem viva... tão viva quanto sempre esteve, esses olhos verdes reluzindo com vida, seu corpo pulsando por mim. E essa boceta linda e pelada... – ele murmura enquanto se abaixa mais... mais... e mais um pouco... e sua cabeça mergulha entre minhas pernas.

Ele move rapidamente a língua sobre meu clitóris e o prazer dispara por mim. Ele acaricia minhas costas com uma das mãos enquanto suga meu clitóris para o interior de sua boca, rolando a língua sobre a carne sensível, brincando comigo.

Estou queimando e preciso dele, preciso desesperadamente dele. Fecho as mãos em sua nuca, travando-o contra mim pelos cabelos.

Agora sinto seus lábios beliscando meu clitóris, puxando de leve, e minha pulsação galopa mais rápido quando ele insere dois dedos em minha vagina.

Foram semanas... mais de três meses... no hospital, primeiro em coma, depois na reabilitação. Todo esse tempo, ele esteve lá por mim. Ele estava lá por mim quando eu acordei, e lá toda vez que eu peguei no sono. Meus olhos ardem quando sinto um desejo esmagador de gozar, ao mesmo tempo que sinto uma necessidade esmagadora de fazer amor com ele.

– Grey! – grito, puxando-o para trás pelos cabelos.

Ele recua e encontra meu olhar, endireitando sua gravata preta e sorrindo para mim.

– Eu adoro você desse jeito, toda quente e molhada para mim. – Ele desliza os quadris entre minhas coxas e me puxa para seus braços, despejando beijos em meu rosto enquanto me abraça em seus braços musculosos.

Meus olhos se fecham. Ele está duro contra minha boceta nua. Forçando o zíper de sua calça social. Mas eu sei que ele está esperando por algo especial essa noite. Ele vem me falando sobre o quanto deseja mergulhar em mim... se perder em mim...

Assim como eu!

Minha boceta ainda está molhada e se contrai de leve ao pensar no meu homem, o único que já amei, fazendo amor comigo. Finalmente. Após meses e do que parece uma vida inteira de espera. Ele me disse que precisa fazer amor comigo sem preservativo. Nós conversamos com os médicos, e estou tomando uma pílula com baixa dose de hormônios há um tempinho. Eles mencionaram que isso pode ser apenas por algum tempo, porque também tomo os remédios de longo prazo para rejeição do transplante. Mas tudo bem. Vamos usar esses meses como loucos.

Estou tão pronta para senti-lo, para estar com ele... Eu nem queria a festa. Queria apenas voltar para casa e ficar na cama com ele. Mas Greyson não consegue deixar para trás o fato de que ele perdeu meu aniversário de 25 anos e está compensando por isso com estilo.

Ele me ajuda a arrumar o vestido, pressionando um beijo quente no topo da minha cabeça.

– Pronta?

– Eu costumava resolver tudo com uma festa. Triste? Festa, garota. Com raiva? Festa, garota. Entediada? Faça uma festa, garota! Como é que isso perdeu todo o encanto? – Eu fecho a cara para ele, depois espeto meu dedo em seu peito rijo. – A culpa é sua, sabe? As melhores festas agora são as particulares, apenas com você e eu.

Eu desço do parapeito e fico de pé, minha voz bem-humorada para esconder a lascívia crescendo em mim.

– Não olhe para a minha bunda quando eu me afastar.

– Por que, você pode sentir?

– Sim! – Meus membros tremem enquanto eu vou até as portas em arco que levam para o salão de baile.

– Sua princesa está gostosa pra cacete – diz Derek, abrindo a porta para mim.

Greyson lhe dá um tapa na nuca ao passar.

– Peça desculpas.

Derek olha para mim com um sorriso, exibindo um dente prateado, e eu faço um gesto de indiferença, rindo.

– Está perdoado.

Greyson acerta-lhe a nuca outra vez.

– Não pense nela, não olhe para ela, e definitivamente não a provoque. Esse trabalho é meu, porra.

Eu me divirto terrivelmente com o ciúme dele quando entro no salão. Longas colunas brancas nos dão as boas-vindas e eu já posso ver a multidão lá dentro, todos curiosos sobre o CEO da nova King Yacht Corp – segundo rumores, o mesmo que também administra um dos maiores circuitos de luta Underground. Ele é como uma figura meio JFK, sexy, e de súbito eu sou sua Caroline...

Vejo Pandora junto à fonte de álcool, ao lado de Kyle, servindo-se de outra taça de champanhe. Eles me veem quase ao mesmo tempo. Kyle acena; Pandora dá um meio sorriso e ergue a taça em um brinde, os olhos reluzindo calorosamente. O único ponto de cor em toda a sala hoje à noite parece ser eu. Todos estão vestindo preto e branco, enquanto eu estou de vermelho.

– É um evento de gala em preto e branco? – perguntei a Greyson quando chegamos.

Os lábios dele se curvaram.

– Nunca é preto e branco para você.

Greyson esfrega a mão para cima e para baixo nas minhas costas quando me alcança, e meu pulso começa a se acelerar quando me lembro de pequenos trechos de nosso passado.

Meu nome é Greyson, Melanie...

Fecho os olhos, saboreando essa recordação. Quando eu estava em coma, não me lembrava de nada, mas quando voltei a mim, todas as memórias me atingiram quase a ponto de eu não conseguir separar uma da outra.

Amo minhas lembranças agora. Que tesouro saber quem você é, quem você ama, o que fez ontem, o que esperava para si mesma amanhã. Que tesouro me lembrar do dia em que conheci o homem que eu amo.

E recordar cada pedacinho dele.

Quando finalmente abro meus olhos, sinto seu olhar sobre mim.

Como se estivesse esperando por alguma coisa...

É nesse momento que, bem lá no topo, no teto, a cobertura artificial sobre as nossas cabeças, branca e elegante, se abre e uma chuva de balões brancos, vermelhos e pretos, três cores, começa a cair sobre nós.

Gritando, inclino minha cabeça para trás e os vejo cair, esticando meus braços para poder senti-los batendo nas palmas das minhas mãos. É mágico, especial, inesquecível.

Alguns de meus amigos pegam as plumas longas e esguias enfeitando as mesas e usam as pontas para começar a estourar os balões. Greyson fica em seu estado mais feliz quando eu estou feliz – eu notei isso. Agora ele me observa com uma curva nos lábios, recostando-se com as pernas separadas e os braços cruzados, assistindo enquanto eu me junto à diversão e começo a estourar balões. A música se inicia quando a maioria dos balões caiu na pista de dança, e assim que a banda começa a tocar, as pessoas tentam dançar em volta deles, enquanto outras brincam de tentar estourá-los com os pés.

Estou rindo e erguendo o vestido, enfiando o salto dos sapatos em um balão.

Pop!

Pop!

POP!

Quando olho para cima, ele ainda está me observando.

Sinto sua felicidade como se fosse a minha.

A música "This Is What It Feels Like", de Armin, soa ao nosso redor, e eu começo a dançar no meio do salão, sentindo o som correr por mim, e assisto enquanto Greyson puxa uma cadeira e se senta, inclinando-se adiante, os cotovelos nos joelhos, os olhos brilhantes e estreitados fixos em mim enquanto eu danço sozinha.

Ele preenche seu casaco à perfeição. Eu vejo os braços musculosos, o perfeito triângulo de seus ombros largos, a cintura estreita, e eu quero tudo. Aquela boca que parece um pouco mais rosada do que o normal por causa dos meus beijos. Aqueles olhos famintos. Aquele homem lindo.

Ele me observa enquanto me aproximo com um olhar que cintila de amor, e eu sinto um punho apertando meu estômago porque de repente quero que todas essas pessoas desapareçam como os balões, para ficarmos sozinhos. Ele e eu. Ele sorri, e eu sorrio de volta, uma agitação lá no fundo de mim.

Antes mesmo de nos conhecermos, ele já estava me observando e eu não sabia. Eu tinha algo que pertencia a ele – ao seu pai – e Greyson se tornou uma sombra que eu nunca notei, mas, rapaz, como ele me notou. Ele *gosta* de me observar. Assim, deixo que ele olhe à vontade enquanto rebolo a caminho dele e, quando paro a alguns metros de distância, ele ergue a mão e dobra um dedo, me chamando.

Eu recomeço, rindo quando ele agarra minha cintura e me arrasta para seu joelho.

– Você percebe quanto está linda essa noite? – ele rosna em um murmúrio no meu pescoço, e, naquele terno preto, eu sou a Buttercup e ele é Westley, que derrotou aquele com cinco dedos. E agora... nós podemos ser felizes. Nós *somos* felizes.

Ele me traz mais para junto de seu peito, claramente saboreando minha proximidade, meu cheiro.

– Você não poderia ser mais sexy, princesa. De forma alguma. Eu poderia te assistir até você ficar esgotada, mas preciso que você tenha energia para o que eu tenho planejado.

Sua voz sensual, tão perto do meu ouvido, percorre o meu corpo.

– Quando?

– Quando voltarmos para o apartamento – promete ele, a voz tensa de desejo.

Ele afasta o cabelo do meu rosto e um arrepio me percorre da raiz dos cabelos até os dedos do pé. Ele é tudo o que eu respiro e vejo. Tudo o que eu quero e de que preciso. Seus olhos, amendoados, verdes e ferozes. Sua boca. Lábios que parecem macios e firmes. Um lampejo me atravessa quando ele acaricia minhas costas nuas com sua mão, e meu pulso tropeça com a carícia enquanto ele acrescenta, áspero:

– Eu venero você. Te aprecio. Valorizo. Acho que vou ficar com você.

Meu corpo todo responde. Eu me sinto tão valorizada. *Sua garota.* Eu. Eu. Eu.

– Sim. Fique comigo. Me ame. Me domine com força essa noite, Grey. Com a mesma força que você domina seus homens – provoco.

Seus homens o respeitam, admiram, talvez sintam um pouco de medo dele também.

Mas eu não tenho medo dele.

Ele pode fazer homens com o dobro do meu tamanho tremerem, mas não eu. Certo, está bem. Ele me faz tremer de amor. De luxúria. Mas nunca de medo. Porque eu sei que ele jamais me machucaria. Na verdade, ele é o único que pode me fazer sentir *segura de verdade*.

Ele ri, um som baixo e grave.

– Você não comanda um ninho de cobras com gentileza, mas eu preferiria usar uma mão firme, porém gentil, com a minha princesa.

– Hummm. E eu espero que, no meu caso, uma mão apenas não baste. Vai ter que usar as duas!

Nós rimos, e ele me mordisca. Amo como ele me chama de princesa, mesmo quando *ele* não é um príncipe. Em meu coração, ele é muito mais. Ele é o meu Rei.

* * *

Passa da meia-noite quando chegamos a nosso condomínio. É claro que esse era o apartamento *dele*, mas ele me pediu para me mudar para cá, e agora é meu também.

Estamos atravessando o saguão do prédio, sua mão entrelaçada à minha, quando ele aperta o botão do elevador e então me surpreende, pegando-me no colo.

– Oi? Eu posso andar, sabia? – digo.

– Eu sei que você pode fazer muita coisa, inclusive me deixar louco exatamente com esse andar, mas você vai precisar da sua energia para o que estamos prestes a fazer. Assim, fique quietinha e aguente firme.

Eu sorrio para ele e faço exatamente o que ele pede, sussurrando em seu ouvido enquanto subimos até o topo:

– Nada me faz sentir tão viva quanto você. Sentir seu cheiro, você, te amar. – Eu beijo o seu pescoço largo e atrás de sua orelha, feliz por estarmos sozinhos no elevador para eu poder morder e beijar amorosamente qualquer parte que alcançar. – Eu te amo – murmuro, fechando os olhos e respirando fundo, esfregando as mãos na gola de seu terno. – Eu te amo tanto... senti saudades do cheiro da sua pele e do seu cabelo e das suas camisas.

Ele afaga minha cabeça e a inclina em sua direção.

– Melanie.

Meu coração dói por causa do modo como ele me olha, como se eu fosse um sonho dele, vivo e respirando.

Ele toma a minha boca em um beijo quente e longo até chegarmos ao nosso andar. Em seguida, ele me carrega para fora do elevador e para dentro do nosso apartamento. Eu brinco com o colarinho de sua camisa e sussurro:

– Coloque-me no chão para eu poder tirar meus sapatos e pendurar o vestido que você me deu.

Ele deposita um beijo em minha boca e me coloca no chão, depois tranca a porta atrás de nós.

– Um minuto. Não mais que isso.

Eu adoro a sensação que me dá quando entramos nesse lugar. Eu o decorei porque o homem não podia esperar que fôssemos morar eternamente em Esparta, e estou tentando construir um lar para nós dois agora. É um passo gigantesco em minha vida, morar com um homem. Um homem que eu amo. Um homem que é perigoso, poderoso, evasivo, generoso, reticente, tudo isso. Um homem em quem, apesar de tudo isso, eu confio para me proteger.

– Eu mal consigo me acostumar a morar aqui com você – confesso, admirando meu trabalho. A obra de arte acima da chaminé de pedra. O trio de plantas vivas, algumas mais altas que as outras, junto à janela.

– E eu não consigo me acostumar às porcarias com que preciso conviver para poder morar com você.

Eu rio, depois sorrio com timidez quando ele me segue até a área do quarto.

– Não finja que não gosta, porque eu pedi a sua opinião para tudo. E ainda não terminei, sabe. Eu quero pintar o quarto principal de azul royal e adicionar um pouco de roxo na nossa sala de estar. E aí eu planejo...

– Chega, querida.

Chegamos à parte do quarto, e ele está soltando a gravata. Minha nossa...

Ele poderia ser mais sexy que isso?

Minha. *Nossa.* Ele está muito resoluto esta noite. Jogando sua gravata de lado. Tirando seu casaco.

– Você pode fazer o que quiser com o apartamento, desde que eu possa fazer o que quiser com você – ele me diz em sua voz mais sensual.

Eu não tenho chance alguma.

Nem quero ter.

Eu tiro meus sapatos de salto – os pretos com sola vermelha que ele comprou para mim – e cuidadosamente os coloco de lado.

– Faça-me a proposta indecente que quiser, a resposta é sim, sr. King.

– Resposta certa, princesa. – Com os olhos cintilando, ele tira minha calcinha do bolso do casaco e as estende, depois dobra o dedo da mão livre. – Venha aqui, princesa – ele finalmente murmura, em uma ordem sedutora. Quente.

– Estou aqui – retruco.

Ele joga minha calcinha em uma cadeira perto da janela.

– Você está do outro lado da cama. E eu quero você aqui.

Minha nossa. *Realmente.* Ele me quer exatamente onde ele está. Ele começa a desabotoar sua camisa e toda aquela pele bronzeada dele aparece para provocar os meus dedos. Começo a caminhar, ouvindo-o murmurar – *isso mesmo, princesa*; sua voz é um calafrio que desce pela minha nuca quando ele dá os últimos passos, os últimos passos até mim. Começo a tremer de adrenalina enquanto agarro sua nuca e imediatamente traço seu maxilar rígido com meus lábios. Em seguida, sussurro em seu ouvido:

– Sim.

Ele geme roucamente, correndo as mãos pelas minhas costas, segurando-me contra seu corpo, sua ereção impressionante pressionando minha pélvis.

– Você nem sabe o que eu vou pedir... – ele responde, rouco.

– É sim, Greyson – murmuro, olhando para seu rosto duro. – Quero sentir você. Não quero nada entre nós. Nós já discutimos isso. Estou tomando a pílula, e você está limpo, assim como eu. Então é sim, homem perfeito e sexy. Me foda, me ame, brigue comigo, me mime, só não me deixe.

– Melanie.

Meu nome é sussurrado como uma prece. Em segundos, ele abre os últimos botões de sua camisa com um puxão e a joga de lado, e então está gloriosamente sem camisa e me esmagando contra si. Ele é tão quente, musculoso, forte, resiliente, e vibra como um fio desencapado em meus braços.

Subitamente, estou frenética.

– Greyson, deixe-me nua e entre em mim.

Estou esfregando seus músculos fortes, ansiosamente beijando os cantos de seus lábios, sua garganta, seus ombros, enquanto solto seu cinto e o retiro das calças.

Jogando-o de lado, eu me abaixo para lamber a argola em seu mamilo, usando meus dentes para puxar o aro de ouro branco. Ele geme e me deposita na cama, deitando-se comigo. Sua boca se assenta sobre a minha. Ele encaixa as mãos grandes ao redor de meu rosto, e eu seguro sua nuca, ambos travando um ao outro no lugar para que nossas línguas possam saborear. Nossa respiração se torna errática, mas não paramos de nos beijar.

Ele faz de minha boca um banquete antes de se libertar de mim e deslizar as mãos por baixo das minhas costas para abrir o zíper do vestido.

– Greyson, por favor – soluço, tentando trazê-lo de volta para mim para mais beijos.

– Shh. Espere um pouquinho. – Ele puxa o vestido para baixo.

– Vai amassar!

– Shh. Eu arrumo depois. Prometo. – Ele o lança para o canto como se planejasse arrumar tudo ao me comprar um vestido novo, depois pega minhas pernas nuas e faz seu caminho para subir por minha canela, meu joelho, minhas coxas. – Eu quero beijar cada milímetro da sua pele, dos pés até atrás das orelhas, até a sua linda cabecinha.

Ele cobre um mamilo com sua boca, passando a língua sobre a ponta.

– Ah, por favor. – Dane-se o vestido. Quem liga? Quem liga para qualquer coisa que não seja isso?

Ele passa a língua sobre o outro mamilo, afagando com os dedos a lateral de meu corpo, minhas costelas.

Eu arqueio minhas costas.

Seus dentes deslizam por minha orelha, puxando o lóbulo.

As pontas de meus seios latejam quando ele as belisca entre o polegar e o indicador. Meu sangue vira um fogo escaldante nas veias.

Seus lábios continuam a me torturar, incansáveis, quentes, molhados, cobrindo minha pele, provando, mordendo, roçando. Uma névoa de prazer me envolve, cada sensação aumentando exponencialmente. Ele pressiona os lábios contra meu clitóris, depois toma-o entre eles e gentilmente chupa enquanto me preenche com dois dedos.

Posso sentir o quanto ele precisa disso, o quanto precisa de mim. Ele quase me perdeu. Quase me perdeu duas vezes, e para sempre. Seus olhos andam atormentados, como se às vezes ele voltasse àquele momento em que deve ter me encontrado. Inconsciente e quase perdida para ele.

Não sei se isso tem sido mais difícil para ele ou para mim, mas nunca mais quero passar por algo assim. E, pela determinação que vejo no rosto dele quando olha para mim, ele também não.

– Jesus, você está pronta, querida? – Ele fica de pé e abre o zíper da calça, e eu assisto a seu pau saltar, livre. Pulsando e rosado, pronto para mim. Faminto por mim.

Sem camisinha esta noite. Cada milímetro dele vai estar dentro de mim.

Estremecendo, eu me sento na cama, minha voz instável.

– Não me faça esperar dessa vez, Greyson. Eu realmente quero e preciso...

Ele pressiona um dedo para me silenciar, e eu estou tão faminta que o sugo para dentro da boca.

Os olhos ardendo, ele assiste enquanto eu corro minha língua pela extensão de seu dedo.

– Com fome? Então chupa – ele ordena, a voz espessa.

– Me faça chupar – suspiro.

Ele empurra seu dedo para dentro, me forçando.

– Isso mesmo – elogia ele, um sorriso suave, esfregando o dedo em minha língua. – Seu prazer e sua necessidade são meus para usar e provocar e mexer até você estar uma bagunça linda. *Minha* bagunça molhada.

Estou quente o suficiente para explodir em brasas enquanto chupo e mordo e beijo, provando sua pele deliciosa. Enquanto Grey lentamente retira seu dedo, ele abaixa a cabeça, as mechas acobreadas em seu cabelo luzindo quando ele se aproxima.

E então meus lábios estão sob os dele, minha boca é dele, meu hálito é dele enquanto eu tombo a cabeça para trás e derreto no beijo mais feroz e mais delicioso que eu já recebi. Dentes, mordiscando, mordendo, e então... nossas línguas.

O peito dele é um veludo quente e duro sob meus dedos. Ondas de prazer fluem por mim quando suas mãos abrem caminho até minha bunda. Minha boca lateja de suas mordidas e eu mordo de volta, oferecendo na mesma medida que recebo.

Ele me espalha no colchão macio sob mim, então coloca a mão entre nós e esfrega o dedo sobre meu sexo. Gemendo no fundo da minha garganta, eu mal posso suportar quando ele desliza pelo meu corpo e beija os lábios da minha vagina, erguendo a cabeça para olhar para mim por um instante louco e frenético, os olhos brilhando como pedras preciosas. Então, ele se abaixa de novo e beija minha boceta mais um pouco.

– Diga para parar se algo doer.

– Minha boceta dói – gemo, travando seu rosto entre minhas coxas enquanto me contorço com o prazer intenso. – Ela dói por você.

– Tudo bem, minha linda, eu tenho exatamente o que você precisa. – Ele enfia seu dedo comprido dentro de mim. Eu me contraio e quase não consigo evitar gozar.

Ele nota o quanto eu estou perto, minhas mãos agarrando os lençóis em desespero, e se ergue de repente e beija meus lábios, ainda com meu gosto em sua boca.

– O seu cheiro, quando você está com tesão por mim, me deixa tonto. E você está sempre com tesão por mim, não é?

Eu posso ouvir o calor em suas palavras, sua voz carregando uma força única e gentil.

– Sim – arfo.

Seus beijos deliciosamente quentes estão me deixando louca. Amor, lascívia, necessidade, tudo corre dentro de mim enquanto ele roça os lábios pelas minhas pálpebras.

– Eu quero esses lindos olhos verdes, Melanie. Eu preciso desses olhos em mim nesse instante... quando estou em você. Só você e eu.

Ele está por cima de mim, pele nua contra pele nua, com apenas o colar como uma marca dele repousando entre meus seios. Ele sorri; gosta disso. Ele me observa enquanto encaixa meus mamilos em suas mãos e eu atiço os dele com as minhas, um com o piercing, o outro sem. Os meus se enrijecem por ele. Ele geme quando olha para eles e toma um em sua boca como algo precioso. Ele suga tão forte que meu sexo se contrai ao redor de seu dedo.

Eu gemo e deslizo minhas mãos sobre a pele dele.

– Aaahhh... – Eu estendo a mão para acariciar sua ereção; ele está duro como uma pedra, molhado para mim. – Ah, Deus, aqui está você – suspiro. Ele retira seu dedo e roça em meu clitóris com minha própria umidade enquanto lambe meu queixo, meu maxilar.

– Sim? – ofega ele. Perguntando, *você está bem?*

– Sim – arquejo, afagando seu pau.

Esfrego meu dedo sobre as gotas de sêmen que já estão na ponta. Ele se retesa em cima de mim e seu peito ecoa com uma vibração deliciosa enquanto ele vira a cabeça e coloca seus lábios quentes nos meus. Molhadas. Nossas bocas estão molhadas e famintas, e nossas respirações estão vindo rápidas e ansiosas. Estamos ambos nus e ele é tão perfeito. Sua ereção é longa, grossa, rosada. Eu me abaixo com sofreguidão, seguro a base e beijo a ponta.

– Aaahhh, inferno, Melanie – ele solta, rouco, enquanto eu o saboreio e sugo cuidadosamente. Ele toma um fôlego entrecortado, me puxa para cima com as mãos em meu cabelo e diz: – Venha aqui e me deixe colocar meu pau onde nós dois queremos.

Eu pressiono meu nariz em sua garganta e tremo, sabendo que vou senti-lo sem um preservativo pela primeira vez.

– Eu te quero. – Eu mal consigo dizer as palavras, de tão excitada. – Você não sabe o quanto eu te quero. Eu quero esse pau em mim. Esse cara. Esse homem. Em mim.

Falando meu nome em um tom áspero, ele rola até ficar de costas e me puxa até seu colo. Eu ofego quando o sinto – duro e pulsando – em minha entrada. Abro as pernas em cima dele, abaixando-me sobre sua ereção com uma pequena rebolada dos quadris e um arquejo de excitação. Ele me observa com aqueles olhos abrasadores, e o OLHAR, como eu amo o olhar.

Beijo o canto de seus olhos e passo meus braços ao redor de seu pescoço enquanto a cabeça dele me estica. Outro gemido, agora mais profundo, escapa dele e ele me aperta em seus braços e me rola até ficar acima de mim. Quando ele recua, segura minha cabeça com as duas mãos e fode minha boca com sua língua enquanto arremete os quadris e enfia seu pau lá no fundo. Um grito escapa da minha garganta e eu fico sem ar. Ele está em mim, até o final. *Deus.* Sem nada. Eu o sinto pulsando dentro de mim. O prazer é tão extraordinário que meus olhos rolam para trás. Faço um som engasgado enquanto meu corpo se contorce por mais, faminto como nunca antes. Greyson está arremetendo em mim, enquanto me beija o tempo todo, e meu corpo se retesa a cada mergulho que me rouba o fôlego e para o coração.

Ele morde minha garganta com violência, enroscando minhas pernas ao redor de seus quadris.

– Segure-se em mim – diz ele, a voz rouca em meu ouvido.

Eu gemo, dissolvendo-me. Ele está tão perdido quanto eu. Gemendo também. Empurrando. Investindo. Girando os quadris. Tomando. Possuindo.

– Eu preciso de você – sibila ele. – Eu preciso de você. *Tanto, tanto…*

Estou tentando manter o ritmo dele, agarrando-me com força quando meus quadris encontram o dele a cada movimento, cada arremetida frenética. Repetidas vezes, como se ele estivesse tentando nos fundir em um só. Eu estou com minhas duas mãos e minha boca por todo o seu corpo musculoso enquanto absorvo o máximo que posso dele, meus dedos ocupados, minha língua ocupada, meus quadris rebolando. *Greyson Greyson Greyson*, meu coração martela o nome dele. Eu estremeço sob o calor de sua pele enquanto ele desliza sua mão marcada pelo meu braço. Ele geme meu nome e gira a língua sobre meu mamilo, sua boca me conhecendo e saboreando, os dedos acompanhando e explorando minhas curvas. Minhas costas se arqueiam. Da cabeça aos pés, eu latejo e ardo. Não posso acreditar nos sons que fazemos no escuro. A sensação da proximidade dele. Do seu cheiro. Do modo como ele me deseja.

A paixão nos olhos dele enquanto me observa. Eu sugo seu lóbulo. Ele estremece enquanto eu mordisco e puxo, e eu soluço em seu ouvido que eu o amo, o amo, o amo.

Quando eu começo a gozar, onda após onda me atinge. Com um grito suave, eu tremo debaixo dele, sentindo Greyson ficar imóvel e me agarrar com força enquanto rosna e ejacula dentro de mim. Quente. Molhado. Meu rei... me enchendo com ele. É tudo tão saboroso e tão, tão íntimo, que meus olhos ardem.

Eu rapidamente enxugo duas lágrimas furtivas, e ele murmura meu nome, gentilmente passando os dedos nos cantos dos meus olhos.

– Me belisque para eu acreditar que isso está acontecendo de verdade – eu sussurro, de súbito.

Ele beija minhas pálpebras em vez disso, e ternamente esfrega a umidade até secá-la.

– É, isso não vai rolar. Eu não vou arruinar...

Eu belisco seu mamilo com o piercing.

– Ai! Isso não foi legal, Melanie – censura ele, apalpando minha bunda e me dando um tapa leve ali.

– Hummm. Isso até que foi legal – provoco, e seu sorriso desaparece e seus olhos escurecem com um desejo renovado.

– Estava tão gostoso dentro de você, meu bem. Você me sentiu? – ele pergunta, rouco, enquanto me puxa mais para perto.

– Sim – suspiro. Meu corpo se concentra na sensação dele dentro de mim, ainda tão duro quanto antes, e eu juro que não quero que ele saia dali.

Como se estivesse pensando a mesma coisa, ele prende meus braços acima da cabeça e então está se movendo dentro de mim outra vez, murmurando devagar, com ternura, rouco, enquanto faz amor comigo outra vez:

– Diga que ama isso – sussurra ele.

Eu gemo e fecho os olhos.

– Deus, você sabe que eu amo.

– Diga que você quer isso.

– Eu quero, eu quero.

– Diga que sou eu, que sempre fui eu. Diga, princesa.

– Sempre você, só você. Você pode ser Zero no seu mundo... mas é tudo para mim.

Nossos corpos estão retesados e movendo-se juntos, nossos peitos se esfregando e seu piercing roçando um de meus seios enquanto ele me beija. E ele me beija até nossas bocas estarem inchadas e vermelhas, e nossa sofreguidão e desejo e emoções nos roerem. E ele é meu, e eu sou dele.

Finalmente, o cara para mim.

FONTE: Adobe Jenson Pro
PAPEL: Pólen Soft 70g/m²
IMPRESSÃO: Arvato

#Novo Século nas redes sociais

novo século®
www.novoseculo.com.br